新潮文庫

草原の椅子

上巻

宮本輝著

新潮社版

8356

草原の椅子

上巻

第一章

――あなたの瞳《ひとみ》のなかには、三つの青い星がある。ひとつは潔癖であり、もうひとつは淫蕩《いんとう》であり、さらにもうひとつは使命である。

フンザの集落の入口近くの小さな雑貨屋で出会った老人の言葉は、遠間《とおま》憲太郎の心から消えなかった。

自分の歳《とし》を知らないという老人は、遠間憲太郎には八十歳前後に見えたが、ホテルの英語が喋《しゃべ》れる従業員は、おそらく百歳に近いはずだと言った。預言者でも占い師でもないが、彼の言うことは当たるのだ、と。なぜなら、敬虔《けいけん》なイスラム教徒であるから、と。

フンザはパキスタンのカラコルム渓谷のなかにあって、三つの名峰に包まれている。ディラン、ラカポシ、ウルタルで、どれも七千メートルを超える山である。

遠間憲太郎が、突然、老人に話しかけられたのは、夕日がラカポシの頂きのうしろに隠れ、フンザの村の家々に明かりがつきはじめ、星が姿をあらわした時刻だった。羊や山羊《やぎ》が飼い主とともにそれぞれの家に帰るために、土の道が三つに分かれる雑貨屋の前でひしめいていた。

フンザの言葉などまるで解せなかったので、憲太郎は、羊や山羊の群れを避けながら、何か咎《とが》められているのだと思って身構えた。けれども、フンザ人だけがかぶるフエルト地の丸い帽子を頭に載せた老人の表情は穏やかで、どことなくおごそかなものがあった。それで、憲太郎は身振りで、老人にここにいてくれと頼み、ホテルへと走って行き、英語のできる従業員をつれて、その雑貨屋の前に戻ったのだった。

目の丸い、鼻梁《びりょう》の立派な、四十歳前後の従業員は、フンザ語の「淫蕩」と「使命」という言葉を、どう英語に置き換えるのかがわからず、ホテルに帰ると、英語の辞書を持って来て、最も適していると思える単語を示した。

老人がホテルの従業員に語ったところによると、その三つの青い星なるものは、この日本人が生まれながらに持っているのだという。

長老は、去るとき、

「珍しい星だ」

と言った。

その夜、ホテルの二階のベランダに坐《すわ》り、とりわけ青い月光に照らされているラカポシの頂きに見入りながら、潔癖であることも淫蕩であることも、この相反する二つのものを、間違いなく自分は持っていると思った。

相反する二つのものが、二十三年もつれそった妻の道代と離婚する誘因となったことは確かだった。ひとえに非は自分にあるという思いから自由になりたくて、憲太郎は、「世界最後の桃源郷」と呼ばれるフンザへの旅に出たのである。

自分の瞳にある二つの星は合点がいくにしても、三つめの「使命」については、憲太郎には見当もつかなかった。使命のない人間がいるはずはないと思った。けれども、しからば遠間憲太郎という人間の使命とは何かと己に問いかけても、明確な答は出てこない。

青年期に、自分は何のために生まれたのか、自分を最も生かす道は何かと思考した時期があったような気もするが、五十歳になっても、その答は出ていないどころか、これからどう生きたらいいのかすらわからなかった。

その夜、憲太郎は酒が飲みたくてたまらなくなり、老人の言葉を通訳してくれた従業員に、どこかで酒は手に入らないものかと耳打ちした。イスラム圏の国ではアルコールは厳禁で、そのフンザのホテルにも、ノン・アルコールのビールしか売っていなかった。

「あるところにはあるもんです」

従業員は、小さくうなずき、食堂の横の戸口から出て、二十分ほどして戻って来ると、紙に包んだ壜《びん》を憲太郎に手渡した。

憲太郎は、従業員の求める額の紙幣を渡し、自分の部屋で壜の栓をあけた。近くの農家の女房が密造したあんずの酒で、口に含むとたしかにあんずの香りがした。十日振りの酒だったし、あんずの甘さと酔いが心地よくて、憲太郎は一本全部を飲んでしまったが、翌日の二日酔いはひどくて、頭痛がおさまったのは夕刻だった。これほどの二日酔いは、おそらく生まれて初めてではないかと呻《うめ》き声を洩《も》らしながらも、憲太郎は、自分の瞳のなかの青い三つの星について考えつづけたのだった。

「どこ行ってはりましてん。インドの、なんたらかんたらっちゅうとこやて聞いたんですけど」

取引先の社長である富樫重蔵《とがしじゆうぞう》は、憲太郎が待ち合わせ場所の料理屋のカウンターにつくなり訊《き》いた。

「インドじゃないんです。パキスタンですよ。パキスタンのフンザ。パキスタンの北の、カラコルム渓谷にあるんです」

「どないやって行きまんねん？」

「イスラマバードまで飛行機で行って、そこからギルギットってとこまで小型飛行機で飛んで、そこからは車です。フンザの北側の峠を越えたら中国領になります。峠といっても標高五千メートルの峠ですがね」

「五千メートル……。それが峠でっか？」

富樫は、憲太郎の猪口《ちょこ》に酌をしようとした手を止めて、驚き顔で言った。

憲太郎は富樫重蔵の老眼鏡がずり落ちそうになったのを見て笑った。富樫は表情が多彩で、驚きや怒りや歓《よろこ》びなどを隠すことはなかったが、いずれの場合も剽軽《ひょうきん》で、とても五十歳とは思えない溌剌《はつらつ》とした童顔が、そのたびにさらに幼くなる。

「ええ、五千メートルの峠なんです。クンジュラーブ峠っていうんですがね。ぼくは、ちょっと行ってみたい気もあったんだけど、高山病にかかると大変だと思ってやめたんです」

言ってから、憲太郎は、そうか、標高のせいだったのだ、どうして、そんなことにいままで気づかなかったのかと思い、フンザでのひどい二日酔いのことを富樫に話した。

「あんずの実で作ったどぶろくって感じの酒でしてね。まあ、飲みすぎたってこともあるけど、それにしてもこの頭痛のひどさは、やはり素人《しろうと》が密造した酒の質の悪さのせいだとばかり思ってましたよ。フンザの標高は二五〇〇メートル……。そんなところで酒を飲んだら、生まれて初めての、とんでもない二日酔いになって当たり前ですね」

「富士は日本一の山っちゅうけど、その富士山でも三千七百メートルくらいでっせ。日本におるかぎりは、つまり三千七百メートルよりも高いとこには行かれまへんねや」

そう言ってから、富樫は、もうここからは酌をしあうのはやめて、自分で勝手に酒をつぐことにしようと言った。

憲太郎は、娘の弥生《やよい》の就職が決まったことについて、富樫に礼を述べた。今夜、富樫を大阪の北新地の料理屋に招待したのは、そのためだった。

「いやいや、ぼくはちょっと口をきいただけでんがな。先方が気にいったんですわ。履歴書とレポートの提出をしたのは四百人。そのなかから面接を受けられた女子大生はなんとたったの五人でっせ。ぼくの紹介くらいでは何の力にもなりまへん。弥生さんのレポートは、非常に文章がしっかりしてて、面接でも、ほとんどの重役が合格点をつけたそうです」

富樫は真顔で言い、いまどき珍しいほどのしっかりしたお嬢さんだと弥生を賞《ほ》めた。

「いや、富樫さんのお口添えがあったから、面接に残れたんです。だって、五月から六月にかけて、六社の採用試験を受けて、面接試験に残ったのは二社だけで、その二社にも採用されなかったんですから。娘は、きょう、富樫さんにお礼状を書いてました」

「そんな気ィつこてもらわんでも」

富樫は手を顔のところで左右に振り、店の主人の勧める太刀魚《たちうお》の刺身を註文して、

「刺身にして勧めるくらいやから、よっぽど新しい太刀魚なんやな」

と言った。憲太郎は生の魚は苦手だったが、富樫につきあって同じものを頼んだ。

二年前、憲太郎と道代の離婚が避けられない状況になったとき、当時二十歳になったばかりだった弥生は、

「私はお父さんと暮らすわ」

と言い、十八歳で、大学に入ったばかりの息子の光信は、

「俺は東京の大学なんだから、お母さんと暮らすよ」

とふてくされた表情で言った。

いったい、どうして離婚しなければならないのか、息子の光信には理解できないことは憲太郎も道代もよくわかっていた。しかし、娘の弥生には、両親の長年にわたる行き違いと、その原因のようなものがうすうすわかっていたらしく、離婚を機に古巣の東京へ戻る母親の味方はせず、父親と二人きりの生活を選んだのだった。

そこには、弥生の、父親への思いとは別に、京都の大学での残り期間がまだ二年あるという考えも働いたかもしれないと憲太郎は思ったが、正式に離婚して、道代が東京に戻ってしまうと、弥生は思春期のころから母親に批判的であったことを知った。

「水と油ほどの違いってわけじゃないけど、なんとなく種類の違う人間同士が空廻りしてるって気がしてたの。でも、私、お母さんを嫌いじゃないわ」

何かの折、弥生はそう言ったが、憲太郎はたしかに、二十三年もつれそって、二人の子をもうけて、とりたてて波風のない家庭を築いてきた自分たち夫婦の、ついに埋めようのなかった隙間《すきま》について、これほど的確な分析はないような気がした。

憲太郎が、海にでも遊びに行こうかと誘うと、妻は、山に行きたいと言う。今夜は肉が食べたいなと要求すると、私は魚がいいと言う。それは性的なことにも及んで、一致することはほとんどない。些細《ささい》なことすべてにおいて微妙な波長のずれがあったのだった。

道代も同じことを感じつづけていたのを知ったのは、息子の光信がなんとか東京の私大に合格したときで、憲太郎は、道代のほうこそ、そのときの来るのをひそかに待ちつづけていたのだと感じた。男の子が最も曲がりやすい時期が過ぎるのを待って、自分たち夫婦の今後について話し合おう、と。

「それにしても、なんでそんなフンザってとこへ行きたかったんでっか。もっと交通の便が良うて、食い物のうまいとこは、ぎょうさんおまっしゃろ」

富樫がそう言ったので、憲太郎はさっきから気になって仕方のなかった料理を註文した。豚の角煮だった。

「イスラム圏は豚肉も御法度《ごはっと》でしてね」

と憲太郎は笑《え》みを浮かべて言った。

「フンザでは、毎晩、死んだように深く眠りましたが、五日目あたりから、トンカツとか豚の角煮とかチャーシューなんかを食べようともがいてる夢を見るようになりましたよ。日本にいたからって、一週間でも二週間でも、豚肉を食べないこともあるし、別段、それが苦になるなんてこともないのに、この国では豚肉が食えないのだって思うと、たった五日でそんなありさまです」

憲太郎の言葉に、

「イスラム教か……。なかなか芯《しん》のある宗教でんなァ。朝昼晩と何回もお祈りをして、上は大臣から下は名もなき庶民までが、ちゃんと戒律を守りつづけとる……。日本の坊主《ぼうず》とはえらい違いや。そのうえ、イスラム教徒は世界に六億人もいてるっちゅうやおまへんか。アメリカがイスラム圏の連中に勝てるとは思えまへんなァ」

と富樫は言った。

憲太郎が、フンザに行きたいと思った理由を喋ろうとして、猪口の酒を飲み干すと、ふいに富樫は片方の手で頬杖《ほおづえ》をつき、

「疲れましたなァ……」

とつぶやいた。

そうか、仕事で疲れているのに、そんな素振りは見せず、この俺の誘いに応じて、北新地の料理屋まで来てくれたのかと思い、憲太郎は詫《わ》びた。

富樫は慌《あわ》てて片手を左右に振り、

「いや、ぼくは遠間さんと飲むのが好きでんねん。招《よ》んでもろて、嬉《うれ》しいんです。疲れたっちゅうのは、なんちゅうか、働くこととか、人生そのものにっちゅうか……」

と言って、眼鏡のレンズをおしぼりで拭《ふ》いた。

「中学を出てから、働いて働いて働いて……。十五歳のときからやから、三十五年間、ほんまに身を粉にして働いてきて、このごろ、なんやしらん、ぼくという人間に、ぽかんと穴があいてるんですわ」

「穴、ですか……」

「そうでんねん。自分でも、この状態はやばいなと思うほどの穴でんねん。社員の何人かが、社長は何か趣味を持てって言いよって、ゴルフを勧めてくれたんですけど、あきまへんなァ。ゴルフに行くと、こんな昼日中に社長がゴルフをしてるとき、社員は働いてくれてるんやなァと思うて、申し訳ないなァって。そんなことを考えると、ゴルフをやってても、おもしろないんです。それで、次は釣りに手を出してみたんですけど、やっぱりあきまへん。ぼくは、平和に川や海で泳いでる魚に殺生《せっしょう》なことをしてるなァと思て……」

富樫重蔵が誇張して話しているのではないことは、もう十年近いつきあいで憲太郎は知っていた。苦労が人を作る、という言葉が、これほど当てはまる人物はあるまいと、憲太郎は尊敬の念で富樫に接するときが多かったのだ。

カメラ機器のメーカーに技術研究員として勤めていた遠間憲太郎が、東京本社の研究所から大阪支社の営業局本部に転勤したとき、おもしろい人物がいると営業局長に富樫重蔵を紹介されたのだった。

中学しか出ていなくて、徒手空拳《としゅくうけん》でカメラ機材の量販店を興《おこ》し、関西でも有数の会社に育てあげ、我が社のカメラ機器の売上げは他社メーカーのものよりも二割も多いのだと説明されたとき、憲太郎は、いわゆる「成り上がり」の関西人の、脂《あぶら》ぎって狡猾《こうかつ》で、そつがなく、しかもどこかに劣等感の裏返しである慇懃《いんぎん》さを持つ人物として富樫重蔵なる男を想像した。

しかし、逢《あ》ってみると、関西一円にある四店舗の店長たちのほうがはるかに貫禄《かんろく》があり、その陰に隠れてつねに控えめな立ち居振る舞いを見せる社長の富樫は従業員かと思えるような印象で、そのことに憲太郎は意表をつかれた。

富樫はいまよりも瘦《や》せていて、髪も短く刈り上げ、従業員と同じ制服のジャケットを着ていた。身長は一六〇センチあるかないかで、押し出しの強さとか、傲岸《ごうがん》さとか、抜け目のなさとかは、彼のどこからも漂ってこなかった。

憲太郎は大学院で光工学を修めて、技術者として入社したが、最初の二年間は営業部に配属された。それは社の創業以来のやり方で、どんなに優秀な技術者であろうとも、まず流通の現場を廻らせて、小売店やユーザーが何を求めているのか、物を売るということはどういうことなのかを肌で学ばせるのだった。しかし、約二年の営業マンの期間が終わると、大学院で光工学を修めた遠間憲太郎のような社員は、社の技術研究所に移って、そこから動くことはない。

それが、四十歳を目前にしたころ、突然、営業部に平社員として配転になるばかりか、大阪勤務を命じられたのだった。

写真工学においては世界の最先端にいる技術研究者だと自負していた憲太郎の衝撃と失意は大きく、社の人事の真意をはかりかねて、一時は退職を考えたが、娘の弥生は中学校への入学をひかえていたし、息子の光信は小学四年生で、どこか自暴自棄の心境で大阪支社に赴任した。

そんなときに、憲太郎が取引先の社長として最初に会ったのが富樫重蔵だったのだ。

富樫重蔵は、憲太郎にとっては、一般のサラリーマンと比して決して多くない対人関係のなかにあっても、とりわけ特異な人間として映った。大言壮語せず、その貧弱といってもいい体軀《たいく》や容貌《ようぼう》とは逆に、大きな腹芸と、きめこまかな心遣いができて、しかもいつも茫洋《ぼうよう》としていた。

憲太郎は、ああ、自分もこんな人間になりたいと、富樫と親しくなるにつれて、しょっちゅう思うのだった。

そんな富樫と、仕事を離れてのつきあいが深まったのは、「異例の抜擢《ばってき》」と社員たちが陰で語り合ったという憲太郎の局次長昇進が決まる数ヵ月前だった。

憲太郎が勤める会社では、どんなに速い出世コースを歩む者でも、課長になるのは四十八歳より若かったことはなかった。それが大阪支社に移ってから四年目に係長に、その二年後に課長に、そしてその二年後に局次長にと、階段を二、三段飛ばしにのぼるように昇進したので、ひょっとしたら遠間憲太郎は社長の係累《けいるい》ではないかと噂《うわさ》されたほどだった。

ちょうどそのようなころ、憲太郎は所属していた部の慰安旅行で志摩半島に行き、夜、海を見ながら酔いを醒《さ》まそうと旅館を出て、ひとりで入江のほうに歩いていると、通りかかったタクシーが停まり、乗っていた富樫に声をかけられた。

自分も西宮店の社員の慰安旅行で、ここからさほど遠くないところの旅館に来ていたのだが、社長なんかがいると社員は充分にはくつろげないので、これから駅まで行って電車で家に帰るのだと富樫は説明した。

駅前にある居酒屋に誘ったのは憲太郎で、旅館の浴衣《ゆかた》姿のままタクシーに乗り、近鉄電車の鳥羽《とば》駅に向かった。その居酒屋には、出張で来たとき、一度入ったことがあり、魚介の新鮮さと値段の安さが記憶に残っていたのだった。

憲太郎はすでに酔っているところに、さらに酒を二合ほど飲んだので、富樫とどんな話をしたのか詳しくはおぼえていないし、仕事を離れて友だちになろうと言いだしたのが、自分のほうからなのか富樫のほうからなのかも分明ではない。けれども、友だちの契《ちぎ》りだと言い合って、乾杯し、帰宅する富樫を駅の改札口まで送ったことはおぼえていた。

それ以後、月に一度か二度、憲太郎と富樫は、一緒に食事をしたり、酒を酌《く》み交わしたりしてきたのだった。

お互い、何か趣味を持とうではないかと相談しあったり、フンザの旅を話したりして、憲太郎が富樫と梅田新道の角で別れたのは九時過ぎだった。

阪急電車の梅田駅へと歩きながら、この就職難の時代に、娘の就職の世話をしてくれた人物に、ただ食事をご馳走《ちそう》するだけで、何等かのお礼の品を持参しなかったのは、じつに大きな落度ではなかったかと気づき、憲太郎は紳士服店のショーウィンドウをのぞいた。

「身につけるものってのは、それぞれ好みがあるからなァ」

とつぶやき、結局、憲太郎は何も買わずに、兵庫県の夙川《しゆくがわ》を六甲山のほうへと行ったところにある借家に帰った。

娘の弥生はまだ帰宅していなくて、留守番電話に父へのメッセージが吹き込まれていた。

――友だちの粧子《しょうこ》ちゃんに映画の試写会の券を貰《もら》ったので、映画を観《み》たあと食事をして帰る。十二時を過ぎるかもしれない。

そんな内容だった。

四年制大学の女子学生は去年よりもさらに就職難で、親しい友だち六人のうち、内定が決まっていたのはたったのひとりという状況のなかで、弥生もやっと就職が決まり、嬉しいのであろう。

憲太郎はそう思いながら、周りの雑踏の音で聞き取りにくい弥生の声に耳を澄ました。いつもの弥生は、帰宅が夜の十二時ごろになるときは、妙にかしこまった口調で留守番電話にその旨《むね》を吹き込むのだが、きょうのそれはなんの屈託もなかったからだった。

若い者たちが世の中の風潮から何の影響も受けないはずはないのだから、と、憲太郎は弥生が大学生になって以来、やかましいことは言わないようにしてきたのだが、帰宅が遅くなる場合でも、泊まりがけでどこかに遊びに行くときでも、弥生はいつも遠慮ぎみに許可を求める。

それは、幼いころから、母親が「人間の行儀」ということをかなり厳格に教えた賜物といえたが、憲太郎にしてみれば、あまりそのことで窮屈になられるのも困ったものだと思ってしまう。うわべは行儀良く、陰ではその反動としてだらしなくでは、何のための丹精込めた躾《しつけ》かと思うからだった。

憲太郎は、背広を脱いで、薄手のカーディガンを着ると、風呂場《ふろば》に行き、浴槽に湯を溜《た》めてから、居間のソファに坐《すわ》って、フンザで撮った写真を見た。あまりにも美しい村だったので、写真を撮りまくってしまい、帰国してからそれをすべてアルバムに貼《は》るのに十日近くかかった。アルバムは十冊にも及んだ。

三脚を持って行くよう勧めたのは弥生だった。三脚があると星が写せるというのだった。自分もその風景のなかにおさまりたいとき、三脚があればひとりで自動シャッターを押せる、と。

憲太郎は、桑畑を背景にして、生まれて五日目の山羊《やぎ》を抱いている自分の写真が気にいった。三脚を持って行ったお陰だった。

羊の群れと一緒に歩いている自分のうしろ姿も気にいった。

フンザは、ここ数年のあいだに急速に観光地化し、観光収入で潤《うるお》う人々以外は、その状況を忌《いま》わしく思っている。観光客は無遠慮に、農民たちにカメラを向ける。イスラム教のなかでも比較的戒律のゆるやかなイスマイーリ派であったが、フンザの女性は顔を写されるのを嫌うのだった。だから、憲太郎はフンザの人にカメラを手渡し、シャッターを押して自分を写してくれと頼むことにはためらいがあった。弥生の忠言は、フンザのひとり旅では、じつに的を射たものとなったのだった。

「まだ若いな。うん、俺のうしろ姿は、年寄りのものじゃないよ」

憲太郎は、またつぶやいて、少し飲み直そうかと思い、ウイスキーとグラスを取りに台所へ行きかけたが、そのとき電話が鳴った。

「あのう、遠間さんのお宅でしょうか。こんな夜分に、ほんまに申し訳ございません」

その声を耳にするなり、

「あれ？　富樫さん？」

と憲太郎は訊《き》いた。

富樫重蔵が憲太郎の家に電話をかけてきたのは初めてだったのだ。

「こんなこと、遠間さんにお願いするのは、ほんまに申し訳ないっちゅうか、恥かしいっちゅうか……」

「どうしたんです？」

どこかの公衆電話からしく、車の行き交う音が聞こえた。

「ちょっと、えらい目に遭《お》うてしまいまして……。助けてもらえたら、と」

いま自分は、淀川《よどがわ》区のNホテルの近くの公園にいる。頭の先から足の爪先《つまさき》まで灯油だらけで、どのタクシーも乗せてくれない。こんなありさまでは家にも帰れないので、遠間さんの家の風呂に入れてもらえないか。富樫はそう言った。

「灯油だらけ……。淀川区のどのあたりです？」

あの富樫が電話をかけてきたというのは、よほどの事情があるのだろう。憲太郎はそう思い、

「とにかく行きますよ。まだ少し酒は残ってますがね。その公園の近くに何か目印はありますか？」

「何分ぐらいかかりますやろ」

「さあ、ぼくの車で行きますから。夙川からだから、阪神高速を大阪方向に行けばいいんですね。三、四十分かな」

「ほな、そのころ、Nホテルの前にいてるようにしまっさかい」

ほとんど酔いは消えていたが、憲太郎は念のために水をコップに二杯飲み、車で阪神国道に出ると、国道四三号線から阪神高速道路に入った。

頭の先から足の爪先まで灯油まみれ……。

いかなる状態なのかわからないが、たしかにそのような客を乗せてくれるタクシーはあるまい。

憲太郎はそう思い、何枚かのビニール袋と着換えの服を持って来なかったことを後悔した。富樫の喋《しゃべ》り方には切羽詰まったものがあったので、憲太郎はそこまで頭が廻らなかったのだった。

道は空《す》いていたので、だいたいこのあたりで一般道に降りればいいのであろうと、憲太郎が大阪市内の出入橋出口を出て、新御堂筋《しんみどうすじ》を進んで茶屋町の近くに着いたのは、十一時前であった。

一方通行の道ばかりで、Nホテルは見えているのに、その周りを廻っているだけの結果となり、憲太郎が苛立《いらだ》ちはじめたとき、ホテルの向かい側の道に隠れるように立っている富樫の姿をみつけた。富樫は、公園でひろったという大きなビニール袋を持っていた。頭髪と顔はハンカチで拭いたらしいが、全身濡《ぬ》れ鼠《ねずみ》のようで、離れた場所からも強い灯油の匂《にお》いがした。

「すんまへんなァ。こんなことをお願いして」

富樫は恐縮するばかりで、ひろったビニール袋を持ったまま、いっこうに車に乗ろうとはしなかった。

「とにかく乗って下さい。ぼくの家に行きましょう。風邪をひきますよ」

と憲太郎が促すと、富樫は助手席のシートにビニール袋を敷いて坐り、

「いやあ、とんでもない目に遭うてしもて」

と言いながら、ワイシャツを脱いだ。

料理屋で酒を酌み交わしていたときは、背広を着てネクタイをしめていたのに、富樫は背広の上着は着ていないし、ネクタイもはずしていた。憲太郎が訊くと、ネクタイも灯油まみれだったので、公園のゴミ箱に捨てたという。背広の上着のことは口にしなかった。

話したくない事情があるのだから、こちらからは何も訊かないでおこう。憲太郎はそう決めて、車を走らせた。

「すごい匂いですねェ」

阪神高速道路に乗ってから、憲太郎は多少の恐怖を感じて、そう言った。車内の電気配線のわずかな火花でも、富樫は火だるまになりそうな気がしたのだった。横に坐っている富樫が火だるまになれば、この自分も無事には済むまい……。

「富樫さん、車のどこにもさわらないで下さいね。静電気が怖いですからね」

「そうでんなァ。ぼく、ここで降りますわ。車が燃えたりしたら、えらいこっちゃ」

「こんな高速道路で降りたりできませんよ」

「遠間さん、煙草《たばこ》は厳禁でっせ」

「当たり前ですよ。煙草なんか吸ったら、一巻の終わりじゃないですか」

憲太郎がそう言ったとたん、前を走っていたトラックの運転手が、火のついたままの煙草を窓から投げ捨て、その火の粉が憲太郎の車の真横に飛んだ。二人は同時に悲鳴をあげた。悲鳴というよりも猛禽《もうきん》の絶叫に似ていた。

「窓を閉めましょう」

灯油の、頭が痛くなるような匂いを出すために、車の窓は全部あけていたのだった。

「いや、やめときましょう。とにかく、モーターで動くものは危ないですから、窓はあけたままのほうがいいです」

憲太郎はそう言い直して、前を走る車からできるだけ間隔をあけた。

家の前に着くと、憲太郎はハンカチを手に巻いて車のドアをあけ、富樫を玄関口に立たせてから、車をガレージに入れた。

「寿命が縮まりましたね」

玄関の鍵《かぎ》をあけながら、憲太郎は笑みを浮かべて富樫を見た。

富樫が体を洗っているあいだに、憲太郎は玄関を入ったところに脱ぎ捨てられた富樫のワイシャツとズボン、それに下着と靴下をゴミ捨て用のビニール袋に入れ、比較的新しい自分の下着とポロシャツとズボンを揃《そろ》えた。

「よおく、あったまって下さいよ。あれだけの灯油をかぶったら、体が冷えたでしょうからね」

そう言って、冷蔵庫からビールを出し、憲太郎は弥生が帰宅していなくてよかったと思った。

富樫が風呂からあがり、すんまへんなァ、すんまへんなァと言いながら、憲太郎の下着と服を着て居間に来たとき、弥生から電話がかかった。最終の電車に乗り遅れてしまったので、タクシーで帰ってもいいかというものだった。

「いいよ。タクシー代は、就職祝いとして、お父さんが払ってあげるよ」

憲太郎の言葉に、

「えっ、タクシー代だけで就職祝いはおしまいなの？」

と弥生は言った。

「いま、お客さんが来てるんだ」

「どなた？」

「富樫さんだ。お前がお世話になったことのお礼をしたくて、食事にお誘いしたあと、うちにまでむりやりおつれしてね」

弥生は、タクシーで帰れると決まったので、友だちがアルバイト勤めをしている店に行ってもいいかと訊いた。

「いちいち、お父さんに許可を求めることはないだろう。もう、おとななんだから。友だちが働いてる店って、どんな店なんだ？」

「お好み焼き屋さん。安心した？」

「心配なんかしてないよ」

電話を切ると、憲太郎は富樫にビールを勧め、

「そんな格好でお宅に帰ったら、奥さんがびっくりするでしょうねェ」

と言った。

「着てた背広やネクタイやパンツはどないしたんやて訊きよりますやろなァ」

そう言って、富樫はビールの入ったグラスを両手で持ち、深い溜息《ためいき》をついた。

友だちづきあいといっても、自分たちはいつも丁寧な言葉遣いをしあっている。それは、仕事の話をしているときに、ついうっかりと馴《な》れ馴《な》れしい話し方になって、周りにおかしな詮索《せんさく》をされないためだ。

富樫は、そう前置きし、

「これからは、ほんまに友だちらしい話し方をしまへんか」

と言った。

そのことに対して神経質になっていたのは富樫のほうだったので、憲太郎には異論はなかった。

「じゃあ、そうしよう。俺お前でいこうよ」

「よっしゃ。決まった。俺お前や。きょうのこと、誰にも言わんといてや」

「誰にも言わないし、何があったのかも訊かないよ。でも、奥さんには、どう言う？知られちゃいけない事情だろ？」

憲太郎にそう言われて、富樫は再び深い溜息をついた。

「俺が奥さんに電話しようか。二人で酔っぱらって、どこかのドブにはまったって」

「ドブに？」

「汚ない油の浮いてるドブで、二人とも全身ドブとか油とかでどうにもならなくなって、俺の家で風呂に入ったって」

「うん、そない言うてくれたらありがたいなァ」

憲太郎が電話機を持ってくると、富樫は自宅に電話をかけ、憲太郎の作り話を妻に語り、憲太郎と替わった。

「私がご主人を引っ張り廻しましてねェ。娘の就職のことでとてもお世話になって、富樫さんのお陰で決まったもんですから、父親の私までが浮かれてたんです。私も富樫さんも、頭のてっぺんから足の爪先までドブまみれになっちゃって」

富樫の妻は屈託なく笑い、二人とも怪我《けが》はなかったのかと訊いた。

「ええ、怪我はないんですが、二人とも着てたものはもう使い道がありませんね。臭くて臭くて」

それから、憲太郎は、ひょっとしたら今夜はご主人に泊まってもらうかもしれないと言い、電話番号を教えた。

「そんなご迷惑なこと……」

「でも、富樫さんのお宅は枚方《ひらかた》でしょう。もう電車はありませんし、タクシーで帰ったら高くつきますしねェ」

「そやけど、背広や下着は……」

「まあ、それはあした何とかしますよ」

憲太郎は、あらためて日頃お世話になっていることの礼を述べてから、富樫に替わった。

「うん、そういうことやねん。ああ、誰からも電話はなかったか？」

富樫はそう訊いて、かすかに安堵《あんど》の表情を浮かべたあと電話を切った。

「ズボンのポケットのなかを勝手にさぐったよ。大事なものが入ってちゃいけないと思ったから」

憲太郎は言って、富樫のズボンのポケットにあったものを渡した。

百円玉が六個、十円玉が三個、一円玉が七個、何かの領収書が三枚、そして尻《しり》ポケットに入れてあった二つ折りの財布。そのすべてが灯油の匂いを放っていたので、憲太郎はビニール袋に包んでおいたのだった。

「背広の上着には、何も入ってなかったのか？」

憲太郎の問いに、富樫は視線を落としたまま力なくうなずき、

「たいしたもんは入ってないねん。手帳と名刺入れと老眼鏡」

そうつぶやいてから、

「あっ、老眼鏡がないと困るなァ。おととしくらいから、老眼鏡なしでは、新聞どころか、ご飯粒も見えへんようになってしもたんや。お前はどないや？」

と訊いた。

憲太郎も老眼鏡が必要になってからすでに三年がたっているが、まだご飯粒は裸眼

でも見える。

「俺、近視だから。眼鏡をかけなきゃいけないってほどの近視じゃないんだけど、左目が〇・七で、右目が〇・四なんだ。だから、お前よりも老眼の進み方が遅いんじゃないかな」

憲太郎の言葉に、

「俺は両目とも一・五やったんや」

と富樫は言ってから、また大きな溜息をついた。その溜息のつき方がおかしくて、憲太郎は笑いながら、

「この遠間憲太郎っていう親友が、親友であることの契《ちぎ》りとして一肌脱ごうか？」

と言った。

富樫は、人差し指の爪で額や頰や鼻の頭を掻《か》き、

「いや、迷惑をかけるやろから……」

と言ったが、その顔にはわずかながら生気が戻った。

「灯油て、かぶれるんやろか。体中がかゆいなァ」

一呼吸入れるためにそう言って体のあちこちを掻きむしるようにしてから、富樫は事のいきさつを語りだした。

――半年ほど前、難波《なんば》にあるスナックに毛が生えたような店のママと深い関係になってしまった。自分も相手も酔っていたし、

「一夜の恋よ。一回きりよ」

という女の言葉を真《ま》に受けたのだった。それなのに、女は、連日、富樫の事務所に電話をかけてきて、こんどはいつ逢《あ》えるかと誘いつづけた。

若いころから苦労をともにしてきた妻を思うと胸が痛かったが、これも男の甲斐性《かいしょう》だと自己弁護して、週に一、二度、女のマンションへ通うようになった。一ヵ月もつと、その女の気性の強さと、わざとらしい媚《こび》が鼻につくようになったが、女は月々の手当てまで要求しはじめた。穏便に終われる時期を待ちながら、富樫は女の求める金を月々渡して、きょうという日が訪れた。

富樫は、憲太郎と別れたあと、淀川区にある女のマンションに行った。女は三ヵ月前に、店を閉めて、富樫の愛人としての人生をまっとうするのだと勝手に決めてしまったのだった。

マンションには、富樫のための衣類が揃えられ、富樫のためのバスタオルや歯ブラシやスリッパなども用意されていた。女は店をやめて以来、富樫がマンションを訪れると「おかえり」と迎え、帰るときには「いってらっしゃい」と送る。富樫は、それ

がたまらなくいやだったが、そんなやり方はやめてくれとは言えなかった。

今夜も、女は「おかえりなさい」と迎えたが、顔には険があった。富樫がすでに自分をうとんじていることを、女もすでに気づいているのだとわかった。それでも、富樫は別れ話を切り出すことができなかった。この女がひらきなおったら何をしでかすかわからないという恐怖もあったが、富樫は、どんなことがあっても、妻には知られたくなかったからだった。

富樫が帰ろうとして、玄関にしゃがんで靴の紐《ひも》を結んでいると、女がベランダからバケツを持って歩いて来て、何も言わずにバケツの中身を富樫の頭からかけた。そして、ライターを突きつけて、

「奥さんのところに帰るんだったら火をつけるわよ」

と言った。

富樫は自分が何をかけられたのか、すぐにはわからなかった。しかし、女の手に握られているライターを見た瞬間、バケツになみなみと入っていたものが灯油であったことに気づいた。

落ち着いてくれ。気を鎮《しず》めてくれ。頼むから、火をつけないでくれ。

富樫は女をなだめ、わかった、俺はもう家には帰らないと言った。女は、きつい目

をしたまま、ライターを突きつけていた手を下げた。

富樫は、その一瞬の隙《すき》に、女を突き倒し、ドアをあけ、走って逃げた。エレベーターを使わず、階段を駆け降り、通りに出ると、とにかく走った。背広の上着は、女の部屋の玄関に置いたままだった。

「あいつ、初めからそのつもりで、バケツに灯油をなみなみと入れて、俺が来るのを待ってたんやなァ」

と富樫は言い、丸い二重の目を、飛び出るほど大きくさせて、

「なァ、どんなに怖かったか、わかるか？　女が、しゅっとライターの石をこすったら、俺は火だるまやで。ライターは、灯油がしたたり落ちてる俺の顎《あご》のとこにあるんやで。震えるとか、体のどこかが弛緩《しかん》するとか、総毛立つとか、そんななまやさしい恐怖やあらへん。俺はひたすら、『やめて。頼むから、やめてくれ。落ち着いてくれ。やめて、やめて』としか言葉が出てけえへんかったよ。そしたら、女は『頼むって、火をつけてくれって頼んでんの？』って、絶叫して、ライターを俺の顔の前で振り廻しよったんや。なァ、どんなに怖かったか、わかるか？」

と言って、両手で髪の毛を掻きむしり、顔を強くこすった。

憲太郎は、想像しただけで腰のあたりに不快な痺《しび》れが走っていくのを感じながらも、

笑いを抑えることができなかった。笑ってはいけないと思うのだが、笑いは次から次へとこみあげてきて、ついには涙までがこぼれた。

「そんな、涙流すほどおもろいか?」

富樫は憮然《ぶぜん》としてそう言ったくせに、憲太郎と一緒に笑いだした。笑いながら、

「ほんまに怖かったでェ」

と言って、涙を手の甲でぬぐった。

「お前も笑ってるじゃないか」

憲太郎の言葉に、

「お前が笑うからじゃ」

と言い返し、富樫は小柄な体をくの字にさせて笑いつづけた。

ひとしきり笑って、涙を流したあと、富樫は、

「道を歩いてても、灯油の匂《にお》いが全身から漂ってるから、向こうから歩いて来るやつら、びっくりして俺から逃げよんねん。タクシーの運ちゃんなんか、『俺の車に乗りやがったら、ぶち殺したるぞォ』って言いよって……。くわえ煙草《たばこ》で高校生みたいな連中が五人歩いて来よったときには、俺は、わァって叫んで逃げたで」

と言った。

それでまた憲太郎は笑ったが、さあ、一肌脱ぐといっても、これは面倒だなと思った。

「どないしたらええやろ。あいつ、いまごろ、灯油を持って、俺の家に向かってるんと違うやろか」

富樫の言葉に、

「いくらなんでも、そんなことはしないだろう」

と答えたが、そのような女は何をしでかしても不思議ではないのだという思いもあった。

ポロシャツの袖丈《そでたけ》も、ズボンの丈も、みな富樫には長すぎたので、彼はそれをまくりあげて、ビールよりも、日本酒かウィスキーを飲みたいと憲太郎に言った。

「とにかく、勢いよく酔うて、勢いよく寝るわ。そやないと、灯油まみれの体にライターを突きつけられたときのことが頭にちらついて……。それに、あの女のマンションから逃げてからずっと、悪いことばっかりが頭に浮かんで」

「悪いことって？」

「俺の家の前で焼身自殺しよれへんやろか、とか、俺の女房に逢いに行って、なにもかも喋《しゃべ》れへんやろか、とか……」

出来心とはいえ、似合わないことをして、一日も早く別れたいと思いながらも、臆病風《おくびょうかぜ》に吹かれて、ずるずるとつづけてきた自分が悪いのだと富樫は言い、

「俺、結婚してから、一回も浮気なんかしたことなかったんや。世の中には、いろんな商売女がおるやろ？　たとえばホテトルとか、怪しげなマッサージとか、ランジェリー・バーとか。俺、そんなもんも一回も経験したことがないんや。そやのに、あの晩は、出来心というのか、魔がさしたというのか……」

とつづけた。

憲太郎は、日本酒の一升壜《びん》を持って来て、テーブルの上に置き、

「心配しなくても大丈夫さ」

と言った。

「俺だって、身に覚えがないってわけじゃないからな。その女は計算ずくでやったんだ」

「俺が別れたがってるってことを知ったうえでってことか？」

「まあ、つまり金だよ」

と憲太郎は言った。

「奥さんを、いやな目に遭《あ》わさないための金だと思って、手切れ金の交渉をするしか

ないな。俺がまず女と逢って話をして、あとは弁護士をあいだに立てて、あとくされのないようにしよう。法外にふっかけられても困るからな」

富樫が、自分の会社に顧問弁護士がいるが、そいつには知られたくないと言うので、憲太郎は、いまは大阪で弁護士事務所をひらいている高校時代の友だちに頼もうと思った。

「それにしても、男に灯油をぶっかけて火をつけようなんて……。女っちゅうのは恐しいなァ」

富樫は言って、日本酒を湯呑《ゆの》み茶碗《ちゃわん》で飲んだ。

「なんぼ痴情のもつれやというても、男はせいぜいナイフか包丁かを振り廻す程度や。女に灯油をかけて火をつけようなんてことをする男はおらんで」

それから富樫は、口のなかで何か言った。

何をぶつぶつつぶやいているのかと憲太郎が訊《き》くと、

「魔がさすって言葉を考えてたんや」

と富樫は言った。

「魔がさすってのは、たったの四文字やけど、これ以上にうまい言葉はないなァと思て……」

「まさに、たったの四文字だよな。漢字とひら仮名で、たったの四文字」

「その四文字のなかに、人間が崩壊するすべての根本が含まれてるんやなァ。人間のあらゆる失敗の根本は『魔がさす』からや」

長い人生から見ればたいしたことではない悩みや失敗で、ふいに電車に飛び込んだり、首を吊《つ》ったりするのも、魔がさすからであり、引き返したほうがいいと思いながらも、山を登って行って、遭難してしまうのも、魔がさしたのであろうし、停車しようと思えば停車できたのに、交差点を走って行って人を轢《ひ》いてしまうのも、魔がさしたからだ、と富樫は言った。

「そうか、よし、俺はもう二度とこんな失敗はせんぞ。自分が行動を起こすとき、これは魔がさしてるんとちゃうやろかと考えて、それから、喋ったり動いたりする」

その富樫の、いつもの生気を取り戻した顔を見ているうちに、憲太郎は、お互い熟考の末の結論だったとはいえ、自分と妻との離婚も、「魔がさした」からではなかったのかという思いに駆られた。

気持のいい酔いが廻ってきて、憲太郎は、今夜はそんなことを考えるのはやめようと思い、フンザで撮った写真を富樫に見せた。

富樫は、アルバムの最初のページに貼《は》りつけてあるシルクロードの詳細な地図に見入った。

その地図は、ひろげると畳一畳分ほどの大きさで、中国領のタクラマカン砂漠を中心に、上部はモンゴルからカザフスタンのアラル海まで。真ん中は内蒙古《うちもうこ》自治区、タクラマカン砂漠を含むタリム盆地、パミール高原周辺のキルギス、タジキスタン、ウズベキスタン、トルクメニスタンまで。下部は中国の四川省、青海省からチベット、インド、パキスタン、アフガニスタンまでの、小さな町の名や川の名も細かく印刷されていた。

「フンザは、ここだよ」

憲太郎は、地図の左下を指で示した。

富樫は地図に見入り、真ん中のタクラマカン砂漠の周縁をなぞりながら、

「これ、砂漠か?」

と訊いた。

「ああ、世界第二の移動性砂漠。タクラマカンてのは、ウイグル語で『生きて帰らざる海』って意味なんだ。要するに、入ったら、生きては出られないってことさ」

富樫は、憲太郎の言葉に、なにやら感嘆の声を洩《も》らし、

「地図を見るだけでも、でっかい砂漠やとわかるなァ。どのくらいの大きさなん

や?」

と訊き、お前の老眼鏡を貸してくれと手を差し出した。

「ほとんど日本の国土とおんなじくらいの大きさだよ」

憲太郎は、自分の老眼鏡を渡しながら、そう言った。

「日本とおんなじ大きさ? 砂漠が?」

富樫は驚き顔で、地図に見入った。

「ああ、ただでかいなァって溜息《ためいき》をつくしかないけど、昔の人は、この死の砂漠の北側や南側を通って、ペルシャ世界からヨーロッパへ、逆に中国へって行き来して、絹や玉《ぎょく》や香辛料や、文化そのものなんかを運んでたんだな。南側のルートが幾つも枝分かれして、フンザにも、中央アジアやヨーロッパの血が入ったんだ」

富樫は何度も感嘆の声を洩らし、丁寧に地図を畳むと、憲太郎が写した写真に目を転じた。

羊の群れとともにたたずんでいる青年。真っ裸になって、池で泳いでいる子供たち。段々畑を耕している老人。アジア人ともヨーロッパ人ともつかない、彫りの深い、青味がかった目の赤ん坊。家々の明かりが灯りはじめた夕暮れの遠景。ウルタル峰の雪渓《せっけい》。

それらを見ているうちに、富樫は、あっと小さく声をあげて、一枚の写真に目を止めた。

「これは？」

「村の少し高台みたいになってるとこの、農家の庭だよ。生まれたばかりの山羊《やぎ》の仔《こ》が、母親のお乳を飲んでたから、それを写真に撮ろうと思ったんだけど、シャッターを押す寸前に小屋に入っちゃって、肝心の山羊の親子は撮れなかったんだ」

それは、偶然に、農家やその周辺の桃の木や、あんずや桑の木や、背後の家や丘も写っていないために、広大な草原のように見えるのだった。

「これ、草原やなァ」

と富樫は言った。

「うん、そう見えるけど、実際は百坪くらいの庭なんだ」

「そやけど、草原に見えるなァ。ほれ、モンゴルの大草原みたいに」

「俺も写真ができあがってきたとき、あれ？　ここはどこだ？　こんな草原がフンザにあったかなァって、なんだか狐《きつね》につままれたみたいな気がしてね。カメラの位置で、たまたまそんなふうに写ったんだなァ」

憲太郎の説明にうなずきながら、富樫はいつまでもその写真に見入りつづけ、それから他の写真に目を移した。

憲太郎が写した写真は、夥《おびただ》しい枚数であった。

イスラマバードからギルギットまでの小型飛行機に乗っているときも、ナンガパルバット峰が見えて、夢中でシャッターを押したし、遠くのK2の、抜きんでて聳《そび》える頂きもカメラに納めた。

崑崙《こんろん》山脈が見えたときには、三十六枚撮りのフィルムを二本も使ってしまった。

富樫の目は、それらすべてを見たあと、再び、何もない草原のように見える、さっきの写真へと戻った。その平凡と言えば言える写真に、富樫はよほど何等かの感慨を抱いたのかと思い、

「気にいったんなら、引き伸ばして進呈しようか?」

と憲太郎は言った。

「お前のとこだって、フィルムの現像も焼きつけも引き伸ばしも、商売のひとつだろうけど、俺の会社は、なにしろカメラを造ってんだから、お安いご用だぜ」

「うん、頂戴《ちょうだい》できたら嬉《うれ》しいなァ。それやったら、ついでにこれも引き伸ばしてほしいねんけど」

富樫が指差したのは、フンザのホテルのベランダで、夜中の二時までかかって撮影

した夜空の星であった。カメラを三脚に固定し、レンズの絞りを開放にして撮ったので、フンザの村の真上にちりばめられたすさまじい数の星は、幾重もの光の渦と化していた。

「これは、ちょっと素人《しろうと》っぽくない写真だろう？」

憲太郎は嬉しくなって、身を乗り出しながら言った。

「うん、吸い込まれそうやなァ」

「おい、お前、親友の契《ちぎ》りとして、おべんちゃらを言ってくれてるんじゃないの？」

「おべんちゃらなんか言うかいな。お前の会社で造ってるカメラの性能に感心してるんや」

憲太郎は笑って富樫の肩を突いた。富樫は笑い、憲太郎の湯呑み茶碗に酒をついだ。それから、ふいに、

「この日本て国は、働き甲斐《がい》のない国やなァ」

と言った。

「あこぎな商売でぼろ儲《もう》けして、税金をまともに払わへん連中は、法の網《あみ》を上手にくぐって、陰で舌出して生きてる。正直に、こつこつ働いてる人間にとったら、腹の立つことばっかりや。日本は、いっそ、こんな国になったらええんや」

「フンザみたいな国にか？　日本は、もういまさら、こんな国にはなれないよ」

「そうやなァ……。日本は台所をひろげすぎたなァ」

そして富樫は、自分のなかにできた穴を、どうやって埋めたらいいのだろうとつぶやいた。

「俺、こんなに背が低いし、体も細いし、けったいな顔してるから、子供のときは、陰で『チンパ』て呼ばれたんや。チンパンジーを縮めてチンパや。親父《おやじ》は大工やったけど、俺が中学生のとき、普請《ふしん》中の家の屋根から落ちて、膝と股関節《こ》の骨を痛めて、松葉杖《づえ》なしで歩けるようになるのに五年もかかった。俺は体だけやなしに、脳味噌《のうみそ》まで貧弱やったのか、とにかく勉強がでけへんかったし、親父やお袋や弟二人を助けてやりとうて、中学を卒業すると、大阪のスーパーマーケットに就職したんや。俺の給料は、手取りで八千二百円やった」

生まれは岡山県のK市。瀬戸内海に面していて、家からはいつも瀬戸内の高島《たかしま》や北木島《きたぎしま》や白石島《しらいしじま》が見える。

天気のいい日に高台にのぼれば、遠くの手島や、点々とちらばる小さな島々も見える。海岸線は川が注ぎ込んでいるので、いつもハゼを釣る人々が何本も竿《さお》を使って、日がな一日、釣りを楽しんでいる。けれども、生まれ育った地の美しい風景は、自分にとっては、ことごとく、負《ふ》の記憶につながる、忌《いま》わしいものでしかなかった。

自分がチンパと蔑《さげす》まれ、体の大きい子に、しょっちゅういじめられたうえに、不慮の事故で大怪我《おおけが》をして働けなくなった父に、周りの人々は冷たかった。

母はわずかな賃仕事を得るために、あちこちの漁港で頭を下げ、朝早くから夜遅くまで働いた。

必ず松葉杖なしで歩けるようになってみせるという父のために、母は父の体を支えて、家の近くの道で歩行練習の手伝いをつづけた。

自分は、大阪に出てから二年目に、知人の紹介で、難波にある大きなカメラ店に職場を替え、そこで二十五歳まで働いた。カメラの量販店のシステムを考えたのは社長だったが、実行しないままに病死した。

自分は、いつか、社長が考えていたカメラの量販店をやりたいという夢を抱いて、二年間、東京にある量販店のさきがけとも呼べるカメラ店で働き、そのシステムを勉強し、カメラ機器メーカーとの人脈や信用を少しずつ得ていき、三十歳のとき、枚方市に自分の店を持った。

そう語って、

「さあ、そこからが悪戦苦闘やったんや」

と富樫重蔵は言った。

「そやけど、こんなことを話してると、夜が明けてしまうがな」

「いや、夜が明けてもいいから聞きたいな。手取り八千二百円だった十五歳の富樫重蔵が、三十歳でやっとカメラ店の店主になってから、どうやって、店を大きくさせたのかを」

憲太郎の言葉に、富樫は照れたような笑みを浮かべながら首を振り、

「運もよかったし、人にも恵まれたし。ただ自分の会社の基礎体力を常に念頭に置いて、お客さんが喜んでくれはるようにと、そればっかりに工夫を凝らしただけや。そうしてるうちに、銀行にも信用してもらえるようになったんや。それよりも、遠間の身の上はどんなんや？」

と訊いた。

「俺は、生まれも育ちも東京だよ。姉がひとりいる。親父は停年になるまでずっと文房具のメーカーに勤めてたんだ。停年になって、さあこれから何か好きなことでもやろうかってときに、電車のなかで死んじゃった。心筋梗塞《こうそく》でね。まだ五十六歳だったよ。俺は親父が二十七歳のときの子だから、そのとき二十九歳。大学院を出て、いまの会社に就職して四年たってた。姉も三十二歳で、もう結婚して子供もいたんだ。俺

の人生は平凡だよ。平凡じゃない点は、一年前に女房と離婚したってとこくらいでね」

富樫は、離婚の理由を訊こうとはしなかった。

「小さいときから、ごく普通の子で、何かきわだった思い出があるってわけじゃないし……」

「そやけど、国立の一流大学を出て、それから大学院で光工学を勉強したんやから、小さいときから頭がよかったんやろ？」

「頭がいいのかどうか……。でもまあ、勉強は好きだったな。日本の光工学は世界でもトップだし、うちの社の技術力は絶対に他社よりも優れてるから、俺は四十歳のときに大阪の、それも営業局に配転になったことが、まあ唯一《ゆいいつ》の挫折《ざせつ》を味わった点かな」

自分も娘も、大阪で暮らすようになってから、大阪弁を喋《しゃべ》ろうとしたことがあったが、そんな気持の悪い大阪弁はやめてくれと周りの人々に笑われて以来、東京言葉で通していると憲太郎は言った。

「俺も娘も、どう練習しても、大阪弁のイントネーションを真似《まね》できないんだよ。息子は大阪弁に慣れちゃって、ほとんど完璧《かんぺき》な大阪訛《なま》りだけどね」

富樫は、テーブルの上に片づけたアルバムを再びひらき、さっきの、草原のように見える写真を眺めていたが、

「二軒目の店舗を堺市《さかい》に出したとき、俺、親父とお袋に土地を買《こ》うてあげたんや。ずっと暮らしてきたとこの近くの、瀬戸内海の島々が、もっとよう見えるとこに」

と言った。

「そやけど、せっかく更地にしたのに、親父もお袋も、ずっと住みつづけてきたぼろ家から出ようとせえへん……」

富樫は写真に目をやったまま苦笑した。

父親は、なんとか坐《すわ》ってできる手仕事をと考え、小さな卓子《テーブル》や椅子《いす》を作りはじめたが、怪我をした股関節の、大腿骨《だいたいこつ》の骨折部位は回復が遅れ、坐ることすら困難で、木を削ったり曲げたりする作業はままならなかった。売れもしない物を作っていても、材料費がかさむばかりだと家族に言われたが、父親にとっては「物を作る」ということが生きるよすがでもあったのだ。

富樫はそう語り、

「それがこの七、八年前くらいから、ぽつぽつと売れるようになってなァ」

と言った。

「足とか腰とか背中とかが悪い人は、普通の椅子には坐りにくいんや。親父は、そんな人のための椅子を作ったんや。それが、地元の新聞に紹介されたり、人づてで、いつのまにかひろまって、註文が来るようになって、なんとかお袋と二人が食べていけるだけの収入が入るようになってしもた……」

いまは、昔から住んでいたあばら家に〈富樫の椅子工房〉という看板を出して、朝から晩まで椅子を作っている。

母親はといえば、自分が買ってあげた土地に畑を作り、そこで野菜を作っている。

「俺は、畑を買うてあげたんやないんやけど……」

富樫は笑い、ちょうど一ヵ月ほど前、親父は、その土地の真ん中に、自分が作った椅子を置き、それを写真に撮って送って来たのだと言った。

「親父がカメラをかまえた場所は、ちょうどこのフンザの農家の庭とおんなじように、隣の家も柿《かき》の木も写ってのうて、畑になってるとこにピントが合《お》うてないから、ここはいったいどこやねんて首をかしげるような、見たこともない草原みたいやねん。そんな草原に、親父の手作りの木の椅子がぽつんと……」

富樫は、憲太郎が写した写真を指差し、

「ちょうどここに、椅子がぽつんとあるんや」

と言った。

「その写真を見たとき、物を作るってことは、人間が生きるっていうことなんやなァって思たんや。人間が正直に生きるってことの根本には、物を作るってことが要《かなめ》としてあるんやなァって。商売もおんなじや。物を作ってる会社は、いざというときに底力がある。右の物を左に移したり、左の物を斜めに動かしたりして利鞘《りざや》をかせいでる連中は、世の中の動きがちょっと変わっただけで、ころっと転びよる。俺とこみたいな量販店は、まさにそれや」

富樫は、自分の財布の匂《にお》いを嗅《か》ぎ、申し訳ないがタクシーを呼んでくれないかと憲太郎に言った。今夜はやはり帰ったほうがよさそうだ、と。夜中の一時を廻っていたが、憲太郎は、あえて富樫を引き留めなかった。

タクシー会社に電話をかけると、十分ほどでタクシーがやって来た。

「やっぱり、弁護士に、あいだに入ってもろたほうがええかなァ?」

富樫はタクシーに乗ってから、そう訊《き》いた。

「こういうことは、事務的に処理したほうがいいんだよ。相手は情実に絡《から》めたり、ひらきなおって脅したりして、足元を見てくるからな。それに、弁護士があいだに入って来たっていうだけで、相手は衝動的な行為に出られなくなるよ」

憲太郎の言葉にうなずき、

「ほな、よろしゅう頼むわ。俺はずっとあしたは会社にいてるよってに」

と富樫は言い、自分の携帯電話の番号を教えて、帰って行った。

まるで富樫と入れ換わるように、弥生が帰って来て、まだ玄関口のところにいた憲太郎に、

「お父さん、タクシー代」

と言った。

憲太郎は居間に行き、財布から一万円札を出すと、タクシーに乗ったままの弥生に渡した。

「これ、何の匂い？　灯油みたいだけど」

弥生は洗面所の横を歩きながら言った。

「うん、灯油だよ」

「どうして？」

「ちょっと、わけがあって、灯油まみれになった友だちが来たんだ」

「灯油まみれ？　お父さんにそんな友だちがいるの？」

「富樫さんだ。たったいま帰ったとこだ。今夜は泊まって行けって勧めたんだけど

ね」

憲太郎は、自分の体にも灯油の匂いがついているだろうと思い、風呂《ふろ》に入り、二階の寝室に行った。弥生は余計なことは訊かない娘だな、と思った。

富樫重蔵と弥生とは、一度だけ逢《あ》っている。就職の世話をお願いするのに、本人の人となりをまったく知らないというわけにはいかないだろうと弥生が言うので、憲太郎は弥生を伴って富樫と食事をしたのだった。

あの年頃の娘なら、逢ったことのある、自分の就職の世話をしてくれた相手が、灯油まみれになって家を訪れた理由を訊くのが普通というものだが、弥生はそうはしない。老成しているのでもなく、他人に無関心だというわけでもない。あまり訊かれたくない事情があるのだろうと感じると、知らんふりをするのだが、憲太郎はそんなところが弥生の美徳のひとつだと思っている。

自分の両親が離婚する際に、母親のこれからの生活設計に心を砕いたのは弥生だった。お互い、憎しみ合って離婚するのではないのだから、でき得る範囲で精一杯のことをしてあげてくれと、弥生は憲太郎に言った。

もとより、憲太郎もそのつもりだったが、まだ五十前のサラリーマンには限界というものがあり、とりあえず杉並区に買ってあった土地と家を、妻の道代に譲渡する準備を急いだ。その土地と家は、憲太郎が三十五歳のときに二十五年間のローンで買ったのだが、大阪に転勤してからずっと、人に貸していたのだった。

借主にも事情があるので、家が明け渡されるまで八ヵ月待たなければならなかった。ローンは、まだあと十年残っているが、それは憲太郎が払いつづけなければならない。それでも、離婚という具体的な行動がとれたのは、妻の実家が大正の初期からつづく仕出し弁当屋で、支店を新宿のデパートに新しく出す話があったからである。

跡を継いで、ここ数年で家業を大きくした妻の兄は、どうしても離婚が避けられないのならば、道代が社員となって、その支店を切り盛りし、給料を得られるようになるしかあるまいと考えてくれたのだった。しかし、妻の兄がそのような考えに至ったのは、当時二十歳だった弥生の懇請のお陰だった。

弥生は、デパートへの出店の話を伯父から聞き、自分の母親がそこで働けるようにしてくれと頼んだ。妻の兄は、何人かの甥《おい》や姪《めい》のなかで、弥生をとりわけ気にいっていたのだった。

「二十何年もつれそって、大学生の娘と息子がいるってェのに、なにをガキみてェなこと言ってるんだよ。ただ性《しょう》が合わねェからって、そんなわがままな離婚をするんなら、道代のこれからのこと、憲太郎さんが、ちゃんと面倒見りゃあいいじゃないか。

そんな甲斐性《かいしょう》もなくて、なにが性格の不一致だよ」

　義兄のその言葉に、憲太郎は返す言葉がなかった。まさしく、そのとおりだと思った。だが、道代の人生もまだこれからだと考えれば、何から何まで波長の合わない夫婦のままで生きていくのは、なによりも道代のためによくない。憲太郎はそう思い、義兄に頭を下げるしかなかったが、そんなころ、弥生は父親に内緒で上京して、伯父に頼み込んだのだった。

　そのことを知ったのは、離婚してしばらくたってから電話をかけてきた道代によってであった。

「弥生は、高校生のとき、自分の両親はもう駄目だって思ったんだって」

　と道代は言って笑った。その笑い方には、神経の細やかさはなく、どこかしら他人《ひと》事《ごと》のようで、憲太郎は、ああ、やはり別れてよかったと思った。

　道代には、悪意というものはないのだが、繊細であらねばならない場合に繊細ではなく、さして気遣いを必要としないときに、異常なくらいに気を遣うところがあって、憲太郎はその点に関してだけでも、苛立《いらだ》つことが多かったのだった。

　弥生に言わせれば、

「お母さんのなかには、悪か善かって評価基準しかないのよ。だけど、その二つに対しては潔癖すぎるほど潔癖なの」

ということになる。

憲太郎は、いったんベッドに入り、枕元《まくらもと》の明かりを消したが、今夜はすぐには寝つけそうにないと思い、弥生から借りた「世界歴史年表」をひろげた。それを読んでいると、いつのまにか瞼《まぶた》が閉じて眠れるからだった。

薄い小冊子に、たとえば紀元三〇〇〇年のころには、北ヨーロッパや西ヨーロッパではどんなことが起こり、ヨーロッパ中央部では何があり、中央アジアではいかなる動きがあり、中国では何が行なわれていたかを年表にして並記してある。

弥生が高校生のとき、世界史の教材として使っていたのを憲太郎が借りたのだった。

その年表は、紀元前三〇〇〇年のころから始まっていて、地域はヨーロッパ、エーゲ海、小アジア、エジプト王国、オリエント、イラン・アルメニア、インド、北アジア、中国に区分されている。

右端に日本の項があるが、そこには縄文文化とだけ記されて、誰がどんなことをしたかなどはまったく空白となっている。その日本の空白の部分に、やっと記述があらわれるのは、紀元前三〇〇年のころで、「北九州に弥生文化起こる」という、すこぶる簡略な、味も素気もない文章である。それ以後も空白はつづき、紀元二三九年に

「倭《わ》の邪馬臺国《やまたいこく》の女王卑弥呼《ひみこ》、帯方郡及び魏《ぎ》に遣使」と始まる。

ただそれだけを見ると、世界が大きく動きつづけていた太古の昔に、日本という国はなかったかに思えるのだが、記述可能な歴史的資料が残されていないだけで、縄文時代の人間は営々と一万年近く生きつづけていたのだ。

憲太郎が、睡眠薬代わりに「世界歴史年表」を読むようになったのは、その日本の空白時代に、すでに世界では日毎夜毎《ひごとよごと》、抗争が行なわれ、国というものが際限もなく誕生しては滅びつづけていたことに、なにかしら刮目《かつもく》させられる思いにひたれるからだった。

世界はなんと戦争ばかりしてきたことかと茫然《ぼうぜん》となってしまうのだった。

人間の支配欲、権力欲とは、なんとすさまじいものであろうと感じ入り、紀元前三〇〇〇年から紀元一九四五年へとページをめくり、八月十四日、ポツダム宣言受諾、翌十五日、終戦、無条件降伏の文字を読むと、憲太郎は、またいつか戦争が起こるか、あるいは他国の徹底的支配を受けて、日本が失《な》くなるのではないかと思ってしまう。

民族間の抗争や憎悪《ぞうお》も、それが人間、もしくは権力者たちの性《さが》であり業《ごう》であるならば、やがていつの日か、再び世界大戦が生じても不思議ではないと考えるからだった。

どうして人間も国も仲良く助け合って共存できないのであろうという思考にひたる

ことで、自分がなぜ眠りに落ちていけるのか、憲太郎はいささか恥かしく感じながらも、いまのところ、それ以上の睡眠誘発の方法を得られないのだった。

憲太郎は、二日酔いを覚悟して、もう一杯か二杯、ウィスキーを飲もうと思い、寝室を出て階下に行きかけた。

はい、とか、そうです、とかの、弥生の抑えた声が聞こえた。

誰かと電話で話しているらしいが、その応じ方で、相手が友だちではないらしいとわかり、憲太郎は階段の途中で立ち止まった。

――「私だって、そうしたかったんです」

――「はい、大丈夫です」

――「あしたは学校に行きます」

――「ゼミの講義には出席しないと」

――「私の気持は、わかって下さってるはずでしょう?」

――「たぶん、行けないと思います」

憲太郎は、どうしようかと迷ったが、わざと足音を大きくさせて階段を降り、居間へ行った。

「それじゃあ、失礼します。おやすみなさい」

弥生はそう言って電話を切り、

「眠れないの?」

と憲太郎に訊いた。

「誰だい? えらく丁寧な喋《しゃべ》り方だな」

「大学のサークルの先輩」

そう答えて、弥生は買ったばかりだという本を憲太郎に見せた。

「まだ三分の一しか読んでないけど、おもしろかった」

著者は、憲太郎の知らない外国人だった。

「特殊な犯罪者たちの心理テストから得た分析をしてるの」

「特殊な犯罪って?」

「自分の子供を殺した母親とか、幼児を何人も殺して食べた青年とか」

「あんまり読みたくないな。眠れなくなるよ」

憲太郎は、ウィスキーの水割りを作り、テレビをつけた。ほとんど裸に近い水着を身につけた、弥生と同年齢と思われる女たちが、男とのつきあい方を論議しながら、その合間にゲームやクイズに興じるという番組が映った。

このような時間にテレビを観《み》ることは滅多になかったので、

「へえ、こんな番組が深夜にあるんだなァ」

と憲太郎はつぶやき、ウィスキーを飲んだ。

番組の進行係である若い男のタレントが、水着姿の女の子たちに、セックスのとき、どんな体位が好きかと訊いた。

その受け答えを聞いているうちに、憲太郎は気恥かしくなり、溜息《ためいき》をついた。

「いまの日本の若い女の子たちって、いつのまに、こんなふうになっちゃったんだろうな」

風呂に入る用意をしながら、テレビの画面をのぞき込んだ弥生は、

「日本中の女の子が、みんなこうだってわけじゃないわ」

と言った。

「そりゃまあそうだろうけど……。テレビ局は、こんな馬鹿《ばか》ばっかり集めてきて、テレビで下品な言葉や画面を垂れ流してるんだなァ。四六時中、こんな番組を流してたら、これが当たり前なんだって勘違いする女の子が、どんどん増えていくよ。日本の青少年が、馬鹿になっていくはずだよ」

「テレビを観て、そういうことを言うようになったら、もう完全におじさんなのよ」

「俺はおじさんだよ。正真正銘のおじさんだ。五十歳だからね」

弥生は笑い、

「夜中にテレビをつけて、突然、こんなきわどい水着を着た私が出てきたら、お父さん、どうする？」

と訊《き》いた。憲太郎は、うーんと唸《うな》り、

「まあ、自分のきれいな体を見せたいってのは、女の本能みたいなもんだろうからなァ。でも、本能のままに振る舞うんだったら、人間じゃないよな」

と言った。

「そんなの答になってないわ。うまく逃げたって感じ」

「うん、俺は怒るだろうな。その前に、まず、びっくり仰天して、茫然となって、俺たち夫婦の育て方が、どこで間違ったのかって考えるね」

だが、親の育て方だけではどうにも制御できない社会の風潮は、これでもか、これでもかと、ありとあらゆる媒体を通して、子供たちに降り注いでいるのだと憲太郎は思った。そう思いながら、憲太郎は弥生の横顔を見つめた。娘の顔を、こんなにも長く見つめるのは何年ぶりだろうと考え込むほどに、いつまでも見つめつづけた。

父親に凝視されていることに気づくと、弥生は笑い、憲太郎の横に坐《すわ》って、自分の顔を近づけ、

「いやァね。その見方もおじさんなのよ。いいわ、気が済むまで、私の顔を見せてあげる。ときどき、きれいだけど、本質的には典型的な地味顔だって、いろんな友だちに言われてるの。お父さんもそう思う?」

と訊いた。

ほとんど、くっつくほどに近づけてきた娘の顔を見つめることが恥かしくて、憲太郎は視線をテレビの画面に移し、

「地味顔かなァ。俺はそうは思わないな。そりゃあ、派手な顔立ちじゃないけど、品があって、清潔な、いい顔だよ」

と言った。憲太郎は、とりわけこの一、二年で、弥生の容貌《ようぼう》に女らしい品が漂うようになったことを嬉《うれ》しく思っていたのだった。

「他人が横で聞いてたら笑うわよ。父親が娘の顔を、清潔ないい顔だなんて」

弥生は、そう言ってソファから立ち上がった。

「親馬鹿もいいとこだよな。馬鹿を見たかったら親を出せって言葉があるよ」

憲太郎は笑い、テレビを消した。

「ときどき、きれいだって言われたとき、すごく嬉しかったわ。そのときどきってのは、どんなときなんだろうって考えるのは、私のいまの幸福のひとつなの」

そう言って、弥生は浴室に行きかけ、振り返ると、

「お父さんは自分の顔を賞《ほ》められたこと、ある?」

と訊いた。

「あんまりないな。俺も地味顔なんだよ。弥生は俺に似たんだ。申し訳ないけどね。ああ、こないだ、女子社員が賞めてくれたな。おでこの毛が少し後退してきたけど、それがよく似合って、風格が出てきたって」

「その人、幾つ?」

「二十九かな。いや三十になったかもしれない」

「独身?」

「うん、人の噂《うわさ》話をしない子で、仕事もよく頑張る子だよ」

「うーん、ちょっと危険かな。上司の顔をそんなふうに賞める三十歳くらいの女ってのは」

「そうかなァ。仕事以外のことでは、いまダイエットのことしか頭にないらしいよ。自分では五八キロって言ってるけど、他の女子社員の話では、絶対に六二、三キロはあるって。身長は一五三センチだそうだから、かなりおデブちゃんだな」

私は、もっとこのへんに肉がつけばいいのにと言って、弥生は自分の胸にさわった。

弥生が風呂に入ってしまうと、憲太郎は、フンザの写真をまた見ながら、富樫はなぜこんな夜中に、高いタクシー代を払ってまでも帰ろうと決めたのだろうと思った。妻には、今夜は遠間憲太郎の家に泊まると電話までかけたというのに……。

やはり、万一ということを考えたのかもしれない。逆上した女が、家に押しかけて来たら、妻には知られてしまうが、それはそれで仕方がない。自分が悪いのだから。しかし、そのような状況になったとき、自分が逃げていてはいけない。

妻にこれ以上の傷をつけないためには、過《あやま》ちや、いっときの背信はとりあえず棚にあげておいて、自分は毅然《きぜん》とその女を否定しなければならない。それが、家庭を大切にしている夫というものであろう……。富樫重蔵は、きっとそのように考えたのであろうという気がした。

俺お前の仲となって、まださして時間はたっていなかったが、これまでの仕事上の数々のつきあいで、憲太郎は富樫の、その容姿からは想像もつかない、ある意味では気《き》っ風《ぷ》のよさや、対応の敏速さや、正直さや、人心を瞬時に読む能力や、情の厚さを知っていた。

「人情のかけらもないものは、どんなに理屈が通ってても正義やおまへん」

いつか、何かの席で、富樫重蔵はそう言ったことがあった。何かの本で、ある識者が孔子の「論語」について書いていて、じつにそのとおりだと思ったと前置きして、少し照れ臭そうに話して聞かせてくれたのだった。

昔、葉公《しよう》という王が、

「父親が羊を盗んだということを先日訴えて出てきた息子がいる。我が国は、それほど良く治まっている」

と孔子に自慢した。すると孔子は、

「それは違います。私はそうは思わない。子は父のために隠し、父は子のために隠します」

と言ったあと、

「直《すぐ》きことその中にあり」

そうつづけたというのだった。

「その人は、こう書いてはりました。なんで『直きこと』であって『正しきこと』とは言わなんだのかって。正しきことっちゅうとイデオロギーになるけど、直きことっちゅうと人情になる。孔子は、人情を重んじろ、理屈でものを裁くなと言うたんや、と」

なぜ、富樫がそんな話をしたのか、憲太郎は覚えていなかったが、孔子の言葉も、その識者の解釈も、じつにそのとおりだと憲太郎も思ったのだった。お互い、戦後生まれで、「論語」の言葉などは、ときおり父親とか、周りの年寄りから聞いたおぼえがある程度だったので、そのとき憲太郎は、

「『論語』をお読みになるんですか?」

と富樫に訊いた。

「読もうと思て、本屋で現代語訳を買うてきたんやけど、意味はわかっても、なんやしらん味気ないし面白うないし……。やっぱりあれは、漢字だらけの原文で読むもんです。『子、曰《のたまわ》く、巧言令色、鮮《すくな》し仁』ちゅうて。そうやって、これはなんのこっちゃろと考えることで、その言葉以上の深さが、ちょっとずつわかってくるんやろなァって気がしますねん」

富樫はそう言って、みなさん方とは違って、自分は中学しか出ていないので、理解するためには、とりわけ時間がかかると笑った。

同席していた他社の幹部社員が、中卒だとか大卒だとかなんて関係ない、自分は大学で「経営労務学」という授業の単位を落として、たったその一科目のために留年し、決まっていた就職もご破算となって、新学期にあらためてその単位を取り直すしかなかったのだが、「経営労務学」なるものが、世の中に出てからも、自分の仕事の分野

においても、役に立ったことはまったくないと語った。

するど、富樫は強く首を左右に振り、

「いやいや、そんなことはおまへん。孔子の話をしたそのえらい先生は、こうも言うてはりました。要するに、学歴というものは、人間のフレキシビリティーに関与してくるって。ぼくはフレキシビリティーの意味がわからんかったから、しらべてみたんです。柔軟性とか融通性っちゅう意味でした。そのとおりやと、ぼくはぼく自身にあてはめて、よう理解できます」

と言った。

「いや、とんでもない。私は、富樫社長ほどフレキシビリティーに富んだ方は、そうざらにはいないと思いますよ」

憲太郎は、そのとき、心からそう言ったのだった。

富樫重蔵と親友の契《ちぎ》りを結んだことが嬉しくてたまらず、自分にはこれまで親友と呼べる相手がひとりもいなかったなと、憲太郎は思った。いや、親友を持っている人間のほうが、はるかに少ないに違いない。親友というものを得ることは、星と星との邂逅《かいこう》に似ているのだから……。

それにしても、富樫のような男が、なぜそんな女と、と憲太郎は笑みを浮かべながら思った。

「魔がさしたんだな」

憲太郎は、そうつぶやき、フンザで撮った写真のなかの、山羊《やぎ》の群れと一緒に歩いて行く自分のうしろ姿を見つめた。この一枚の写真には、自分という人間のすべてが写っているように思えてきた。自分の過去と現在の、ありとあらゆる様相が、自分のうしろ姿に閉じ込められている、と。

もしそうなら、未来を暗示させるものも、どこかにひそんでいるはずだ。憲太郎は、その気配をみつけようと、長いこと写真に見入った。そうしているうちに、百歳を超えているだろうというフンザの老人の言葉が、背後から聞こえたような気がして、憲太郎は恐る恐る振り返った。狭い裏庭に植えられたハナミズキが、レースのカーテン越しに見えているだけだった。

――あなたの瞳《ひとみ》のなかには、三つの青い星がある。ひとつは潔癖であり、もうひとつは淫蕩《いんとう》であり、さらにもうひとつは使命である。

憲太郎はフンザの老人の、皺《しわ》深い、日に灼《や》けた、顎鬚《あごひげ》をたくわえた顔を思い浮かべた。老人が持っていた、自分の背丈よりも長い杖《つえ》の色までが甦《よみがえ》ってきた。

羊や山羊の群れから漂う匂《にお》いが、大量の砂金をばら撒《ま》いたような星々が、夜明け前にウルタル峰のどこかから聞こえた雪崩《なだれ》らしい音が、いま憲太郎を包んでいた。

それらのなかでウィスキーを飲んでいるうちに、うしろ姿が過去と現在のためのネガ・フィルムだとしたら、体の前面の顔、その中心となる目には、未来というポジ・フィルムが隠されているのかもしれないと思った。

「目は心の窓って言うけどなァ」

憲太郎は、そうつぶやいた。そのとき、なぜかふいに、

「人情のかけらもないものは、どんなに理屈が通ってても正義やおまへん」

という富樫の言葉が浮かんだ。

三つの青い星のうち、潔癖と淫蕩とが、俺の過去と現在を作った。だとしたら、俺の未来には使命がある……。

いささか自分勝手な解釈だとは思いながらも、憲太郎はそう言い聞かせた。

いったい、どんな使命であろう。

人間も五十に近くなると、誰もが、自分はこれからどうやって生きたらいいのか、とか、自分は何のために生まれたのか、とか、自分のこれまでの五十年は何であったのか、とか、このまま、なしくずし的に老いていっていいのか、とか考えるであろう。

しかし、答は自分で出すしかない。

憲太郎は、アルバムを閉じながら、そう考え、いつか富樫と一緒に、もう一度、フンザに行きたいと思った。

第二章

翌朝、午後一時からの会議に出て、二時半に会議室から自分の机に戻って来ると、遠間憲太郎は、富樫重蔵に電話をかけた。弁護士をあいだに入れるかどうかの意思を確認しておこうと思ったのだった。

携帯電話に出て来た富樫は、

「家に帰ってから、とんでもないことになってなァ」

と言った。

「とんでもないことって?」

「女が、やっぱり来よったんや。灯油の入った缶を持って、酒臭い息して」

「えっ!　それでどうなったんだよ」

「警察のお世話になる始末や」

「警察?」

電話では詳しく話せないので、ちょっと時間を作ってくれないかと富樫は言った。

「いいよ、五時から打ち合わせがあるから、それまでに社に帰ってくればいいだろう。いま、どこにいるんだ?」

本部事務所のある難波《なんば》店だと富樫は言い、店の近くのNホテルのコーヒー・ショップに三時はどうかと訊《き》いた。

憲太郎は、社を出て、地下鉄の駅まで歩きながら、

「そこまでやるかねェ。あいつも運が悪いぜ」

と腹のなかでつぶやき、そのような事態になったのなら、もう弁護士をたてて円満に解決する必要もなくなったのだと考えた。しかし、約束の場所に先に来て待っていた富樫は、憲太郎を見るなり、

「弁護士、紹介してくれや」

と言った。

女が訪れたのは、富樫が家に帰り着いて十五分ほどたってからだった。もう寝ているものと思っていた富樫の妻は起きていて、台所でビールを飲んでいた。いったん寝ついたのだが、家の近くで二、三匹の猫が気味の悪い鳴き声をあげて、それで目が醒《さ》めたまま眠れなくなったのだという。

「さかりのついた牡猫《おすねこ》がおるんやろ」

まったくアルコールを受けつけない体質の妻にしては珍しいことだなと思いながらも、富樫は手を洗い、そのまま二階の寝室へあがりかけた。妻の顔を、まともに見られない心境だったからだ。

妻は、じつは今夜、息子をきつく叱《しか》ったのだが、それが原因で息子は家を出て行ってしまったのだと言った。行き先はわかっている。ここから歩いて二十分ほどのところにある友だちの家だ。その友だちの母親が電話で、どうしても家に帰らないというので、今夜はうちであずかるから心配しないようにと連絡してくれたのだった。

高校一年生の息子が、夜、家を出て行って帰ろうとしないなんて、いったい何を叱ったのかと訊きかけたとき、玄関のチャイムが鳴った。妻も自分も、息子が帰って来たのだと思った。妻は玄関に行き、ドアをあけ、二、三分話をしていた。それから戻って来ると、茫然《ぼうぜん》としたようでもあり、きつく凍っているようにも見える表情で、お客さんよと言った……。

「その瞬間、ああ、やっぱり来よったと思てなァ。俺は肚《はら》を決めて玄関に行って、話はあしたにしよう、きょうは帰ってくれって言うたんや。そしたら、女は持ってた缶に入ってる灯油を俺めがけてかけようとしよって。それを見てた女房が、悲鳴をあげて、女と俺のあいだに割って入ったんや。火をつけられたら、もうえらいこっちゃと思て、俺は一一九番に電話をしたけど、間違うて、一一〇番のボタンを押してしもたんや」

パトカーが二台やって来て、富樫と女は警察署に行き、別々の部屋で事情を訊かれた。女は、灯油をかけようとしたのは腹いせにすぎないと主張したし、ライターもマッチも持っていなかった。

「俺、ほんまに恥かしかったわ。警察官は、みんな、小馬鹿《こばか》にしたような、うんざりしたような顔で、俺のいてる部屋と、女のいてる部屋を行ったり来たりしてから、俺に、女を訴える気はあるかと訊きよった。俺は、そんな気はないて言うた。ああ、これで女と終われるっていう安堵感《あんどかん》のほうが強うて、穏便に済ませたいって言うたんや。そしたら、上申書を書けって警官が紙とボールペンを出しよった」

「上申書？　なんだい、それ」

「俺と女のあいだで話し合いをして穏便に解決するにしても、一一〇番をしてパトカーを呼んだ以上は、女を訴える気はないっちゅう一札を警察に提出せなあかんそうやねん」

富樫は、騒動がおさまったあと、警察官と交わした会話を再現して憲太郎に語って聞かせた。

その警察官は、五十四、五歳で、どこの訛《なま》りなのかわからない言葉遣いの、なんだか、のんびりした喋《しゃべ》り方をする人物だった。

「うちの息子も、おたくのお店で、こないだカメラ買ってねェ」

「いや、そらどうも、まいどおおきに。ありがとうございます」

「あんな大きいお店を何軒も持っちょる社長さんが、そんな痴話ゲンカで、夜中に警察に来たりして……」

「ほんまですなァ。恥かしいことですわ」

「恥かしいねェ。なんで、こんな恥かしいことになったと思うかい？」

「そら、まあ、ぼくが悪いんですわ」

「そうだねェ、あんたが悪いんだねェ。女っちゅうのは、いざとなったら、なーんでもするよってこと、知らんかったんかい？」

「知りまへんでしてん」

「五十歳にもなって、そんなことを知らんなんて、困ったもんだねェ」

「そうですわなァ。その結果が、これですわ」

「あんたが悪いんだよ」

「ほんまに、えらいすんまへん」

「ぼくに謝らんでもええのよ」

「まあ、そやけど、お世話をかけてしもたんですから」

「こんなこと、毎晩毎晩よ」

「えっ？　毎晩、こんなことが起こってるんでっか？」

「そう。男と女のことしかないのかねェ、この世の中には」

「あの女、隣の部屋で、どう言うてるんですか？」

「こんな場合、女の言うことは、たいてい決まっとるねェ。私は遊びやなかった、本気やった……」

「灯油をかけて、焼き殺そうとしたっちゅうことがでっか？」

「そうではないの。男との関係のことだわ」

「はあ……。そやけど、ぼくは、あの女にただのいっぺんも、女房と別れて一緒になるなんて言うたこともおまへんし、そんなことをちょっとでもほのめかすような言葉も素振りも」

「そんなことは、女には通用せんの。女っちゅうのは、一度関係すると、ああなるの。あんたが悪いの。奥さんが気の毒だわねェ。奥さんの気持、考えた？」

「そら勿論《もちろん》、いっつも考えてましたし、いまでも、家でひとりでどうしてるやろと」

「あんたが悪いの。ええ歳《とし》して、愚かだったのよ」

「これから、どないしたらよろしおまんねやろ」

「なにが？」

「女房にこれ以上いやな思いをさせんようにして、女と円満に終われるには」

「さあ、それは、ぼくには答えられんわねェ。一一〇番して、警察に来といて、円満もへちまもないわねェ。あんたが悪いのよ」

富樫が、警官の間延びした喋り方を真似《まね》して、昨夜のやりとりを再現しはじめたときから、憲太郎は笑いがこみあげ、ついには抑えられなくなり、コーヒー・ショップのテーブルに両肘《ひじ》をついたまま、声を殺して笑いつづけた。

「そんなにおもろいかァ？　親友がひどい目に遭うたっちゅうのに」

富樫は、あきれ顔で憲太郎を睨《にら》んだあと、自分も笑いだし、

「あんたが悪いのって、何回言われたか」

と言った。

警察署から家に帰って来たのが朝の五時半で、妻と話をしてから床についたのが八

時。けれども、まったく眠れなくて、やっと少しまどろんだのが十一時近く。

台所で泣きながら洗い物をしている妻に謝りつづけて、なんだか、うしろ髪を引かれながら家を出て会社に向かったのが十二時半だと富樫は言った。

「そやから、一睡もしてへん。女房は、泣くのをやめてからも、うなだれて、俺とはひとことも喋らへんし。なにか、とんでもないことをしでかすんやないかと心配してたら、電話がかかってきて、あとくされのないように、きれいさっぱりと片づけてくれって」

「片づけるって、女との関係をだろう？　まさか、夫婦の仲を解消するってことじゃないんだろう？」

憲太郎の問いに富樫はうなずき返し、

「弁護士に、あいだに入ってもらうわ」

と言った。

「中学生の娘も、バスケットボール部の強化合宿で、この五日間、学校の体育館で寝起きしてて、家におれへんかったんや。女房のやつ、子供が二人ともいてなかって、ほんまによかったって……」

「弁護士の事務所、ここからそんなに遠くないいんだ。いまから行こうか。本町《ほんまち》なんだ。

御堂筋《みどうすじ》沿いの、なんとかってビルのなかなんだけど、いま、いるかな」

コーヒー・ショップから出ると、憲太郎は手帳にひかえた粕谷《かすや》法律事務所の電話番号を捜し、ロビーの公衆電話のボックスに入った。粕谷清志とは、三年前に北新地の居酒屋で偶然顔を合わせて以来だった。

「相談に乗ってくれよ」

電話に出てきた粕谷に憲太郎は言って、事情をかいつまんで説明した。

「いま俺は、人の女のあと始末どころやないんや」

太い声で粕谷はそう言った。

「俺のほうこそ、ええ弁護士を紹介してもらいたい心境でなァ」

「なんだよ、そんな頼りないこと言わないでくれよ。お前も恐しい女にひっかかったのか?」

「恐しい女やとは思わんかったんや。ええ弁護士、知らんか?」

憲太郎は笑いながら、

「あんたが悪いのよ」

と警官の口調を真似て言い、いまから行くと告げた。

まんざら作り話ではないだろうが、そうやって依頼人の矜持《きょうじ》や羞恥心《しゅうちしん》に手を差しのべているのであろうと憲太郎は思い、粕谷の言葉を富樫に話して、御堂筋を北へと向かった。

「へえ、そらなかなかええ弁護士さんやなァ。弁護士たるもの、世事万般に通じてないとなァ」

富樫は、とにもかくにも肩の荷が降りたのか、一睡もしていないとは思えない、いい血色の顔をほころばせて言った。

粕谷に教えられたビルは、大手銀行の裏側にあった。一階に小さな陶磁器店があり、憲太郎の気を魅《ひ》く黄瀬戸の六角鉢がショーウィンドウに置いてあった。現代作家のものので、値段は焼物の出来と比して高くはなかったが、躊躇《ちゅうちょ》なく買えるといった額でもない。

「いいなァ、この黄瀬戸」

ショーウィンドウをのぞき込んで、憲太郎がそう言うと、

「そんなもん、あと廻しにしてェや。いまは俺の問題のほうが大事やがな」

富樫は言って、憲太郎の腕を引っ張り、エレベーターに乗った。

「焼物、好きなんか？」

「うん、まあね。俺の唯一《ゆいいつ》の趣味ってとこかな。高いものは手が出ないんだけど、気

にいったのがあると、かなり無理をしてでも買ってきたんだ。だけど、あの大地震で、みんな割れちゃった。こなごなだよ」

「ああ、お前の家、被害が大きかったんやなァ」

「いまの借家には、阪神大震災のあとに引っ越したからね。前に借りてた甲東園《こうとうえん》の家は壊れて、いまは更地のままだよ」

五階でエレベーターから出ると、〈粕谷法律事務所〉のドアをあけ、受付の女事務員に名刺を渡し、憲太郎は、粕谷に紹介したら自分は席を外すと富樫に言った。

「俺は、さっきの陶磁器店で、どんなものが置いてあるのか見てるよ」

応接室に通されると、すぐに粕谷清志が巨体を揺するようにしてやって来た。中学生のとき、相撲部屋から入門を勧められたほどの体格だが、運動神経は皆無と言っていい粕谷は、富樫と挨拶《あいさつ》をすると、

「遠間には電話で話しましたけど、ほんまに、いまぼくは、人のことどころやないんですわ」

と言って笑った。

憲太郎は粕谷の事務所から出て、一階に降り、〈しのはら〉という名の陶磁器店に入った。客は誰もいなくて、店の者らしい人間の姿もなかった。店は八畳の間くらい

の広さで、白地に藍《あい》で〈しのはら〉と染めてある暖簾《のれん》の奥に、もうひとつの部屋があった。

五客組の六角鉢は八万円の値がついていた。

店内に置いてある焼物は、信楽《しがらき》、萩《はぎ》、伊万里《いまり》、唐津、京焼で、ほかのものはなく、憲太郎の好みの品が多かった。最も大きいのは直径三十センチほどの皿だった。五万円だったら迷うところだが、八万円となると、いまの自分には手が出ないと思いながら、憲太郎は、それぞれの焼物の側《そば》に置かれた作者の略歴や作風紹介の小さなカードに見入った。

人の気配がしたので振り向くと、四十歳になるかならないかの女性が立っていた。女は、いらっしゃいませと言ったきり、暖簾の横に置いてある籐《とう》製の椅子《いす》に腰かけて、本を読みはじめた。店に入って、なにか気にいったものはおありかとか訊かれて、ずっとつきまとわれるのは嫌いだったので、女の放っておき方を好ましく思い、憲太郎はショーウィンドウのなかの六角鉢に目をやった。

ガラスに、本を読んでいる女が鮮明に映っていた。憲太郎は、いつしか、陶器ではなく、女を見つめていた。暖簾の右側の壁に窓があり、そこから秋の午後の光が差し込んで、女の顔を照らしていた。

光が当たっていない顔の左側は柔和で、輝いている右側の目は、おそらく光線の具合なのであろうが、濃い青色の、意志的な深さを感じさせた。

憲太郎は、体が汗ばんできたのと、自分が放心したように、ガラスに映っている女から目を離せないことにうろたえ、みぞおちのあたりの重さに驚いて、女のほうに自分の体を向けた。

「この黄瀬戸の作者は、まだお若いんですね」

その自分の言葉がうわずっていたのが恥かしくて、憲太郎は財布を出し、

「カード、使えますか?」

と訊《き》いた。

「はい、お使いいただけます。あの六角鉢でございますか?」

女は立ち上がり、本を籐椅子の上に置くと、ショーウィンドウのガラス戸をあけ、六角鉢を出して、店の真ん中にある年代物の楕円《だえん》形のテーブルに並べた。

「これは、この作者のもののなかでも、とてもいい出来なんです」

憲太郎は、六角鉢のひとつを両の掌《てのひら》に包み込んで持ちあげ、重さや形や、薄墨で描かれた二匹のトンボを見つめたりしたが、視線がどうしても女の顔にだけ向いてしまうことに抗《あらが》えなかった。

「ご主人ですか?」

と憲太郎は訊いた。

女は、そうだと答え、暖簾の向こうの部屋から自分の名刺を持って来た。〈陶磁器しのはら　篠原貴志子〉と名刺に刷られてあった。

会話するきっかけの言葉を探すことも忘れ、憲太郎は篠原貴志子《きしこ》を見つめ、そんな自分を気味悪く思われているだろうと気づくまでに時間がかかった。

「じゃあ、これでお願いします」

憲太郎は、財布からカードを出しながら言ったが、カードを持つ手が少し震えた。

「ありがとうございます。ご進物でございますか？」

「いえ、自分で使います」

そう言ってから、憲太郎は、これはいったいどうしたことだろうと思った。まるで、美少女に見惚《みと》れている少年のようではないか。

いや、少年のほうがはるかに自分の気持を上手に隠すであろう。俺はまったく無防備に、赤裸々すぎるほどに放心した表情で、この篠原貴志子という女を見ている……。

藍色の和紙の包装紙で丁寧に五客組の六角鉢を包み、篠原貴志子は、一冊のノートを差し出すと、よろしければ、ここにお名前とご住所を書いていただけないかと言った。

「年に二回、小冊子を発行しておりますので、それをお送りさせていただいてもよろしいでしょうか」

「ええ、送って下さい。どんな小冊子ですか？」

「焼物に関する話題とか、店に入荷いたしました品とかをご紹介させていただいております」

篠原貴志子は、これはことしの春に発行したものだがと言って、A4判二つ折りの、八ページの小冊子を憲太郎に渡した。

「春と秋の二回なんですけど、ことしの秋のものは、いま印刷中で、まだできあがっていないんです。表紙には、この黄瀬戸の写真を使ったんですが、遠間さんにお買いあげいただいてしまいました」

「じゃあ、この写真を見て、お店に来られるお客さんに申し訳ないですね」

篠原貴志子は、かすかにかぶりを振り、微笑しながら、

「お買いあげいただくために載せたんですから」

と言った。

「こんなところに焼物のお店があるとは知りませんでしたよ。近くに取引先があるの

で、何回かこの前を通ってるはずなのに」

「開店して四年になります」

「周りは会社ばっかりだから、夜は人通りが少なくなるでしょう？」

「ええ、でも七時までは店をあけております。若いＯＬのお客さまが意外に多いんですのよ」

そのために、可能なかぎり価格を安くすることに苦心していると篠原貴志子は言った。

「お近くにお越しになられましたら、どうかお気軽にお立ち寄り下さい」

「ええ、そうします」

憲太郎は腕時計を見た。粕谷法律事務所を出て、まだ二十分しかたっていなかった。富樫と粕谷との話は、二十分では終わらないだろうと思ったが、黄瀬戸の六角鉢を受け取ってしまったとなれば、いつまでも〈しのはら〉にいるわけにもいかず、憲太郎は買った陶器を持って、とりあえず通りに出た。斜め向かいに喫茶店があったので、そこで富樫を待とうと思ったが、ガラス張りの喫茶店からなら、この〈しのはら〉の店内が見えるかもしれないという期待もあった。

喫茶店のなかの公衆電話で粕谷の事務所に電話をかけ、向かい側の喫茶店で待っていると富樫に伝えると、憲太郎は〈しのはら〉の店内が見えそうな席に坐《すわ》ってコーヒーを註文した。けれども、陶磁器店のガラスに光が反射して、篠原貴志子の姿は見えなかった。

憲太郎は、自分のなかに突然生じた心の騒ぎ、もしくは忘我の時間を、自分でどう説明し、どう処理したらいいのかわからなかった。こんなことは、生まれて初めてのような気がしたのだった。

篠原貴志子は、誰の目も魅く格別な美人だとは言えないし、若くもない。それなのに、自分はどうしてあんなに、無邪気というか、だらしないというか、節操がないというか、なんとも表現しようのない無防備さで、彼女から視線を外せなかったのであろうと思った。

女に、一目惚《ぼ》れ、もしくはそれに近いことをしたのは初めてではない。けれども、言葉を喪《うしな》い、呆《ほう》けたように、強い磁石に吸い寄せられる小さな砂鉄のように、ひとりの女に魅せられたのは、五十年の人生のなかで一度もなかったことだったのだ。

目尻《めじり》から頰にかけて、ほんの少しそばかすがあったが、あれが篠原貴志子という女に清潔感を与えていたなと憲太郎は思った。家庭を持っているのだろうか、それとも独身なのだろうか。歳《とし》は正確には幾つなのだろうか……。

と、憲太郎は溜息《ためいき》をついた。胃のあたりに、まだ脈打っているような感じがつづいて、憲太郎は溜息をついた。

「五十にもなって、なんてざまだよ」

〈しのはら〉の光っているショーウィンドウを見ながら、憲太郎が胸の内で言ったとき、富樫がビルから出て、喫茶店へと歩いて来た。

「俺のおるとこで、女のとこに電話をしはってなァ。今晩、逢《お》うてくれはることになった」

と富樫は言った。指で手切れ金の額を示し、これで結着してみせようと粕谷は請け負ったという。

「家に乗り込んで来た女に、金を払う必要はないけど、今後、つまらんあとくされをちょっとでも残さんためには、あんまりけちなことをせんほうがええやろっちゅうのが、粕谷先生の考えや」

富樫はそう言ってから、憲太郎の視線を追って振り返り、

「ぼけーっと、何を見てんねん?」

と訊いた。

「それに、その溜息は何やねん?　きのうの俺みたいやないか」

「いや、なんでもない。ちょっと、ぼおっとしてただけだよ」

「俺のために疲れさせてしもたなァ」

富樫は言って、包装紙の入っている手提げ用の紙袋に目を止めた。それにも〈しのはら〉という筆文字があった。

「あれ？　あの店で何か買うたんか？」

「うん。ショーウィンドウに置いてあったやつをね。衝動買いだよ。カードで買ったから、支払いは来月の末だけど、八万円は痛いなァ」

「へえ、ほんまに焼物が好きなんやなァ」

「うん、好きなんだけど、それにしても、どうして買っちゃったのかなァ。いまの俺には、自由になる金があんまりないってのに……。八万円は痛いよ。娘に叱《しか》られるな。あの大地震で、俺はこわれるものへの不信てことを思い知ったつもりだったんだけどね。だから、気にいった焼物で、これよりもっと安いものでも、買わずにきたってのに……」

「自分の好きなもんを、あとさき考えずに買うてしまうっちゅうのは、よおあるこっちゃ」

「お前にも、特別に好きなものって、あるのか？」

「ない。それはそれでまた寂しいこっちゃで。仕事すること以外、知らんのや。そやから、こんどのことみたいになるんやろなァ。こんな目に遭うても、まだあの女を可《か》哀相《わいそう》にと思てるんやから。相手は、いまごろ舌出してるかもしれんちゅうのに」

「可哀相って、何が？」

「女ひとりで水商売をして、俺に『おかえり』やの『いってらっしゃい』やの言うて、あげくの果てに、灯油ぶっかけて、火をつけるって脅かして、酒に酔うて家に乗り込んで来て……。可哀相なやつやなァって」

ときおり〈しのはら〉のほうに視線を注ぎながら、

「二人で、何か共通の楽しみでもみつけようか」

と憲太郎は言った。

富樫は、憲太郎の視線をいぶかしげに追い、そこが〈しのはら〉だと気づいたようだった。衝動買いしてしまったという焼物を憲太郎が返品しようかどうか迷っているものと思い込んだらしく、

「もう買うてしもたんやから、後悔せんこっちゃ。縁があったんや、この焼物と」

と富樫は言って、運ばれてきたコーヒーを熱そうにすすった。

「急に、眠とうなってきた。もっと濃いコーヒーのほうがええなァ」

「でも、いい奥さんだなァ。腹のなかは煮えくりかえって、もう亭主の顔も見たくな

いって心境だろうけど、許してくれたんだよなァ」

「それを言われると、眠気が醒《さ》めるがな。当分は、針のむしろや」

「いや、当分どころか、一生かもしれないぜ。お前が寝たきり老人になってからが怖いぞ」

「そんな恐しいこと言わんといてくれよ。家出したなってくるがな」

コーヒーを危うくこぼしかけた富樫を見て、

「罪滅ぼしに、奥さんを旅行にでもつれて行ってあげたらどうだい。フンザにでも」

と憲太郎は笑いながら言った。

「東京に、パキスタン人が経営してる旅行会社があるんだ。フンザに行くんだったら、そこが一番信頼できるよ。俺も、その旅行会社に全部まかせたんだけど、一度もトラブルはなかったよ。そのパキスタン人のお兄さんは、イスラマバードで旅行会社をやってて、二人がタイアップしてるから、間違いがないんだよ」

「うん、つれてってやりたいけど、女房のやつ、いまはそれどころやないと思うなァ。息子、いま無期停学中なんや」

と富樫は言った。

「何をやったんだい」

「担任の先生を階段から突き落としたんや。突き落とす気はなかったんやけど、もののはずみっちゅうやつで、先生がお尻のほうから転がり落ちたそうや」

担任は数学の教師だが、英語の教師と仲が悪く、なにかにつけていやがらせをするというのを聞き、富樫の息子は、

「教師のくせに汚ないことするなよ」

と抗議し、軽く胸を押してしまったのだという。

「息子は、その英語の教師を好きなんや。まだ二十七歳やけど、英語だけやのうて、日本や世界で起こってるいろんな問題を、わかりやすく説明してくれたり、自分が読んだ小説のことを話してくれたりするらしい。授業時間は五十分やけど、三十五分で英語の授業は終えて、残りの十五分で、ときには有名な詩を読んでくれたり、詰め将棋の問題を出して、生徒に挑戦させたり……。そやから、生徒に人気があるんやけど」

富樫はそう言ってから、声をひそめた。

「なんと、その若い英語の先生は、ほかの教師からいじめに遭うてるんや。そのいじめの先頭に立っとるのが、息子の担任の、三十二歳の数学の教師やということがわかって、息子と、もうひとりの生徒が抗議したんや。『汚ないことすんなよ』って。子

供のいじめの問題どころやあらへん。教師が職員室のなかで、いじめをやっとんねん。どないなっとんのや、この日本の教育の世界は。その話がほんまやとわかって、俺はあいた口がふさがらんかったで」

「息子さんが無期停学になって、もう何日たつんだ？」

と憲太郎は訊いた。

「きのうで、ちょうど二十日や。本来なら退学になっても不思議ではないんやけど、ぼくが校長や教頭に、どうか寛大な処置をと頼んで、停学処分で済んだんやて、その階段から落ちた先生が女房に言うたらしい。なんともいえん嫌味な、恩着せがましい言い方やったって、女房が言うとった」

停学中は一歩も家から出てはならず、毎日、反省文をレポート用紙に三枚書かなければいけないが、その内容は毎日変わることという条件がついている。

「二十日間、毎日違う内容の反省文なんか書かれへん。やったことは、教師の胸をちょっと押して、はずみで教師が階段から落ちてしもたんやから、それに対する反省文の内容を、二十回、それぞれ違うもんにするなんて、俺にはどう書いたらええのかわからへん。もうこれ以上、違う内容の反省の言葉なんてみつからんから、俺はもう書けへん。それで退学にするっちゅうんなら、俺のほうから先に退学届を出す。息子がそない言うて、それで母親と言い争いになったんや」

と富樫は言った。

「そりゃあそうだよ。二十日間、毎日毎日、違う内容の反省文をレポート用紙に三枚も書きつづけるなんて、おとなでもできないよ」

憲太郎もあきれて、そう言った。

「大学を出てても、フレキシビリティーのない連中はたくさんいるんだよ。そんな連中が、大学を出てすぐに教師になって、先生、先生って呼ばれて、人に頭を下げることもなくて、学校っていう世界のことしか知らなくて……。生徒のほうが、よっぽど世間を知ってるかもしれないよなァ。だから、いまの教師の多くが、生徒から尊敬されないのは、当たり前だよ」

富樫は憲太郎の言葉にうなずき、コーヒーをもう一杯註文すると、

「俺に、数学を教えてくれよ」

と言った。

「数学？」

富樫は財布から小さく折り畳んだメモ用紙を出した。

小学生のとき、自分は勉強というものにまったく興味がなかった。頭がよくないう

えに興味がないとくれば、成績が悪いのは当たり前で、そうなるとさらに勉強が嫌いになっていって、小学校の高学年から中学卒業まで、いつも学年で下からかぞえて五位以内という惨憺《さんたん》たる成績のままだった。

しかし、どういうわけか、ここ二、三年前から、つまり四十七、八歳にもなってから、勉強したいという意欲が湧《わ》いてきた。そこで内緒で、息子が小学校のときに使っていた教科書や参考書を納戸《なんど》の奥から捜し出してきて、数学の次元ではなく算数を勉強しようとしたが、中学受験用の試験問題にまるで歯が立たない……。富樫重蔵は、そう説明し、

「さっき、趣味は数学やって言いたかったんやけど、ほんまはまだ算数の次元なんや」

と笑った。富樫がひろげた紙きれには、算数の応用問題が書き写されてあった。

〈周りが2700mある池の周りを、Aくんは36分、Bくんは45分で1周します。いま、2人が同じ場所から同時に出発して反対の向きにこの池をまわると、出会うのは出発してから何分後ですか〉

憲太郎は、問題を読み、

「ああ、まずAくんとBくんの、それぞれの分速を出せばいいんだよ。わかるだろ

う？　時速は、一時間にどれだけ進むか、分速は一分間にどれだけ進むかって意味」と言った。

「うん、それくらいはわかるで」

「そしたら、Aくんの分速は、池の周りの長さを36分で割ったらいいんだ」

富樫はボールペンを出し、テーブルに置いてある紙ナプキンをひろげて計算した。

「75や。Bくんは60」

「そうすると、AくんとBくんは一分間にどれだけ距離を縮めることになる？」

「距離を縮める？」

富樫は眉根《まゆね》に皺《しわ》を寄せ、紙ナプキンに円形を書いて、考え込んだ。

「二人が歩いたぶんだけ距離が縮まっていくんだから、一分間に(75＋60)mずつ縮まるだろう？」

「なるほど、そら理屈やなァ。135mや」

「そしたら、式としては、2700÷(75＋60)だろう？」

「……うん、そんな気がするなァ」

「あれ？　納得してないなァ」

「なんで、割るんや？」

「だって、お前」

憲太郎は、わかりやすく説明した。富樫は計算し、

「20や。20分後に二人は出会うんや」

と言った。

数学というのは、数字の約束事とか公式とかが自動的に出てくるように、まず先に頭に覚え込ませておかなければならないのだと憲太郎は言った。

「たとえば、一分間は六〇秒」

「それくらいは、なんぼアホの俺でも知ってるで」

「一時間はその六十倍で三六〇〇秒」

「そらそうや。そのとおりや」

「っていうような約束事を、まず覚えるんだよ」

「なるほど、そやけど、俺は小学校で分数を習《なろ》うたときから落ちこぼれたんや。分数から教えてくれよ」

そう言って、富樫は、さらにもう一枚の紙きれを財布から出しながら、上目使いに憲太郎を見て照れ笑いを浮かべた。

「まだ持ってるのか？　その財布のなかに、どれだけの算数の試験問題が入ってるん

だ……。一万円札よりも多かったりして」

憲太郎は笑いながら、別の問題に目を通した。

$$(x+8)\times\frac{2}{7}-1\frac{1}{2}\div\left(\frac{1}{8}+\frac{1}{4}\right)=4$$

「xの値を求めなさいっちゅうわけや」

富樫は自分が問題を作ったかのように、どこか自慢気に言って腕組みをしたので、憲太郎はまた笑った。

「xの値を求めるなんて……。代数だぜ。いまの小学生は、もう代数を教えられてるのかい?」

「どこかの有名な私立中学の受験問題を書き写してきたんや」

「富樫、お前、分数の足し算、引き算、掛け算、割り算はわかるか?」

「分母が変わるとお手上げやな」

「よし、じゃあ、分数から始めよう」

憲太郎は、分母が同じものと、それが異なるものとの計算の仕方を、いま初めて分数に接した少年に対するような気構えで教えた。教えながら、なんと「教える」ということは技術を要するものかと思った。

「そうかァ……。俺、小学校のときには、さっぱりわからへんかったわ。そうかァ、通分ちゅうのは、こういうことやったのかァ。遠間、お前の教え方がうまいんや。お前、会社なんか辞めて、寺子屋の塾長にでもなれ。その塾は、国語や数学だけでのうて、人間としての行儀とか、歴史に対するいろんな角度からの考察とか、いい映画とか小説とかも教えるんや。世界がどうやったら戦争をせんで済むとか。つまり、なんちゅうのか、人間学や」

「俺は、数学が少しできるだけだよ。それ以外のことは、俺には資格がないさ」

憲太郎がそう言ったとき、篠原貴志子が店から出て来て、ショーウィンドウを拭《ふ》きはじめた。

喫茶店のガラス窓越しだと、篠原貴志子は三十七、八歳に見えた。贅肉《ぜいにく》はついていなくて、足首が細く、そのせいか下半身の線がきれいだった。

憲太郎が即興で作った七問の分数の計算に没頭していた富樫は、それをすべて解いてから顔をあげ、体をねじって、憲太郎の視線を追った。

「あの人、幾つくらいかな」

と憲太郎は言った。

「さあ、四十になるかならんかっちゅうとこかなァ」

「たたずまいが、すごくいいと思わないか?」

「もう女はこりごりや。女房がいちばんええわ。女房という女が、いちばんらくや。ああ、そうか、お前は独身やなァ」

憲太郎は、〈しのはら〉で自分を襲った感情を正直に富樫に告白し、

「びっくりしたよ。そんな自分にびっくりしたんだ。俺は五十歳だぜ。二十二歳の娘と二十歳の息子がいて、額の両脇《わき》の髪は、日々、後退していってるおっさんだよ。それが、なんてざまだよ。いま、こうやってガラス越しに見てても、みぞおちのあたりが苦しくなるんだ」

そう言いながら、自分の正直さに体が熱くなってきた。

「もう一回、あの店に何か買いに行こか? 俺は焼物のことはさっぱりわからんから、お前がみつくろってくれや。俺が買うわ」

「いや、そんなことしなくていいよ。もう一回行ったからって、何を話したらいいのかわからないし……」

「お前、もうおっさんやて言うたけど、五十歳いうたら壮年や。壮《さか》んな年や。春愁の心もいよいよこれからや」

富樫は言って、再び〈しのはら〉の店先を見た。篠原貴志子は、通りかかった顔見

知りらしい老人と立ち話をしてから、店のなかに戻って行った。

「お前が書き写した問題、あとで自分で解いてみろよ。イコールを境にしてマイナスを移し替えるとプラスになるってことは覚えただろう？」

そう言いながら、憲太郎は腕時計を見た。そろそろ社に戻らなければならない時刻だった。

「なにからなにまで世話になったなァ。きのうの夜の騒ぎから、算数の授業まで」

「いいんだよ。友だちだから」

二人は喫茶店を出て、地下鉄の改札口で別れた。

社に戻ると、仕事で出ていた社員たちが帰って来て、夕刻の活気がオフィスに満ちていた。憲太郎は、この時間の、自分の部下たちの、つかのまの活気が好きだった。

憲太郎の仕事机から見えるのは、営業一部と営業二部で、前者は主に近畿一円の量販店が担当であり、後者はそれ以外の小売店と、新しく開発されたカラー複写機の販促業務を担当している。その営業二部の、何台もパソコンの並ぶ机の隣に、もう休職して六ヵ月たつ堂本哲心の机があった。堂本哲心は、ことしの三月に交通事故に遭って、一時は生命も危ぶまれたが、なんとかその危機を乗り越えたのだった。

しかし、脊椎《せきつい》の損傷で腰の少し上あたりから足の爪先《つまさき》まで麻痺《まひ》して動かなくなった。

二回、手術をしたが効果はなく、医師から絶望宣言に等しい診断が一ヵ月前に下されていた。憲太郎は、堂本哲心から上司へと郵送されてきた退職届をあずかったが、まだ自分の机にしまったまま受理していなかった。知能には何の損傷もないのだから、車椅子《いす》で生活できるのならば、彼にできる仕事があるはずで、なんとか職場復帰をさせてやりたいと思い、局長や総務担当重役にも自分の考えを伝えてあった。だが、役員からの具体的な指示はまだ出ていない。

堂本哲心は三十七歳で、八歳の男の子と五歳の女の子がいた。大型のダンプ・カーに追突された際、五歳の女の子は死んだが、男の子は肩の打撲だけで済んだ。

その日は日曜日で、堂本は二人の子供をつれて丹波の実家に遊びに行っての帰りだった。妻は体調を崩していて同行しなかったので難をまぬがれた。大型ダンプ・カーは、制限重量を三トンも超える岩や泥や瓦礫《がれき》を積んでいたのだった。

「どんな仕事でもいいっていうのなら、彼にできることをみつけるのは難しくないよ。だけど、どうやって通勤するんだ？　うちの社には、堂本くんのような体の人のためのトイレはないし、堂本くんが、あの体で復帰したら、それによって生じてくる問題を、組合は大威張りで会社に要求しつづけるだろう。そしてそれはいろんなところに波及する。堂本くんひとりの問題ではなくなるんだ」

それが局長の意見であったが、とりもなおさず総務担当重役の考えをも示していた。

憲太郎は、堂本哲心の人柄が好きだった。富樫の言った「フレキシビリティー」に富んでいて、性格は鷹揚《おうよう》で、博学で、人間として、どこか華《はな》があったのだ。しかし、いつまでも退職届を自分のところでとどめておくわけにはいかず、堂本のためにも結論を下さなければならなかった。

その夜、憲太郎の家に富樫から電話があり、粕谷弁護士と女が逢《あ》って交渉し、話がついたと伝えてくれた。

「あした、俺が粕谷先生のとこに金を持って行って、それを先生が女に渡してくれはる。女が示談書に実印を捺《お》したら、それで終わりや」

と富樫は声をひそめて言った。家族に聞こえないよう気を配っているのだと察し、

「でも、ちょっと高くついたよな」

と憲太郎は言った。

「うん。高い授業料や。授業料の元は取らんとあかんな」

「元って?」

「人間としておとなになることや。俺は、もう元は取ったつもりでおるんや。いろん

な反省をして、いろんなことを考えた。この二日間だけで、俺はぎょうさんのことを勉強した。それがまたいずれ役に立つときがあるやろ」

「息子さんはどうなった？　家には帰って来たのか？」

「担任の教師が反省文を読みに来よったときにおらんかったら、また停学期間が延びるからなァ」

「きょうも反省文を書いたのか？　そんなの、教育じゃなくて、残酷な懲罰だよ」

「あしたから学校に行ってもええそうや。親父《おやじ》も息子も、おんなじ日に釈放っちゅうわけや」

　富樫は笑ってから、

「あの〈しのはら〉のことやけど」

　と言った。

「しのはら？」

「お前の憧れ《あこが》れの君やがな」

「それがどうしたんだ？」

「人妻やないで。独身や。いっぺん結婚したけど、三年ほどで離婚して、それ以後、ずっとひとり身や。子供がひとりいてる」

「どうやって、そんなこと調べたんだよ」

「俺は子供のとき、スパイと探偵に憧れたことがあってなァ。ただ、篠原貴志子さんにいま好きな男がおるのかどうかまでは、調査が及んでないんや。歳《とし》は来年の四月に四十になりはる。子供は中学二年生の女の子や」

「お前、俺のお節介をやいてる場合か？　あっちの女は片がついたけど、怖い山の神の気は済んだってわけじゃないんだぞ」

「そうやねん。子供らが寝たら、二人だけで話をしたいっちゅうて女房に耳打ちされてなァ。その瞬間、ぞおっとしたで」

「何を言われても耐え切ることだよ」

「うん。ひたすら謝って、ひたすら耐える。たいしたことやなかったんやから」

富樫は電話を切りかけ、大声で憲太郎を呼んだ。

「答は20や。x の値は20が正解やろ？」

憲太郎は笑って、正解だと言い、電話を切った。

あしたの夕食のために、憲太郎はさっきからビーフ・シチューを煮ていて、富樫と電話で話しながら、片方の手であくを取っていたのだった。

今夜の夕食は、ギョーザで、それは憲太郎の部署の女子社員が梅田のデパートの地下の食料品売場で買って来てくれた。憲太郎の家庭の事情を知っているその女子社員は、ときおり気にかけてくれて、自分の買物のついでに、憲太郎の夕食のおかずもみつくろってくれる。結婚してまだ二年で共働きなので、憲太郎の代わりに買物に行き、自分と夫の分も買うのは好都合なのだった。

弥生は、時間があるときには、野菜サラダを作って、それを冷蔵庫にしまっておいてくれるし、ときには早く帰宅し、食事の用意をしてくれるが、憲太郎はそんなことで娘の生活を窮屈にさせたくなかった。しかし、毎夜、外食というわけにもいかず、日持ちする料理の幾つかをおぼえて、できるだけ家で食事をするようにしていた。だが、そうなると、どうしても肉料理ばかりになるので、きょう、帰宅どきに本屋に寄り、魚や野菜で作り置きできる料理の本を買った。

ビーフ・シチューが、あとは弱火で煮つづけるだけの状態になると、憲太郎は富樫のために買った算数と数学の問題集をひろげ、一週間分の練習問題を選んだ。

富樫の目標は、大学の入試問題を解けるようになることだった。そうやって、いつの日か大学を受験しようなどとは思っていないが、暇をみつけて、数学の勉強をつづける意欲は、単なる思いつきではなかった。問題集を作りながら、憲太郎は自分も何か勉強したいなと思いはじめた。するとごく自然に「アジアの歴史」という言葉が浮かんだ。外国語や、経済といった分野は、自分の仕事に直結していて、自分のための個人的な勉強といったものから逸脱してしまうが、歴史ならば、趣味としての勉強といえる。世界の歴史となると、いささか範囲が大きくて手に負えない。フンザの風景が、いまも脳裏をよぎりつづけているなら、あの周辺の国々について勉強してみようと思ったのだった。

けれども、フンザ周辺の国々の歴史をひもとこうとすれば、インドやアラブ世界や、中央アジア、さらには中国の歴史も知らなくてはならない。

「アジアって言っても、でかいなァ。インドや中国の歴史も、底無し沼みたいなもんだ」

と憲太郎はつぶやいた。

アジアどころか、自分は日本の歴史すら充分には知ってはいない。学校で学んだことも、ほとんどは忘れてしまった。

「受験のための勉強だったからなァ」

憲太郎は、そうつぶやいて、フンザに旅をする前に買ったパキスタンのガイドブックと「ガンダーラ」という本を持って来た。だが、ページをひらく気にはならなかった。堂本哲心のことが心にちらついて離れないのだった。

自分が退職届をあずかったままにしてあることは、かえって堂本にとっては迷惑なのではないかと以前から思いはじめていたが、今夜はことさら、その思いが強まってきていた。

たしかに「通勤」という問題だけに絞っても妙案は浮かばない。社のビルの玄関には五段の階段があり、それをのぼらずに出社することはできない。かりに堂本が何等かの方法で社の前まで来ることができても、車椅子ではあの階段はのぼれない。同僚たちが待っていて、堂本の乗った車椅子を持ち上げてやることも可能だが、堂本自身が、それを潔《いさぎよ》しとするだろうか……。

「不甲斐《ふがい》ないけど、俺の力の及ぶところじゃなかったな」

憲太郎は言って、あしたにでも局長とあらためて相談し、社としての結論を出してもらおうと決めた。

「惜しいなァ、あれだけ仕事のできる男を……」

社のなかで堂本と最も親しい寺門という社員は、月に一度か二度、休日を利用して堂本を見舞いつづけていて、ときおり堂本の近況を憲太郎に話してくれる。それによれば、体のリハビリは、もう終わったというよりも、それ以上を求められない状態だ。堂本は、いつか別の道が拓《ひら》けると意気軒昂《けんこう》だが、問題なのは彼の妻が精神的に立ち直れないでいることだという。一瞬にして、五歳の娘を喪《うしな》い、夫の下半身不随による将来への不安に直面し、一時的な錯乱状態に陥った。その錯乱状態の名残りのようなものが、堂本の妻から抜け切っていなくて、いまも実家の母親が一緒に暮らしている。ひとりにさせておくことが不安だからだった。

弥生が帰って来たようだったので、憲太郎は〈しのはら〉で買った焼物を弥生の目に触れない場所に隠した。弥生は二階にあがり、それから風呂《ふろ》に入ると、何も喋《しゃべ》らず、自分の部屋に消えた。

ここ何日間か、弥生には覇気《はき》のようなものが感じられなかった。就職がやっと決まって、張りつめていたものが失《な》くなったせいだろうかと思い、憲太郎は、あえて娘の近況を訊《き》くのをひかえてきたのだが、今夜の元気のなさは、いささか気にかかるものがあった。憲太郎は、階段ののぼり口から二階を見あげ、弥生を呼んだ。

「元気、ないな。どうしたんだ？」

「そう？　ちょっと疲れてるのかもしれない」

「アルバイト、まだつづけるのか？」

「つづけるわ。私に合ってる仕事だもの」

弥生は、難波のデパートの化粧品売場でアルバイトをするようになって、半年近くたっている。

憲太郎のほうから弥生を見ると、ちょうど二階の廊下の明かりが逆光になって、弥生の顔に泣いた跡があるように映った。二階にあがって弥生の顔を見ようかどうか迷ったが、本人が喋りたがらないことを問いただすのはやめたほうがいいと思い、憲太郎は居間のソファに戻った。これが息子なら、なにか事情があれば話してみろと言えるのだが、年頃の娘には妙な遠慮がある。あまり、いやなことも聞かされたくないという、どこかひるむ気持があるのだった。愚かな恋愛で苦しんでいたりしたら、父親としてどう振る舞ったらいいのかわからない。

憲太郎は、どうも最近の日本の親子関係というのは、本来の日本人のやり方とは合わないのではないかと思った。子供の個性とか自由とかを尊重するというのを大義名分として、わずらわしさから逃避しているのではないのか。親子に葛藤《かっとう》があるのは当然なのに、それを避けて、いかにも物分りのいい、干渉しない父や母を演じようとしている。

欧米の個人主義や合理主義は、それなりの必然性と価値観が、長い歴史や風土によって自然に培《つちか》われてきたのであって、それをそのまま日本という国に持ち込むと、その場しのぎの友好は保たれても、あとになって誤った結果へとつながりかねない。親は、子供に対して責任があるのだ。

憲太郎はそう思い直し、再び弥生を呼んだ。

「ちょっと降りて来ないか？」

「眠いんだけど」

「今夜のお前は、俺には気になるんだよ」

「気になるって、何が？」

「その暗さが」

「理由もなく元気のないときだってあるわ。お父さんだって、そんなときがあるでしょう？」

弥生は階下に降りたくないようだった。

「いいから降りて来て、ちゃんと顔を見せなさい」

憲太郎はきつい口調で言った。

パジャマの上にセーターを着て、弥生は居間にやって来た。目元がはれぼったくて、それは幼いころから、弥生が泣いた後に必ず生じさせるものだった。

「どうして泣いたんだ？」

「たいしたことじゃないわよ。ちょっと、いやなことがあっただけ」

「いやなことって、どんな」

「いちいち、お父さんに話すようなことじゃないわ。私、もう二十二よ」

「まだ二十二だよ」

うんざりした表情で、弥生はソファに坐《すわ》り、

「まだ二十二だから、いろんなふうに悩んだりするわ。自分で解決するから」

と言った。

「まさか、人を殺したとかってんじゃないんだろう?」

憲太郎は笑みを浮かべて言い、〈しのはら〉で買った黄瀬戸の六角鉢を弥生に見せた。

「思わず買っちゃったよ。地震のあと、あれほど固く自分に誓ったってのに。もう二度とこわれ物には手を出さないって。八万円だ。買ってから、ずっと後悔してるんだ。いまの俺に八万円は痛いなァって」

と話題をいったん変えた。

弥生については、憲太郎は心配していなかった。もう少し、若い娘らしく、はめを外すことがあってもいいくらいに思っているのだが、傷つくだけの、何物をも生み出さないような恋愛だけはさせたくなかった。

灯油まみれの富樫が訪れた夜の、弥生の電話での喋り方が、憲太郎にいやな予感を抱かせていたのだ。

「あの電話、気になってるんだよ。歳上の男だと睨《にら》んだね。それも、家庭持ちの。もしそうだとしたら、俺は黙ってるわけにはいかないんだよ。そんな恋愛は、なにひとつ得るものはないぜ。やがて、いつの日か、お前の伴侶《はんりょ》となる人への冒瀆《ぼうとく》でしかない。すぐに干渉したがる親父の的外れな勘だったらいいんだけどね」

「私は、お馬鹿《ばか》さんじゃないわ」

と弥生は言い、黄瀬戸の六角鉢を掌《てのひら》に載せた。

「じゃあ、俺は安心してるよ。世の中では不倫とやらが流行《はや》りらしくて、まるで世の中全体がそれをあおってるみたいだけど、俺たちは人間なんだよ。猿廻しの猿じゃない。いまの日本人は、老いも若きも、猿みたいだ。かしこそうにしてるけど、本性は猿廻しに操られてる猿だよ」

それから憲太郎は、自分の失敗を告白した。

「俺は四十三歳のとき、結婚して初めて浮気をしたんだ。お母さんにはばれずに済んだけどね」

その憲太郎の言葉で、弥生はやっと父親の顔を見つめた。

「いや、知ってて知らんふりをしてたのかもしれないな。その女とは一年ほどつづいた。終わったら、すぐに別の女とのつきあいが始まって、それも一年ほどで終わった。俺はどうかしてたんだな」

「そんなことを娘に話す父親なんて、どうかしてるわ。いくらお母さんと別れたからって」

弥生は不快感をあらわにさせて言った。

憲太郎は、かまわず話をつづけた。娘に軽蔑《けいべつ》されても、それはそれで仕方がない、俺も聖人ではない、失敗をする愚かな人間だ、と思ったのだった。

「相手は、どちらも独身の、俺より十歳ほど歳下の女だったよ。ちょいと楽しかったのは最初の一ヵ月ほどだけで、あとは苦しみの連続だ。俺は、夜になると、電話が鳴るたびに、びくっとする。出張だって嘘《うそ》をついて、女と旅行したこともある。旅館やホテルに、女房から電話があると、身が縮む思いだ。そんな俺を、女は見てる。それから、明け方まで口論がつづく。最初の女も、二回目の女もおんなじだ。女は、俺をなじりつづける。どうして奥さんから電話がかかってくるのかってね。だって、女房だから電話をかけてくるんだ。急用のときもある。そんなことを怒るのなら、女房のある男とこんな関係にならなきゃいいだろう……。いつも、その繰り返し。お互い、ただ消耗するのみ、だ。なぜ消耗したか。それは、俺が自分に似合わないことをしてたからさ。自分らしくないことをしてたんだ。男は、よほどのことがないかぎり、家庭を捨てたりしないよ。もし、家庭を捨てて、その女との生活を選ぶってやつは、またいつか必ず別の女のところに行くもんさ。そのころの俺は、仕事も駄目だった。やることなすこと、みんな、うまくいかなくなった。俺の中心が歪《ゆが》んでるから、その周りにあるものも歪んでいくんだ」

「お父さんのそんな話、聞きたくないわ」

弥生は怒りを隠さない顔をそむけ、二階の自分の部屋にあがっていった。

電話が鳴った。憲太郎は時計を見た。十一時半だった。二階の電話で取った弥生が、

「富樫さんからよ」

と言った。

居間の電話のボタンを押すと、

「寝てはるんやったら、あした、かけ直しますて、弥生さんには言うたんやけど」

という富樫の声が聞こえた。

「奥さん、どうだった？」

と憲太郎は訊いた。

一時間、ずっと嫌味を言われ、ときおり泣かれ、二回、頭を平手で殴られたあと、これで許したわけではないが、もうこの件のことは口にしないと言ってくれた……。

富樫はそう説明し、

「いやァ、俺の女房は日本一や。ありがとうっちゅうて手を合わせて拝んだら、あした、飛行機に乗るのに、拝まんといてくれって怒られた」

と言った。

「飛行機？　旅行かい？」

「女房の姪《めい》の結婚式で、あした鹿児島へ行くんや。俺は、あしたはどうしても用事があるから、女房だけが行くんやけど」

それから富樫は、次の休日は何か用事はあるのかと訊いた。

「俺が生まれ育ったとこに行けへんか？」

「岡山かい？」

「瀬戸内の島々がよう見えて、きれいなとこやで」

富樫の知り合いの不動産屋が、もうどうにもならないほどの借金をかかえていて、近いうちに倒産する。倒産したら、債権者たちが押しかけてくるので、その前に、買ったきりでほとんど乗っていないベンツを現金で安く売りたいと電話があったのだという。

「しばらく姿を隠すための現金が欲しいらしいんや。まだ千キロも走ってないベンツを三百万円で買うてくれっちゅうから、買うことに決めたんや」

「ベンツ……。お前、アクセルとかブレーキに脚は届くのか？」

「あっ、俺の最大の劣等感に触れやがったな。ちゃんと届くわい」

憲太郎は、次の土曜日に、堂本哲心の家を訪ねようと思っていたのだが、それは休日でなくともいいことだと思った。あしたにでも、行ってこよう、と。

しかし、憲太郎は、堂本哲心のことを富樫に話し、

「土曜日に行こうと思ってたんだけど、早急に社としての結論を出してもらうよ」

と言った。

「うちに就職したらええがな」

その富樫の言葉に、

「えっ？　本気か？」

と憲太郎は思わずソファから立ち上がって訊き返した。

豊中《とよなか》に、全チェーン店を統轄《とうかつ》する本部を設立する予定なのだと富樫は言い、

「通勤の方法なんて、ちょっと知恵を絞ったら思いつくやろ」

と事もなげに笑った。

具体的なことは、また逢《あ》って相談しよう。その堂本という人にも、今後の青写真があるかもしれない。別の会社に就職するという生き方をまったく放棄して、自分ができる仕事を模索しているとすれば、新しい職場の斡旋《あっせん》が、かえって彼の行き足をにぶらせることにもなる……。富樫はそう言ったあと、じつは自分の会社も夏以降、急速に業績が悪化して、最も芳《かんば》しくない店を一軒、撤退しようと考えていると言った。

「この日本の景気の悪さは、ちょっとやそっとで打開できる質《たち》のもんやないで。一企業がどうのこうのできる問題でもあらへん。俺は、おととしオープンした南大阪の店を閉めて、役に立たん社員を辞めさせるつもりや」

「そんなこと、簡単にできるのか？」

と憲太郎は訊いた。

「景気が悪うなっても、お国も銀行も助けてはくれへん。台所を大きくしすぎたこっちが悪いちゅうことになる。そやから台所を小さくするんや。それで役に立たん社員もおらんようになってくれたら、一石二鳥や」

「お前の会社にだって組合があるだろう？　組合が黙って、まだ新しい店の撤退と人員整理を認めるか？」

「そんなこと、小さなことや。旗を振って、ストでもやったらええ。そんなことを怖がってたら、生き残り戦争に勝たれへん」

人間も組織も、生命力が弱くなると、見栄《みえ》とか虚栄心とか体面とかにこだわるようになる。私利私欲と嫉妬《しっと》ばかりが頭をもたげて、大ナタがふるえなくなり、底無しの悪循環が始まる。

「私利私欲が、組織を壊すんや。俺に失うもんなんてあらへん。富樫重蔵は裸一貫でここまで来よったけど、所詮《しょせん》は成り上がりや。やっぱり、不景気になると底力がない。店を撤退させよったって、業界のやつは言うやろ。そんなことを言われようと、俺は恥かしくも悔しくもあらへん。態勢を立て直すための、一歩後退や。台所を小さくして、その代わりにそれを強固にするために、本部の陣営をひとつに集中させるんや。そこには、優秀な人材が必要や。人品卑《いや》しからぬ、かしこい人間が必要や。顔と腹の違うやつは要らん。口ばっかりで動かんやつも要らん。上に媚《こ》びへつらい、下に威張るやつも要らん。そういうやつは生命力が弱いんや。体力とか精力は強うても、人間としての生命力が弱いんや。そんなやつが、俺の会社に四、五十人はいてる。ひとつの店の撤退で、そいつらを追い出せる」

大切な家庭がありながら、助平心と出来心で、よその女に手を出したのは、自分という人間の生命力が弱っていたからだ、と富樫は言った。

「生命力か……。たしかに、この日本て国は、生命力が弱くなってるなァ」

と憲太郎は言いながら、富樫が珍しく語調烈《はげ》しく語った内容について思考をめぐらせた。

「そんなことより、俺が生まれ育ったところへ行くか？　俺の車で」

と富樫はいつもの富樫に戻って訊《き》いた。

「新車同然の高級車でかい？」

「俺が運転するがな」

「俺にも運転させてくれよ。そんな車、一生乗れないと思ってたから」

「ぶつけんといてくれよ」

「俺は安全運転だよ。一度、東名高速で事故を見たんだ。俺の車の三百メートルほど前で、乗用車同士がぶつかるのを見てたんだ。俺もすんでのところで巻き込まれるところだったよ。そのとき、交通事故って、なんて恐しいんだろうって、ぞっとしたよ。交通事故くらい馬鹿げたことはないって思ったね。堂本の事故で、さらにその思いは強くなって……。だけど、うしろからぶつかってこられたら、お手上げだよな。車にも、ヘルメットをかぶって乗りたいくらいだ」

電話を切ると、ビーフ・シチューのあくを取りながら、憲太郎は、自分の四十代前半の、血迷ったとしか思えない行動を思い返した。

人間としての生命力が弱くなっていたのだという富樫の言葉は、まさしく正しい表現だと思った。不倫などというものが流行っているこの国も、生命力が弱っているのに違いない、と。

弥生に対して抱いた父親としての勘が、思わず自分のかつての愚行を喋《しゃべ》らせてしまったのだが、そしてそれはたしかに、父親が娘に打ち明けるべきものではないのだが、さらには、弥生が今後、父親に嫌悪《けんお》の思いを抱いて、心を開かなくなることは充分に考えられるのだが、それはそれで仕方がない。なぜ父親が軽蔑されることを覚悟で喋ったかを、弥生は弥生なりに考えるであろう。憲太郎はそう思った。

それにしても、あのころの自分の性的妄想の烈しさは何だったのであろう。四十歳を過ぎて、すさんだものと、いい気になっていた部分とが結合してしまったとしか思えない。

表層的に考えれば、性的嗜好《しこう》の強まりは、すなわち旺盛《おうせい》な生命力の発露のはずだが、そうではなく、生命力の弱まりへの警鐘なのかもしれない……。憲太郎は、富樫の言葉で、どこか目が醒《さ》めたような気がした。〈しのはら〉の手提げ袋を見つめ、買った黄瀬戸を箱にしまいかけたが、憲太郎は我知らず微笑し、それを居間の棚に飾った。

翌日の夕刻、憲太郎は、堂本哲心の直属の課長と一緒に、阪急電車の宝塚線に乗り、堂本の住む二階建ての借家へ行った。

駅前の商店街で見舞いのケーキを買い、商店街を抜けて住宅街へと入り、建ってまだ日が浅いと思えるマンションが並ぶ地域まで来ると、課長の尾本は、このあたりも地震の被害が大きくて、これらのマンションは、そのとき居住不能となった家の跡に建てられたのだと言った。

社を出るときにはやんでいた雨がまた降りだして、憲太郎は傘をさしながら、

「堂本くんにその気があるんなら、働いてもらってもいいって言ってくれる人がいてね」

と尾本に言った。

尾本は驚き顔で憲太郎を見つめ、

「ほんとですか？　そんな話、局長の前ではなさらなかったでしょう」

といぶかしげに言った。

「うん、その人ってのは富樫さんだから」

「富樫って、〈カメラのトガシ〉の？」

憲太郎はうなずき返し、

「取引先の社長に個人的な頼み事をして借りを作るなって言うに決まってるからな」

と言って笑みを浮かべた。

「局長なら、そう言いかねませんね。ぼくが課の連中に、いよいよ堂本くんの退社が決まったって言って、それとなく餞別《せんべつ》の話を持ち出したら、誰がご注進に及んだのか、局長に呼ばれて、社の規定に則《のっと》って見舞金が出てるんだから、そんなことを社員に強制するなって、えらい剣幕で」

「俺がいつまでも堂本くんの退職届をあずかりつづけてたのが気にいらないんだろうな」

「でも、それは朗報だなァ。堂本のやつ、歓《よろこ》びますよ。堂本よりも、奥さんが元気づくかもしれない」

「でも決まったわけじゃないから、黙っててくれよ。『人事、他言すべからず』だ」

憲太郎の言葉に、尾本はうなずき、マンションの裏側の道を右に曲がるよう言った。

堂本は公団マンションに住んでいたのだが、部屋は三階にあって、エレベーターは停まらず、車椅子《いす》での生活ができなくなったため、二週間前に引っ越したのだった。

「でも、みんなが五千円ずつ出してくれましてねェ」

尾本は笑って十四人分の見舞金を入れた封筒を出した。

「みんな、気持よく出してくれて。この時代に五千円でいいのかって念を押すやつもいて」

「そうか、じゃあ、そこに俺の分も入れといてくれよ」

憲太郎は用意してあった三万円を尾本に渡した。

「ありがたいなァ。これでちょうど十万円になります。七万円だと、なんか半端《はんぱ》で……」

尾本は軽く頭を下げ、憲太郎の三万円を封筒に入れてから、枯れかけた植込みに囲まれた木造の二階屋の呼びリンを押した。

事前に連絡してあったので、堂本は玄関からつづく四畳半ほどの板の間のところで、車椅子に乗って待っていた。その板の間と玄関には、車椅子が昇り降りできるように、ぶあつい板が渡してあった。

堂本夫人は、奥の八畳の間に憲太郎と尾本を案内し、コーヒーを運んで来ると、

「わざわざ、ご足労いただいて」

と頭を深く下げた。

ひとりきりにさせておけないという精神状態には見えなかったが、三十二歳にしては老《ふ》けすぎていて、憲太郎は、堂本夫人が、不幸な事故から立ち直っていないのを目《ま》のあたりにする思いだった。堂本は血色がよくて、薄いブランケットで覆《おお》っている下半身以外は、事故の前よりも太って見えた。

「ここをしばっとかないと、自分の脚がだらしなく開いてるみたいな気がして、なんだか落ち着かないんですよ」

と堂本は笑いながらブランケットをめくった。膝《ひざ》の上あたりにベルトを巻きつけて固定していた。

憲太郎は、社が正式に退職届を受理したことを伝え、幾つかの事務的手続きは、この尾本がやってくれるだろうと言った。それから、堂本に今後のことについて何か具体的な目算はあるのかと訊いた。

「何か家でできる仕事はないかって、ない知恵を絞って、あれこれ模索してるんです」

と堂本は言った。

憲太郎は、富樫からの話を切り出した。

「遠間さんが頼んで下さったんですか？」

堂本は、居ずまいを正すかのように、背と首を伸ばす仕草をして訊いた。

「いや、きみの話をしたら、うちで働く気はあるだろうかって、富樫さんのほうから言いだしてね」

憲太郎は、〈カメラのトガシ〉の統轄本部が豊中市に設置されるのだと説明した。

台所で果物を切っていた夫人が、包丁を持ったまま振り返った。

「豊中市のどこなのかは、まだ聞いてないんだ。通勤の方法なんかは、少し知恵を働かせたら、うまいやり方を思いつくだろうって、富樫さんは言ってたよ」

「こんな体で勤まりますかねェ」

「体は使えなくったって、頭は使えるよ。富樫さんは、丼《どんぶり》勘定や、いっときの思いつきで動く人じゃないよ。ぼくは、富樫重蔵って人は、信頼に足る人物だと思ってるんだ」

と憲太郎は言った。

涙が出るくらいありがたいお話だが、自分は体をこまめに動かして得意先廻りをするしか能のない人間で、大学を卒業して以来、営業畑ばかりを歩いてきて、他の仕事にはまったく無知なので、もし職場を与えられても、足手まといになるばかりか、せっかくの富樫さんの好意に応《こた》えられないという結果になる可能性が大きい……。

「そうなったとき、ぼくは、それこそ本当に立ち直れなくなるんじゃないかって気がするんですよ」

堂本はそう言って、そっと夫人のほうに視線を向けた。

「そんなこと、やってみなきゃあわからんだろう。お前が営業に向いてたかどうかは、怪しいもんだぜ」

それまで黙っていた尾本が怒ったように言って、餞別の入っている封筒を背広の内ポケットから出すと、それをテーブルに置いた。そして、笑顔で、

「働きの悪いやつがいなくなって、これでうちの課の成績もあがるって、みんな、歓んで出し合ってくれたよ。これは、つまり、お餞別じゃなくて、追っ払い金なんだ」

と言った。

「ひどいなァ。号令をかけるばっかりで、毎月の目標が達成できなくて、おろおろしてた課長の窮地を救ったのは、いつもぼくだったってこと、忘れたんですか」

堂本も笑って言い返し、また夫人に視線を向けた。

いますぐ話に飛びつくというわけにもいかないであろうと思い、憲太郎は、出勤の途中、文房具店に立ち寄って買っておいた履歴書の用紙を出し、

「富樫さんと逢って、具体的な話をするときに、これを持ってってくれよ。きみの写

真までは用意できなかったから、顔写真は撮っていて、ここに貼《は》っといてくれ」

と言った。短く刈った頭を掌《てのひら》で撫《な》でながら、堂本は履歴書の用紙を見つめた。

二階から、夫人の母親と思える六十歳くらいの女性と、堂本の長男が降りて来た。丁寧な挨拶《あいさつ》に慌《あわ》てて応じ返してから、憲太郎は八歳の男の子に何か言おうとしてやめた。何かのひょうしに、事故のことに触れてしまいそうな気がしたのだった。

夫人の母親は、孫をつれて夕飯の買物に出かけた。

堂本は、最近、やっとひとりでトイレを使うやり方のこつのようなものがわかったと言ってから、

「もっと腕の力をつけないとね。必死でダンベルを持ったり、腕で支えて体を浮かせる運動をつづけてるんです」

とセーターの袖《そで》をめくって太くなった腕を見せた。堂本の腕は、鍛えあげたスポーツ選手のように筋肉がついていたが、車椅子での生活を余儀なくされている同年齢の者たちと比べると、まだまだ貧弱なのだという。

「みんな、この倍はありますよ。腕相撲をやったら、ぼくなんて七十歳の人にも軽くあしらわれます」

と堂本は言って、またそっと夫人を見つめた。

降って湧《わ》いたような就職の話に、妻がどんな反応をするのかを探っているのであろうと思い、憲太郎は尾本に目配せをして、

「じゃあ、そろそろおいとまするよ」

と言った。

夫人が台所から出て来て、ビールかお酒をと思い、いま用意しているところなのだがと言った。

「いや、ぼくは人と約束がありまして、尾本くんも今日中に片づけなきゃいけない仕事があるらしくて」

憲太郎は、そう言いながら玄関に行った。尾本はすでに靴を履いていた。

「堂本くんも奥さんも元気そうなので安心しました」

そういう言葉が、はたして励ましになるのかどうかと危惧《きぐ》しながら、憲太郎は堂本夫人に笑みを向け、一礼して堂本家を辞した。

駅への道を戻って行きながら、

「なんだか、奥さんの反応が鈍いと思いませんか。表情がないっていうのか」

と尾本は言った。

「さあ、どうかなァ。ぼくは、常日頃の奥さんを知らないから……。人間、あんな哀《かな》

しい目に遭ったら、そんなに簡単には立ち直れないよ。時間がかかるだろう。立ち直っていくまで、周りが大切にしてあげないと」

人間は弱くて脆《もろ》い。だが、不思議な強さと復元力もまた隠し持っている。そうでなくてどうして、この矛盾に満ちた人生を生き抜いていくことができよう。憲太郎は、そう思った。

「富樫さんの話、寺門くんにしてもいいですか？」

と尾本が訊いた。

「あいつ、堂本くんを社会復帰させようって、自分の知り合いに就職を頼んで廻ったけど、全部、駄目だったんですよ」

「いいけど、彼は口が堅いか？　横槍《よこやり》ってのは、思いもかけないところから入ってくるもんだぜ」

と憲太郎は言った。

「横槍ですか……。堂本くんの社会復帰に横槍を入れるやつなんていますかねェ」

尾本は首をひねりながら憲太郎に言った。

「常識で考えれば、いないはずなんだ。でも、人間のやっかみとか虚栄心てのは、想像もつかない動き方をしやがる。だから、『人事、他言すべからず』なんだ。正式に決まるまでは黙っといたほうがいいよ。堂本くんが寺門くんに喋るぶんにはかまわないけどね。だって、富樫さんのほうの事情が急変する場合も、皆無とは言えんからな」

憲太郎の言葉に、尾本はうなずき返し、

「わかりました。ぼくは黙っときます」

と言った。

「堂本くんにも、そのことを伝えといたほうがいいな」

憲太郎が言うと、尾本は商店街に置いてある公衆電話で堂本の家に電話をかけ、手短に憲太郎の考えを伝えた。

「どこかで一杯どうですか？」

尾本は商店街を見廻し、おでん屋をみつけて誘った。

「もう社には戻らないんでしょう？　ぼくも、戻らないって言ってきましたから」

「社には戻らないんだけど、梅田の本店で探したい本があってね。大きい本屋でないと、たぶん置いてない本なんだ」

宝塚に住んでいる尾本は、改札口で別れると、憲太郎とは反対側のホームに行き、やって来た電車に乗った。

憲太郎は梅田に戻り、大きな書店でフンザに関する本を捜したが、観光案内書以外はみつからなかった。仕方なく、ガンダーラ文化に関する学術書を買い、書店から阪急電車の改札口へとつながる雑踏を歩きかけて、自分の前を同じ方向へと急ぎ足で行く女を見て、思わず、あっと小さく声をあげた。

篠原貴志子だった。ハンドバッグと書店の紙袋を持って、改札口へのエスカレーターに乗った。

自分と同じ阪急沿線に住んでいるのかと思い、憲太郎もエスカレーターに乗った。夕方の通勤ラッシュ時だったので、一瞬でも目を離すと見失いそうで、憲太郎は何人かの人間とぶつかりながら、篠原貴志子との距離を保って、改札口を通った。

篠原貴志子は、さっき、尾本が乗った宝塚線のホームへ行き、発車寸前の電車に走った。憲太郎も走って、同じ電車に乗ってから、自分は何をしているのかとあきれ、慌てて降りようとしたが、ドアは閉まって、電車は動きだしてしまったのだった。

「これって、ストーカーとおんなじだよ」

憲太郎は胸の内で言って車輛《しゃりょう》のうしろへ移動した。

これに似たことを、高校生のときにしたなと思いながら、憲太郎は吊《つ》り革につかまって立っている篠原貴志子の横顔を、気づかれないように、人々の頭や顔のあいだから盗み見た。

高校三年生のとき、家の近くにある女子高の生徒に片思いをして、なんとか言葉でも交わせる仲になりたいと思った。その女子高生は、バス通学をしていて、憲太郎の家の斜め前にあるバス停からバスに乗る。

憲太郎は家の窓から、その女子高生がバス停に歩いて来るのを待ち、いかにも何かの用事でどこかに行くふりをして、同じバスに乗ったのだった。けれども、ただ乗り合わせるだけで、一度も話をしたことはなかった。何をどう話しかけたらいいのかわからなかったし、その女子高生は憲太郎に一瞥《いちべつ》もくれなかった。
五、六回、そうやってバスに乗り合わせ、すまし顔のその女子高生が、山手線の電車に乗り換えるためにバスから降りるとき、自分も一緒に降りて、そのまま反対行きのバスに乗って帰って来た。
ひょっとしたら、自分の魂胆を見抜かれているのかもしれないと思い、そんな自分が恥かしくて、女子高生を待つこともやめてしまった。

俺はいま、高校生のときとおんなじことをやっている……。憲太郎は気恥かしくなり、電車が駅に停まるたびに降りようとしたが、そのうち、篠原貴志子がどの駅で降りるのかだけは見届けようと思い、次第に乗客が減っていく車輛から隣の車輛へと移った。

篠原貴志子は終点の宝塚駅で降りた。たしか、店は七時まで営業しているはずだから、きょうは何かの事情で早仕舞いしたのであろうと思い、憲太郎は今津線に乗り換えて西宮北口まで行き、そこからまた神戸線に乗り換えるつもりでホームに立った。篠原貴志子は、電車から降りた他の乗客の群れと一緒にホームの階段へと消えたとばかり思っていたが、そうではなかった。今津線の電車がやって来たとき、憲太郎は篠原貴志子に声をかけられたのだった。

「あのォ」

と言いながら、篠原貴志子は憲太郎の顔をのぞき込むようにして、

「黄瀬戸の六角鉢をお買いあげ下さった……」

と話しかけてきた。

「遠間さんでいらっしゃいますわね」

「ああ、これはどうも。宝塚にお住まいですか……」

憲太郎は、一瞬、誰かといった顔つきをしてから軽く頭を下げた。そんな自分の仕草が、いかにもわざとらしかった気がして、憲太郎は腕時計を見、

「お店は七時まででしたよね？」

と訊いた。

「きょうは、お店を休んだんです」

と篠原貴志子は言った。奈良に窯《かま》を持つ陶芸家が久しぶりに作品を観《み》せるというので、早朝から奈良に出向いていたのだという。

「ちょっと変わった方で、その気になったときに観に行かないと売ってくれないものですから」

「へえ、有名な陶芸家ですか？」

篠原貴志子は、少し考え込み、

「有名になりかかってるってとこかしら。だから、いまのうちなら、まだ値段が安いですから」

と言い、

「遠間さんのお住まいは、西宮でいらっしゃいますわね」

と訊《き》いた。

「病気で休んでる社員が豊中にいまして、その見舞いの帰りです。梅田に戻るよりも、宝塚から今津線に乗り換えたほうが早いので」

またいつでも店にお立ち寄り下さいと言って、篠原貴志子はホームの階段を降りて行った。

今津線の電車は空《す》いていた。憲太郎はシートに坐り、俺はまるで思春期の純情な少年だなと思った。

手も足も出ないとはこのことだ。いまでもまだ顔のどこかに上気が残っているし、心臓の鼓動は速く、体の硬さはほぐれていない。

「どうなってんだよ。こんなこと、初めてだよ」

憲太郎は、首をかしげ、胸の内で言った。

「そんなにとびきりの美人てわけじゃないのに……」

そう思いながらも、憲太郎は篠原貴志子が、自分の手の届かないところにいる遠い女のような気がした。

「遠い人か……。五十歳になって、そんな女があらわれるなんて。これは僥倖《ぎょうこう》かな、それとも災厄かな」

いずれにしても、あとを尾《つ》けるなどという、ほとんど犯罪に近いことはつつしまなければならないと憲太郎は自分にきつく言い聞かせた。

けれども、西宮北口で電車から降り、神戸線の電車を待つあいだも、篠原貴志子の風貌《ふうぼう》は、憲太郎の心のすべてを占めつづけ、自分がこれからどこへ行こうとしているのかさえわからなくさせた。

「家に帰るんだ。帰ったら、シチューをもう二時間煮込んで……。ああ、ご飯を炊《た》かなきゃあ」

憲太郎は気合を入れるために背筋を伸ばした。


翌日の金曜日、憲太郎は社のビルから四つ橋筋のほうへ行ったところにある喫茶店で富樫と待ち合わせた。

その喫茶店は、憲太郎が大阪勤務になって以来、三日に一度は息抜きをするためにコーヒーを飲みに行く店だったので、出勤の前に立ち寄り、二泊三日の旅のための鞄《かばん》をあずかってもらっておいたのだった。

喫茶店の前の有料駐車場に、ほとんど新車と変わりのない光沢の外車が停めてあった。

「あれか？」

憲太郎は、先に来ていた富樫に指差して訊いた。

「そうや。もう俺の車や」

と富樫は言って、車のキーを見せた。

「名義変更の書類、それに領収書と引き換えに、あの車を買うたんや。あとで債権者に車を渡せなんて言われんように」

今夜は尾道《おのみち》に泊まる予定だった。

「安全運転で行くから、尾道のホテルに着くのは十時ごろになるやろ。女房が弁当を作ってくれた。お前の分もあるで」

「弁当？　どこかのドライブ・インで晩飯を食ったらいいじゃないか。奥さんの手をわずらわせなくたって」

「うん。そうなんやけど、血糖値が高《たこ》うなってなァ」

と富樫は憂鬱《ゆううつ》そうに言った。

「とにかく若いころにうまいもんが食えんかったから、食うことだけが道楽みたいになってしもて。それがあかんかったんやなァ。従兄《いとこ》が二人とも糖尿病やから、遺伝もあるのかもわからんけど」

昨今の旅館の料理くらい糖尿病に悪いものはないと富樫は言って、コーヒーを飲み干すと喫茶店を出て、自分のものになった高級外車のドアをあけた。

「あんなにぎょうさんの、手の込んだ料理を食べたら、自殺行為や。ざっと目算しただけでも二十点以上はあるで。それに酒を二合ほど飲んだら、血糖値はどこまで上がるやら」

「二十点て？」

「一点が八〇キロカロリーや。点数で計算するんや。牛乳をカップに一杯で一点。バターを塗ってないパン一枚で一・五点。玉子一個で一点。牛のヒレ肉やったら五五グラムで一点」

血糖値が高いことがわかったのは三年前で、そのときは空腹時で一八〇という数値だった。

半年間、禁酒し、一日一六〇〇キロカロリーという食餌《しょくじ》療法をして正常値に戻ったのだが、今回の検査では空腹時血糖値が二〇〇もあって、これはいかんと思い、今朝から再び決意も新たに食餌療法を始めたので、カロリー計算をした弁当を妻が作ってくれたのだと富樫は説明した。

富樫は五五グラムのヒレ肉の大きさを手で示し、

「こんなん、ひと口かふた口やでェ」

と言った。

「ご飯だったら、どのくらいが一点なんだ？」

と憲太郎は訊いた。

「普通のご飯茶碗《ちゃわん》に七分目っちゅうとこやなァ」

「一日に一六〇〇キロカロリーってことは、三食に分けると一食が約五三〇キロカロリーか。ということは、一食につき七点弱……。食った気がしないだろう?」

「うん。食餌療法を始めて三日目あたりから飢餓状態になって、なにかにつけて苛々《いらいら》するようになるな」

「そりゃあ、ちょっとつらいなァ」

「血糖値の高い人には、缶ジュースの類《たぐい》とか、スポーツ・ドリンクっちゅうのが、いかんのや。あれをいっさい飲まんようになって、血糖値が正常になった人が多い」

富樫は、車のエンジンをかけ、注意深く駐車場から出ると、四つ橋筋を少し走って、阪神高速道路に入った。池田でいったん一般道に出て、それから中国自動車道に入り、山陽自動車道に車線を変えたら、あとは尾道まで一直線だという。

車が山陽自動車道に入ってすぐに、憲太郎は富樫の携帯電話で富樫の妻に電話をかけた。あんな事件のあとだから、夫の旅に多少の疑念を抱くかもしれないと思ったのだった。

「気持はありがたいけど、もっと夜遅うなってからのほうがええなァ」

と富樫が言ったので、呼び出し音が聞こえる前に電話を切り、

「それもそうだよな。まだ六時半だ」

そう言って、憲太郎は、きのう堂本哲心の家に行ったが、何か連絡はあったかと訊いた。

「いや、まだないなァ」

「堂本よりも、たしかに奥さんのほうが心配な気がしたよ」

「ときがたっていくのを待つしかないんや。堂本さんの奥さんは、車の運転はできるんやろか」

「さあ、どうなのかな」

「奥さんが、堂本さんを車に乗せて、通勤を手伝《てつど》うたらええんや。そのあとは、みんなでなんとかできるがな。車椅子《いす》を持ちあげて、堂本さんの持ち場へ運んだらええ。持ち場を最初から一階にしといたら問題はあらへん。あとはトイレや。きょう、総務部長に、車椅子の人のためのトイレを専門の業者に問い合わせとくように言うといた」

「何もかも世話になるなァ」

「いや、能力があるのに、体が不自由やというだけで働き場所を得られへんという、この日本という国に、俺は腹を立ててるんや」

阪神淡路大震災のとき、さして面倒でもない緊急の懸案の許可を得るのに、担当の役人の判こが二十幾つも必要だったのだと富樫は言った。

「俺の知り合いの息子が、神戸市役所に勤めとってなァ、そない言うて怒りまくっとった。日本は、もう至るところ、政治家や役人の既得権と私利私欲が大手を振って歩いてる。民衆はなんで怒れへんのやろ。いつのまにか、日本人は正義を忘れてしまいよった。日本人を、こんなになさけない、卑屈な民族にしたのは、いったい誰なんやろ……」

富樫は首をかしげて溜息《ためいき》をついた。

「運転、うまいなァ。なんか安心して乗ってられるよ」

憲太郎が賞《ほ》めると、富樫は、きのうの夜、この車で阪神高速道路を十周し、市内の一般道を走ったり、狭い道を抜けたりして、運転に慣れておいたのだと言った。

「息子を助手席に乗せてなァ。久しぶりに、息子と話ができた。息子は先生を押したり突いたりしてないそうや。先生が怖がってあとずさりして、勝手に階段から落ちたんや。それだけは嘘《うそ》やない、信じてくれって」

海が見えてきたが、トンネルばかりで、暮れる寸前の景色はまるで楽しめなかった。

「なんで尾道に行きたいんや？　俺は、小学校のときに、遠足っちゅうと尾道のお寺めぐりばっかりで、もううんざりやと思とったけど、お前が行きたいっちゅうたとき、なつかしいなァと尾道を思い出して、行きとうなったんや」

そう富樫に訊かれ、

「尾道には行ったことがないんだよ。岡山にも広島にも、山口にも出張で行ったけど、尾道だけ抜けてる。ああ、倉敷にも行ったことがないんだ」

と憲太郎は言い、そろそろ、どこかのサービス・エリアで弁当を食べようと促した。

「昼、ざるそばだけだったから、腹が減ったよ」

「俺は飲めへんけど、お前は、せめてビールぐらいは飲みたいやろ？　サービス・エリアにはアルコールは売ってないで」

「お前が飲まないのに、俺だけ飲めるかよ。どっちかっていうと、俺よりもお前のほうが酒好きなんだから」

そんな遠慮はしないでくれ。とにかく一ヵ月は禁酒と決めたのだから、横で酒を飲まれても気にはならないと富樫は言い、いったん姫路で一般道に降り、姫路市内の酒屋の前で車を停めると、ビールとスコッチのウィスキーを買った。

姫路城の近くの、車の通りの少ない場所に移り、憲太郎と富樫は車内で弁当を食べた。

「奥さん、手間暇かけて作ってくれたんだなァ」

四段の重箱のなかを見て、憲太郎は言った。

甘鯛《あまだい》の切り身の塩焼き、ヒレ肉のたたき、ポテトと玉ネギのサラダ、ワカメとキュウリの酢の物、山芋のカツオ節あえ、それに赤飯が、憲太郎のぶんと富樫のぶんに二重ずつ分けて詰められていた。

献立は同じだったが、量がまるで違っていて、富樫のぶんは気の毒なくらい少なかった。

「赤飯だぜ。何のお祝いかなァ」

憲太郎は富樫に笑いかけて、

「灯油を頭からぶっかけられて、ライターまで突きつけられたのに死ななかった亭主へのお祝いかもな」

と言った。

「いやなことを思い出させよんなァ……。あのときのことを思い出すと、いまでも、このへんの力が抜けて、自分の顔から血の気が引いていくのんがわかるんや」

富樫は言って、自分の腰の下あたりをさすった。

これから月に一度か二度、金曜の夜と土曜、日曜は休むと宣言したら、社員たちは歓《よろこ》んでいたという。

「いちばん忙しいときにすまんなァて言うたら、社長はこのままのペースで働いてたら、病気をしてしまうから、店のことは忘れて、気楽に休んでくれっちゅうて」

「みんな、富樫重蔵っていう社長のことを大事に思ってくれてるんだよ。お前の人徳だな」

「この赤飯は、俺と遠間憲太郎の友情と、これからの珍道中のはなむけやって、女房が言うとった」

「珍道中か……。酒と女には気をつけようぜ。酒は、なんとか水って言うけど、まったくそのとおりだよ。つまらない大失敗をやらかしたときのことを思い出すと、必ず酒を飲みすぎてる。酒のうえでの失敗は、俺は数限りないよ」

憲太郎はそう言いながら、富樫の携帯電話で富樫の妻に電話をかけた。

「これから、お弁当をいただくところなんです。ぼくのぶんまで作っていただいて」

「どんなもんがお好きかわかれへんかったもんですから、お口に合うたらええんですけど。お赤飯は、私の母が炊きましたから、私が炊くよりもおいしいと思うんです」

富樫の妻は、弾《はじ》けるような、響きのいい声で言った。

「いま姫路城の横にいるんです」

そう言って、憲太郎は電話を富樫に替わった。富樫は、憲太郎に視線を向け、

「堂本さんから？　うん、俺の携帯電話の番号を教えてあげたか？　うんうん、それでかめへんのや。遠間さんと一緒やっちゅうことは黙っといたか？」

と妻に言って、電話を切った。

「堂本さんから電話があったそうや」

「そうか。そりゃあ、よかった」

「よかったかどうかは、まだわからへんがな。断わりの電話かもわからへん」

「いや、断わりの電話だったら、先に俺に連絡してくるよ。お前に電話をかけてきたってことは、決めたんだよ」

「それやったら、ええねんけどなァ」

憲太郎はビールを飲まなかった。自分も富樫の車を運転してみたかったのだった。弁当を食べ終わり、再び山陽自動車道へと向かう途中で、二人はコーヒーを飲むために喫茶店に入ったが、テーブルに坐《すわ》るなり、富樫の携帯電話が鳴った。堂本哲心からだった。

「そうですか。月曜日は、朝の九時から会議があるんです。午後の二時っちゅうのはいかがですか。ぼくは、難波の店にいます。お宅から難波の店まで来られますか？

店の近くまで来はったら、電話を下さい。力の強い連中に行かせます」

富樫は電話を切ると、

「精一杯、頑張るって。あっ、奥さんに車の運転ができるかどうか、訊《き》くのを忘れた」

と言った。

堂本のことだから、一昼夜、熟慮したことだろうし、奥さんともじっくり相談したうえでの決断だろうと憲太郎は思った。

「堂本はね、得意先の人たちに好かれるんだよ。この二、三年は、カラー・コピー機の販売が仕事の主だったんだけど、小さなトラブルだろうと何だろうと、少しでも苦情や問題が起こると、必ず足を運んで、面倒がらずに最後まで処理する。問題がなくても、機械の調子はどうですかって、得意先をこまめに廻るんだよ。だから、ライバル社がどんな新製品を出しても、性能にたいした差がないのなら、堂本くんから買ってやろうってことになる。たしかに、労を惜しまず体を動かして仕事をするってのが彼のやり方だったから、車椅子の生活になって、自分に何ができるかって、とりわけ不安なんだと思うよ」

砂糖もミルクも入れずにコーヒーを飲みながら、

「ひとつのことが、ちゃんとできるやつは、ほかのことも、ちゃんとできるんや。つまり、その逆のケースは、ほとんどないっちゅうことや。ひとつのことができんやつは、ほかのことをさせても、結局、あかんちゅう場合が多い」

と富樫は言った。

ここから尾道のホテルまで車の運転を替わろうと言って、憲太郎が手を差し出すと、富樫はズボンのポケットから車のキーを出し、憲太郎の掌《てのひら》に載せかけてやめた。

「あかん、あかん。慣れへん車は運転せんほうがええ。一般道を二、三時間、運転してからや。高速道路は危ないからな」

「大丈夫だよ。左車線を制限速度で慎重に走るから」

憲太郎は、ズボンのうしろポケットに突っ込んであった算数の問題用紙を富樫の目の前でひらつかせながら、車のキーをひったくった。

「助手席で安心して、算数の勉強をしててくれ」

憲太郎が作成した問題用紙を見て、

「うわァ、ぎょうさんの問題やなァ」

と富樫は言った。

「でも、足し算、引き算、掛け算、割り算、それに分数の公式さえ頭に入ってたら解ける問題ばっかりだ。とにかく、似たような問題を幾つも幾つも繰り返し解いて、考えなくても自然に数字を並べたり、組み換えたりできるようになることがこつなんだ。反復すること。いやになるくらい反復すること。これは、あらゆる科目の勉強における鉄則だ。そうしてるうちに、それが自然に応用できるようになるんだよ」

「うん、わかる、わかる。あらゆる事柄には鉄則っちゅうもんがあるからな。『行き詰まったら原点に戻れ』っちゅうのも鉄則や」

車がこわれるのはたいしたことではないが、他人に怪我《けが》をさせたり、自分が怪我をしたら大変だから、安全運転を頼む……。そう言って、富樫は喫茶店から出ると、助手席に坐り、老眼鏡をかけて、問題集を見やった。それから、老眼鏡を鼻の頭にずり下げて、

「なァ、フンザって、どんな国やねん？　パキスタンにあるけど、パキスタン人とは違うんやろ？」

と訊いた。

憲太郎から聞いたフンザの話や、写真を見て感じたことを妻に話し、いつか二人で行かないかと誘ったら、予想していた以上に妻は乗り気になってしまい、フンザについて質問ばかりしてくるのだという。

「息子と娘がおとなになって、もう親が心配せんでもええ時期になったら、絶対に二人で行こうって、楽しみにしとるんや」

「フンザ人が、どんな民族なのか、よくわかってないんだよ」

初めて運転する大きな車の幅に神経を注ぎながら、憲太郎は姫路の市街地から山陽自動車道へと向かい、高速道路に入った。

「約千年前に、フンザ人の先祖は現在のイランから来たって、本に書いてあった。フンザってのは弓と矢を意味してるらしい。フンザ王国は、ほんの少し前まで独立した小さな国として存在してきたんだけど、その間、軍隊も警官もいなかったんだ。事が起こると、住民が立ち上がって、自分たちの小さな王国を守り抜いてきたんだな。フンザがパキスタン中央政府の統治下に入ったのは一九七四年だ」

憲太郎の説明に、富樫は首をかしげ、

「ほな、イラン人てことやないのか？」

と訊いた。

「先祖はイランから来たけど、民族としては、ブルショ族でね。だけど、そのブルショ族ってのが、よくわからない。言葉もブルショスキー語だけど、そのブルショスキー語は、古代ソグド語、トカラ語、それに北方遊牧民の言葉なんかが自由自在に取り入れられてできあがったんだな。フンザ人の血も、そりゃあもういろんな血が入ってる。金髪で青い目の人もいるし、アラブ系が色濃く出てる人もいる。ちょっと濃いめの日本人て顔立ちの人も見たよ。だから、ギリシャの血、アーリアの血、トルコの血、モンゴルやチベットや漢民族の血も入ってる。ある作家は、東洋でもなく西洋でもなく、古代でもなく近代でもない、本当の意味での異国が、あの渓谷のなかにあるっていう意味の詩を書いてる」

憲太郎の言葉に、富樫は腕組みをして考え込み、

「あっ、前のトラックにちょっと近づきすぎやがな」

と言った。

「だって、あのトラックのスピードが遅すぎるんだよ。あのトラックだけ、追い越そう」

「あかん、あかん。スピードは遅いに越したことはない」

「だって、高速道路を時速四十キロで走るほうが危ないんだぜ。車の流れの秩序が乱れるんだから」

「よし、あのトラックだけ追い越しを許可する。サイド・ミラーとバック・ミラーをよう見て……。よし、いまや」

「うるさいなァ。俺も、この車にだいぶ慣れたよ」

「慣れたころが危ないんや」

トンネルを抜けて、右に少しカーブしているところを過ぎると、ふいに前方に人間があらわれて、憲太郎の運転する車に両手を振った。右側の車線には三台の大型トレーラーが走行していたので、憲太郎は車を右に寄せることができなかった。

富樫が、

「危ない！」

と叫び、憲太郎はブレーキを踏んだ。

高速道路に人間が立ちはだかるなどとは予想していなかったが、車は、その人間の手前十メートルほどのところで停まった。

二十歳になるかならないかの女が駆け寄って来て、助けてほしいと言いながら、窓を叩《たた》いた。

百メートルほどうしろに、高速道路の左側に停止してライトを点滅させている車があり、男が二人、ガードレールのところに立って見ていた。

「何すんねん。死ぬ気かいな。なんちゅう危ないこと、すんねんな」

富樫は、窓をあけて怒鳴った。

女は、乗せてくれと髪を振り乱して頼み、うしろに停まっている車を指差し、

「あの人たちが追いかけて来るんです」

と言った。

憲太郎が車を停めた場所も、少しカーブになっていて、走って来る大型トレーラーやトラックの轟音《ごうおん》と風圧は強く、車は烈《はげ》しく揺れた。

「こんなところに停まってられないよ」

憲太郎はそう叫び、若い女の顔を見て、もしかしたら高校生くらいの年齢かもしれないと思い、

「とにかく、早く乗りなさい」

と促した。

女が車に乗ると、二人の男の姿は車内に消え、点滅ランプはヘッドライトに変わった。

「おい、次のインターはどこだ？」

憲太郎が車を走らせながら、富樫に訊くと、

「備前や」

という富樫の言葉が返ってきた。

うしろの車はスピードを上げ、横に並んだ。若い男が三人乗っていることはわかったが、顔は見えなかった。ほんの数秒、並んで走っていたが、その車はすぐに速度を上げ、トレーラーやトラックの横をすり抜けて、憲太郎の視界から消えた。

「備前のインターで待ち伏せしてたらあかんから、このまま走りつづけようか」

と富樫は言った。

「きみ、どこまで行くの？　どこかで降りてくれないと、俺たちは困るんだよ。どこかの交番か警察署に送ってあげるから、そこで降りてくれないか」

憲太郎は女に言った。富樫は、女に何も話しかけなかった。

「備前で降ろして下さい」

と女は言って、乱れた髪を手で整えた。

「備前のインターの周りは、人通りがあれへんから、いまの連中が待ち伏せしてたら困るんと違うか？　もっと人の多いインターちゅうと……」

富樫はドライブ・マップをひらきながら、携帯電話を持った。どこに電話をかけるのかと、憲太郎がいぶかしく思っていると、

「携帯電話で一一〇番にかけられるよなァ？」

そう富樫は訊いた。

「一一〇番になんか、電話をしないで下さい」

女は後部座席から身を乗り出して言った。

バック・ミラーに、鮮明に女の顔が映った。娘の弥生とおない歳《どし》くらいかなと憲太郎は思った。

「あんた、こんな高速道路で、命懸けで車を停めはったんやで。友だちと口ゲンカして、あの車から降りたとは考えられへん。ぼくらも、いつまでも、あんたをこの車に乗せてられへん。一一〇番通報して、警察に事情を話しとかんと、ぼくらが、あとでどんな厄介事に巻き込まれるかもわかれへんからね」

と富樫は落ち着いた口調で言った。

「厄介事ですか？」

「うん。たとえば、あんたが急に豹変《ひょうへん》して、見も知らんおじさん二人に、むりやり、車につれ込まれて、いやらしいことをされた、なんて言われたら、ぼくらはひどい目に遭うんや」

「私、そんなこと言いません」

「詐欺師《さぎし》は、名刺に『詐欺師』ですとは印刷してへん。あとあとのために、一一〇番させてもらう」

富樫は本気のようだった。

なるほど、そうならない保証はどこにもないのだと思いながら、憲太郎は、さっきの三人組の車が、どこかで待ち伏せていないかと、絶えず左側車線に神経を集中させつづけた。

「私、絶対にそんなことしません。だから、警察に電話するのは、お願いですからやめて下さい」

「悪人は、『私は悪人ではありません』ちゅうて近づいて来るんですわ」

と富樫は言って、一一〇番のボタンを押したが、電波の状態が悪いのか、電話はつながらないようだった。

「じゃあ、どうして、私を乗せて下さったんですか?」

「停まらなきゃあ、しょうがなかったんだよ。停まらなかったら、きみをはねてるよ。それに、あんな状況じゃあ、乗せないわけにはいかないだろう。うしろから、時速百キロ以上の車やトラックが次から次へと走って来るんだぜ。大事故にでもなったら、どうするんだよ。とりあえず、あのときは、きみを乗せる以外に方法がなかったんだよ」

備前のインターチェンジを示す標示板が見えたので、憲太郎は咄嗟《とっさ》の判断で、備前で降りて、料金所を出たところで車を停めた。そこなら、料金所の係員もいるから大丈夫であろうと思ったのだった。

三人組の車らしいものは、憲太郎の視野の範囲には見当たらなかった。

富樫は交番所を捜そうと、しきりに促した。周りに民家はほとんどなく、幾つかの備前焼の窯《かま》を示す看板だけがあった。

「どちらまで行かれるんですか？」

と女は訊《き》いた。

さっきからの少ない会話で、憲太郎は自分の娘と同年齢と推定される女が、いわゆる、口のきき方も知らない昨今の行儀知らずな女の類《たぐい》とは異なること、さらには関西圏ではなく関東圏の言葉遣いであることがわかった。

富樫は、女の問いには答えず、

「ここで降ろすっちゅうわけにはいかんなァ」

と憲太郎に言った。

「ひとりは知り合いなんですけど、あとの二人は京都から乗ってきたんです」

女が事情を説明しかけると、

「いやいや、あんたの事情を聞く気はないんや。そんなことをしたら、余計にややこしなる」

と富樫はうしろを振り向いて手を横に振った。

「痴話ゲンカやろうが、あいつらにむりやり、車につれ込まれようが、ぼくらには関係ない。とにかく、警察に行こう。ぼくらのためにね」

女は観念したようにうなずき、

「じゃあ、警察に行きます。行って、高速道路で助けを求めた私を、お二人が車に乗せてくれたんだって証言します。だから、ここで降ろさないで下さい」

と頼んだ。

「ほな、交番を捜そか」

富樫は言って、車から降り、料金所の係員のところに行きかけたが、

「でも、交番の前で、私が『助けてェ』って叫んで、『このおじさんたちが変なことをするんです』て駆け込んだら、どうするんですか？」

という女の言葉で、慌《あわ》てて戻って来た。

「なんちゅうことを言うねん、そうか、その手でくるかァ」

富樫は一一〇番を押しつづけ、舌打ちをして、携帯電話を助手席に放り投げた。

「よし、かまわないから、降りてくれ。もし、きみがぼくたちに厄介なことをふっか

けるんなら受けて立つさ。助けてもらって、そんな言い方をするやつとは、いっときも早くお別れしたいからね。車のナンバーを控えたかったら、勝手に控えていったらいい」

憲太郎はそう言って車から降り、後部座席のドアをあけて、女に降りるよう促した。女は、憲太郎が本気だということがわかったらしく、困惑の表情で下唇を嚙《か》み、目を伏せて、なにか考えていた。

気の強そうな、頭のよさそうな目だなと憲太郎は思った。下卑たところは感じなかったが、女のよく動く目は、いささか意固地で自尊心の強さもうかがわせた。

「こんな、滅多に車も通らないところに降ろされたら、私、困るんです」

と、やっと女はなさけなさそうに寄りかかってくる口調で言った。

「高速道路で、トラックにはねられて死ぬよりもましだろう」

と憲太郎は言った。

「こんな、寂しい場所に私を放り出して、もし私に何かあったら、おじさんたちも責任を問われますよね？」

口の減らない女だなァ……。そう思って、あきれ顔で富樫と顔を見合わせ、

「あの料金所の係員さんに訳を話しとくよ」

と憲太郎が言うと、女は泣きだしそうな顔で、決してあとで迷惑をかけたりしないから、こんなところに置いて行かないでくれと頼んだ。

「ぼくらは尾道まで行くんや。予定より遅れてるから、急ぎたい。そやから、きみが指定するインターで降りてあげるわけにはいかんのですわ」

その富樫の言葉に、女は、じゃあ、尾道まで乗せて行ってくれと頭を下げ、自分の学生証を二人に見せながら、東京の私立女子大の二年生で、袴田知作《はかまだちさ》だと名乗った。

「とにかく、最近は、セクハラとかなんとかで、女が一方的に訴えたら、よほどの証拠がないかぎり、男は疑われっぱなしや」

しかし富樫も、この二十歳の若い女が、悪辣《あくらつ》なものを隠し持っているとは思えなくなったようで、

「どうする?」

と憲太郎に訊いた。

「お前、すぐに信用していいのか?」

「そやけど、ここで放り出すっちゅうわけにもいかんわなァ」

「災厄が降りかかったら、それは俺たちに運がなかったってことだな。今後、二人で日本のあちこちを車で旅行するっていう計画は白紙に戻せっていう何かのおぼしめし

だ」

憲太郎と富樫は、女に聞こえないよう話し合ってから、車の座席に戻った。

「このまま、尾道まで行ってまうで。途中、手洗いに行きとうなったときだけ、サービス・エリアに停めてあげるよってに」

富樫は言って、

「こういう手口で俺はひどい目に遭うたんや」

とつぶやいた。

再び山陽自動車道に乗ると、女はやっと安心したのか、背凭《せもた》れに体をあずけ、目を閉じた。

「尾道には何時ごろになるかなァ」

と憲太郎は相変わらず制限速度を守って左側車線を走行しながら富樫に訊いた。

「そやなァ、十時……。いや十一時前かなァ」

「奥さんが弁当を作っててくれて助かったよ」

「俺はもう腹が減ってきた……。この子が突然、あらわれたときには心臓が停まりそうになった。どうも、お前と二人で車に乗ると、絶叫するような事態が生じるみたいやなァ」

灯油まみれの富樫を乗せて阪神高速道路を走っていたとき、前を行くトラックの運転手が火のついた煙草《たばこ》を窓から捨て、その火の粉が憲太郎の車の横をかすめたのだったが、憲太郎は、その際の自分と富樫の悲鳴を思い出して笑った。

「何がおかしいねん」

「いや、あのときの恐怖はすごかったなァと思って」

「心臓が、ばくばく言いよったなァ」

袴田知作は小さな手鏡で乱れた髪を整えていたが、

「ご迷惑をおかけして申し訳ありません」

と神妙にいった。

「最近、二十歳の娘で、年長の人にちゃんと丁寧語を使えるやつは、ほとんどいてへんけど、袴田さんは使えるんやな」

と富樫は言った。

「単語しか喋《しゃべ》らへんのばっかりや。たとえばやなァ、大学では何を専攻してるんですって訊いたら、『国文学』。アルバイトの時間給はどのくらいを希望しますかって訊いたら、『九百円以上』。仕事は、週のうち、いつといつがいいですか？『火曜日、金曜日』。お前ら、単語しか喋られへんのか！『です』とか『ます』っちゅう日本語を知らんのか！　って怒鳴りとうなってくる」

「それはすごく緊張してるときじゃないでしょうか。私も、アルバイトの面接を受けたとき、相手がきつい目をした怖そうな人だったりしたら、口がうまく動かなくて、そうなりそうな気がします」

「なりそうな気はしても、いざとなったら、ちゃんとした日本語を喋れるもんや。だいたい、そういう受け答えをする子は、長つづきせん」

「何かお商売をなさってるんですか？」

「まあね。たいした商売やおまへんけど」

「どんな業種なんですか？」

富樫はうしろを振り返り、

「あのなァ、なんでぼくが、きみから職務質問みたいなことをされなあかんのや」

と、うんざりした表情で言った。

「だって、こんな外車に乗ってる方って、どんなお仕事をなさってるのかと思って……」

気持が落ち着いてきたのか、袴田知作は、くつろいだ口調で言った。

「人間をね、乗ってる車とか、着てる服とか、住んでる家とかで判断したらあきまへん。ぼくが、どうやってこの外車を手に入れたかは、わからんのやから。ひょっとしたら、盗んだのか、借金のかたにまきあげたのか、しれたもんやあらへん」

「ほんとにそうですね」

袴田知作はそうつぶやき、

「男を選ぶとき、女は男を素っ裸にして、海岸べりに並べて見ろっていう言葉があるそうなんですけど、そのとき女は男のどこを見たらいいんですか？」

と訊いた。

憲太郎と富樫は、顔を見合わせ、声をあげて笑った。笑いながら、憲太郎は、じつにいい質問だなと思った。素っ裸にして並べた男たちの、どこを見て選べばいいのであろう、と。

学歴も家柄も人種もすべて剝《は》いで、素《す》のままの男を見ろという意味でもあろうし、もっと深い含蓄《がんちく》を秘めていそうでもある。

「袴田さんは、おもしろい子ォやなァ。まあ、どんな事情があったにせよ、高速道路で、走って来る車に立ちはだかって停めるくらいやからなァ」

と富樫は言い、袴田知作の質問にどう答えようかと考えているようだった。

「私の氏名を見た人は、私のことを、みんな男だって思うんです。チサって読む人はほとんどいなくて、たいていはトモサクって。どうして最後に『子』をつけてくれなかったのかって、父に何回も文句を言いました。子がつくと、チサコってすぐに読めて、女だってことがわかるでしょう？　私が文句を言うたびに、父は、『どうしてかなァ。女だからって、子って字をつけたくなかったんだろうな。知作って名をつけて、役所に届けたあとで、あれ？　これは男の名前じゃないかって気づいたんだ』って言ってました。父が病気で入院してて、見舞いに行った日も、私、自分の名前のことで文句を言ったんです。それで病院から帰って来たら、いま息を引き取ったって電話がかかってきて。だから、私が父に言った最後の言葉は『トモサクなんて名前、困っちゃう。もう、うんざりよ』なんです」

「知作って、いい名前じゃないですか」

知恵を作る……。自ら知力を創造する……。この娘の父親は、そんな願いを込めて命名したのであろうと、憲太郎は思った。

「お父さんは、袴田さんがお幾つのときに亡《な》くなられたんです？」

と富樫が訊いた。その口調には、なんだか旧知の間柄のような親しみが加わっていた。

憲太郎も、さっきの騒ぎは忘れて、袴田知作という二十歳の娘に、人間としての手ごたえと親しみを感じた。

「私が高校二年生のときです。十七歳のときですね」

と袴田知作は言った。

「さっきの質問やけどねェ」

と富樫は前方につらなる車のテール・ランプに視線を投じながら言った。

「男を素っ裸にして見てみるっちゅうのは、その男が窮地に陥ったとき、たとえば死ぬような病気にかかるとか、全財産を失って乞食《こじき》同然になるとか、監獄《かんごく》に入れられるとか、つまり、どう考えても再起不能としか思えん状態になったときでも、自分の信ずるところのものを捨てるか捨てへんか。この男は、はたして、どっちなのかを見きわめろっちゅう意味とちゃうやろか。どんな窮地に陥っても、自分の信ずるところのものを捨てへんちゅう男は、きっといつか甦《よみがえ》ってきよる……。ぼくは、そんな気がするけどねェ」

「自分の信ずるところのもの、ですか……」

袴田知作は、そうつぶやき、後部座席で自分の膝《ひざ》に肘《ひじ》を突き、両の掌《てのひら》に顎《あご》を載せて、上目使いでどこか遠くを見やった。

憲太郎は、その富樫の回答は見事なものだなと感じ入り、自分にとって「信ずるところのもの」とは何だろうと考えた。

いかなる窮地に陥り、再起不能と化しても、決して翻《ひるがえ》さないもの……。そのようなものを、自分は持っているだろうか。

憲太郎は、孔子の「五十にして天命を知る」という言葉を思い浮かべ、あるいは孔子の言う天命とは、いま富樫が言った言葉とほとんど同義なのではなかろうかと考えた。すると、また反射的に、フンザの、百歳に近い老人の姿と言葉が甦った。

「あなたの瞳《ひとみ》のなかには、三つの青い星がある。ひとつは潔癖であり、もうひとつは淫蕩《いんとう》であり、さらにもうひとつは使命である」

憲太郎は、フンザの老人の言葉を富樫に話して聞かせた。なぜか、袴田知作という若い女の存在は、まったく気にならなくなっていた。

「淫蕩……。お前、自分で淫蕩やて思うか?」

と富樫が訊《き》いた。

「ここからが淫蕩だっていう線引きはできないだろうけど、俺のなかには淫蕩なところがかなりあるよ」

「そのお爺《じい》さんが俺を見たら、どう言うやろ……。あなたの瞳のなかには三つの猿の星がある。ひとつはポケット・モンキーであり、もうひとつはメガネザルであり、さらにもうひとつはチンパンジーである、てなこと言われたりして」

富樫が真面目な口調で言ったとき、袴田知作の口から奇妙な音が洩れた。泣いているのかと、憲太郎がバック・ミラー越しに見ると、袴田知作は懸命に笑いをこらえているのだった。

「あのねェ、笑いたかったら、声を出して笑いなはれ。そんな笑いのこらえ方は、ぼくに対して失礼でっせ」

富樫は言ったが、顔は笑っていた。

尾道まであと三十キロほどのところに来たので、憲太郎は、余計なことだと思いながらも、尾道でこの車を降りてからどうするのかと袴田知作に訊いた。

「とにかく、駅に行ってみます。東へ行く夜行列車に乗ろうかと思ってるんです」

と袴田知作は言った。

「大阪行きの夜行があればいいんですけど……。大阪まで戻ったら、そこから新幹線で東京に帰ります」

「電車がなかったら？」

と憲太郎は訊いた。

「そしたら、駅で夜を明かして、朝一番の新幹線に乗ります」

「駅で夜を明かすか……。あんまり感心せんなァ。駅に行ってみて、夜行列車が尾道に停まるのがあんまり遅いようなら、安いビジネス・ホテルに泊まったほうがええと思うんやけど」

その富樫の言葉に、

「安いといっても、ホテルなら一万円はするでしょう」

と袴田知作は訊いた。

「ぼくらが予約したホテルは、朝食付きで一泊六千円やったなァ。とにかく、シャワーから湯が出て、寝るためのベッドさえあればええんやから、どんなに狭い部屋でもかめへんのや」

駅で夜を明かすのは慣れているのだと袴田知作は言った。

「高校時代、友だちと、よくそんな旅行をしたんです。駅のなかはあったかいし、人の目がありますから、かえって安全なんです」

「しかし、袴田さんに何かあったら、ぼくたちにまったく責任なしっていうわけにもいかんからね」

と憲太郎は言ったが、大学生にとったら、六千円というホテル代は大金だなと思った。いったんは備前のインターで放り出すことに決めたのだから、自分たちがこれ以上の面倒をみる必要はないのだという気もした。

尾道に近づくにつれて、袴田知作は、三人組の男たちとのいきさつを語りはじめた。男のひとりは、高校時代の先輩で、あとの二人はその友人だった。

「向こうは、私のことを恋人だって思ってるんですけど、私はそうじゃなかったんです。最初は、私も素敵な人だって思ってましたけど、あれ？　この人は少し変だって感じるようになって」

「変て、どんなところが？」

と憲太郎は訊いた。

「自分の思いどおりにいかないことがあると、突然、粗暴になるんです。乱暴っていうよりも、粗暴って感じに」

「粗暴と乱暴とは、どう違うんや？」

と富樫が憲太郎に訊いた。

「そういう日本語の理解力っていう点では、俺よりもお前のほうが詳しいだろう」

「俺のほうが詳しいわけがないがな。俺は中学しか出てないんやから」

「いや、お前は、俺よりもはるかに、世の中で身につけた生きた言葉に精通してるんだよ」

憲太郎と富樫の会話に、袴田知作は、少し遠慮がちに自分の考えを述べた。

「ただ単に乱暴っていう意味よりも、粗暴っていうほうが、もっと理性とか品性が欠落してるって思うんです」

その男は、高校時代は都内でも有名な進学校に進み、つねに成績も上位で、希望する大学に苦もなく入った。けれども、なにかしたひょうしに見せる粗暴さに怖いものを感じて、自分は距離を取りはじめた。

「単なる友だちとしてのおつきあいもやめたくなったんです」

ところが、きょうの昼ごろ、電話がかかってきて、ドライブにつきあわないかと誘われた。

ちょうどいい。この機会に、いっさいのつきあいを断わろうと思い、それを告げるために彼の車に乗った。

男は、車のなかで袴田知作の言葉を聞き、自分にとって知作は大切な恋人なので、つきあいをやめたくはないと翻意を求めてきたが、すでにそのとき、表情や行動が一変して、何かに憑《つ》かれたような怖さを漂わせ、車の速度をあげて、東名高速道路を西へ西へと走らせつづけて、高校時代の共通の友だちだった二人の男がいる京都へと向かった。

その二人は、京都の大学に進んだが、二人とも温厚な性格だったので、二人があいだに入ってくれることは、かえってありがたいと思った。

男は、京都で二人の友人を同乗させると、名神高速道路を西へあてもなく走りだしたのだった。

どうして、そんなに暴走族のような運転をするのか。どうして、車から降りて、冷静に話をしようとしないのか。

二人の友人は何度もさとしたが、そのたびに男の運転は危険度を増すので、二人とも男を刺激してはいけないと思ったのか、何も言わなくなった。

「俺は別れないぞ」

山陽自動車道に入ったころ、男は、なにやらうわごとみたいに、そればかりつぶやきつづけたので、おかしな誤解を持たれたくなくて、袴田知作は、

「別れるも別れないも、私たちは恋人同士じゃないわ。とにかく、車から降ろして。それから、二度と電話をかけてきたり、どこかで待ち伏せるようなこともやめて」

と言った。すると、男は、高速でハンドルを操作しながら、知作の髪の毛をつかんだり、肩のあたりを殴ったりして、ジグザグに走りはじめた。友人二人は、なんとかして車のキーを男から奪おうと考え、なだめたり、すかしたりしたが、らちがあかな

かった。車を停めさせるまでに、間一髪で大事故を起こしそうな瞬間が何度もあった。知作は危険を承知で、男の顔をひっかいたり、脚を蹴《け》ったりして、車内で大暴れをした。それで、やっと男が車を停めたので、知作は逃げ出て、やって来た富樫の車に手を振ったのだった。

「ハンドバッグは持って出たんですけど、そのとき、携帯電話を車内に落としちゃいました」

と袴田知作は言った。

「彼のあんな異常なところを実際に目にしたのは、あの友だち二人も初めてだったと思います。私は、これまで何度か見てるけど……。つまり、きれてないときは、常識をわきまえた、いいとこのお坊っちゃまみたいな感じで、誰が見ても好青年なんですけど、ちょっと普通では考えられないような理由で、突然、きれるんです」

「たとえば、どんなとき?」

と憲太郎は訊いた。

「乗ろうとしてた電車に乗り遅れた、とか、贔屓《ひいき》のプロ野球のチームが逆転負けした、とか、電話をかけたら相手が長い話し中だった、とか」

「そら、単なるわがままやがな。子供でも、そんなことで、きれたりせえへんで」

と富樫は言った。

憲太郎は、山陽自動車道から降り、瀬戸内の海に沿った道を尾道市街へと向かった。夜の十一時過ぎの尾道は静かで、海に面したところにある鉄工所のクレーンや煙突が、巨大な蟹《かに》の脚に見えた。

とりあえず駅に行き、袴田知作を降ろすと、富樫は、今夜、自分たちが泊まるビジネス・ホテルを教え、

「夜行の列車がなかったら、ホテルに電話してきなはれ。ホテル代くらいは貸してあげるよってに」

と言った。

袴田知作は、富樫に名刺を頂戴《ちょうだい》できないかと言った。そして名刺をハンドバッグにしまうと、袴田知作は憲太郎と富樫に礼を言って、駅の構内へ入って行った。

街の西のはずれにあるホテルにチェック・インし、シャワーを浴びると、憲太郎は窓をあけ、フェリーの乗り場の明かりを眺めながら、富樫が姫路で買ったウィスキーの栓をあけた。

狭い水路を行く船の汽笛が聞こえた。

浴衣《ゆかた》姿の富樫が水筒を持って自分の部屋からやって来た。

「狭い街やろ。山側は坂ばっかりでなァ。その坂のところに、古い寺がひしめいてるんや。昔からの街やけど、最近は、ちょっと時代から忘れられたっちゅう感じがあるなァ」

と富樫は言って、水筒のなかの茶を飲んだ。

血糖値を下げる薬茶だという。

「減糖減脂茶っちゅうんや。北京《ペキン》にいてる知り合いに送ってもろた」

「やるときは徹底的にやるんだなァ。たいていの人は、まあ少しくらいはいいかって、ビールぐらいは飲んだりするけどねェ。うちの支店長なんか、血糖降下剤を服《の》んでるのに、酒もがんがん飲んでるぜ」

「それは危ないでェ。命取りになるでェ」

富樫ならば、もっといいホテルに泊まれるだろうに、月給取りの俺の懐《ふところ》を考えて、こんな窮屈で殺風景なホテルを予約したのだろうと思い、憲太郎は、あしたはもう少しホテルのクラスを上げようと提案した。

「こんな狭いホテル、いやか？」

と富樫は訊いた。

「いや、俺は出張で慣れてるよ」

「ほんなら、このクラスでええがな。俺は寝る場所さえあったら、それでええんや」

シャワーを浴びたあと、両親に電話をかけたら、二人とももう寝ていて、起こしてしまったと富樫は言った。

「もう十二時だぜ。お年寄りは、もう寝るさ」

「二人とも映画が好きでなァ、ビデオ・ショップで映画を借りて来て、二人で遅うまで観《み》てるんだけど、きょうは早よう床についたらしい」

中型の貨物船が、西へと航行していった。

いま貨物船が通っているところが尾道水道で、その向こう側の島が向島《むかいしま》。向島から因島《いんのしま》、因島から生口島《いくちしま》へと橋が架かっているが、生口島の西隣の大三島《おおみしま》は、広島県ではなく愛媛県なのだと富樫は説明した。

「昔は風情《ふぜい》のある街やったやろなァ。古い家並のとこから海と島が見えて、道はほとんど坂道で。そやけど、いまは、道の広さは昔のままで、車だけが増えたから、のんびり坂道を散策してたら、危のうてしゃあない。排気ガスで喉《のど》が痛《いと》うなる」

と富樫は言い、あしたの天気の具合はどうかなとつぶやきながら、テレビをつけた。

銀行と大蔵官僚の贈収賄《ぞうしゅうわい》事件のあと、二件の殺人事件をテレビは報じた。一件は中学生が起こした事件だった。

「毎日、毎日、こんなニュースだな」

　と憲太郎は言った。

　いったい、いまの日本で、政治家や官僚を信頼している人間などいるのだろうか。汚ならしい娯楽や情報から子供たちを守る方法を知っているおとななどいるのだろうか……。

　憲太郎がそう言うと、

「日本は、水のなかの角砂糖や」

　と富樫は言った。

「とめどなく崩れて溶けていきよる」

「もう元には戻らないのかなァ」

「戻らんやろなァ。世界中、私利私欲の泥沼やからなァ」

「私利私欲で得た金で何をしたいんだ？　金なんて、持って死ねないぜ。名誉も肩書きも、棺桶《かんおけ》には入らないよ。金なんて、ちょっと足りないくらいが、ちょうどいいんだ」

「こんなニュースばっかり観てたら、一所懸命働くのがいやになってくる。そやから、俺は最近、ニュースを観たり、新聞を読んだりするのがいやなんや」

天気予報が終わると、富樫はそう言ってテレビを切った。

憲太郎は、寝ている人々に遠慮するかのように、音もなく尾道水道を航行していく貨物船の灯を見ているうちに、「死の準備」という言葉が浮かんだ。実感として、そのような具体的な言葉が浮かんだのは初めてであった。

五十歳という年齢は、まだまだ未来を孕《はら》んではいるが、死もまた身辺にまといついている。なんだか少し具合が悪くて病院に行ったら、あと半年の命だと宣告されても不思議ではない年齢でもあるのだった。そんなとき、自分はどうやって死を受け容《い》れるのであろう。

「清潔に生きたいな。悪いことをしないで、人をやっかまず」

と憲太郎は言った。それと同じことを、フンザでも考えたのだった。

金の砂を隈《くま》なく撒《ま》き散らしたようなフンザの夜の底で、遠くからの雪崩《なだれ》の音を聞き、ときおり、間の抜けたような羊やロバの鳴き声に微笑しながら、もしいま不治の病を宣告されたらと憲太郎は考え、

「いつ死んでもいいように、まず清潔に生きたいな」

と思ったのだった。

さて、清潔に生き、そのうえでさらにどうするのか、憲太郎はよくわからなかった。

富樫に、そんな自分の考えを言うと、

「使命はどうするんや？　使命を果たさんままに死んだら、心残りやし、それはやっぱり負けやろ？」

という言葉が返ってきた。

「自分の使命が、いったい何なのか、俺にはさっぱりわからないんだ」

と憲太郎は言い、部屋から出て、自動販売機でミネラルウォーターと氷を買ってきた。

「俺が死ぬ病気にかかったら、やっぱり、心残りっちゅう言葉ではおさまらん感情に圧《お》しつぶされるやろなァ。社員のことも心残りやし、女房や子供のことも心残りや」

と富樫は言った。

「でも、俺が死んでも、お前が死んでも、地球は廻りつづけるさ。残された者のことなんか俺は、心配しないな。残された者は、意外にしぶとく、逞《たくま》しく、生きていくもんさ」

「まあ、そうやろな。ただ、会社の今後のことだけは、方向性を決めとかんとな。厄介事だけ残っては困る。組織っちゅうのは、どんな小さな組織でも、必ずそこに官僚が生まれて、権力争いが生じるんや。しかも必ず権力は腐敗する。もうそれは人間というものの性でもあるんや」

夜中の一時を廻ったのをたしかめると、

「もうあの子からは電話はかからんな」

と富樫は言った。

「大阪のほうへ行く夜行列車があったのかな」

そう言って、憲太郎はウィスキーの水割りを飲み干した。自分よりも酒好きの富樫に遠慮する気持は消えなかったのだった。

「コンクリートの建物のなかで暮らしつづけると、人間はきれやすうなるそうやで」

と富樫は言った。

「脳がいっつも酸欠状態になって、その結果、日頃、乱暴者でもないやつが、突然、包丁を振り廻したりするらしい。いまの子供らは、コンクリートの団地とかマンションで育って、コンクリートの学校に通って、それで、突然、ナイフで先生を刺したりしよるんとちゃうやろか。じつは原因はコンクリートの建物やったりして」

富樫はそう言って、自分の部屋に戻って行った。

部屋の明かりを消して、憲太郎は窓辺に坐《すわ》り、目の前の尾道水道に、また船がやって来ないものかと、暗い水路の左右を探った。貨物船の航行は、さして美しい光景でもなく、珍しいものでもなかったが、そのひそやかな、どことなくつつしみのある動き方が、狭い街の海に似つかわしく感じられた。

憲太郎は、ことしに入って、二人の友人を亡《な》くしている。

ひとりは同期入社の、憲太郎とおない歳《どし》の男で、もうひとりは大学の一年先輩の、親の跡を継いで酒の卸し業を営んでいた男だった。同期の男は、食道癌《がん》だったが、先輩は突然の心筋梗塞《こうそく》だった。

二人の死は、ほとんど同時期だったので、それぞれの葬儀に参列するために、日を置かず大阪と東京を行き来した。憲太郎がフンザへの旅を決めたのは、その二人の死とあながち無縁ではなかった。

同じころ、社の定期検診で、憲太郎は尿に微量の血が混じっていると言われ、精密検査を受けた。結果は異常なしだったが、それが判明するまでの数日間、憲太郎の心のほとんどを「死」というものが占めつづけた。二人の友人の死のあとだったせいか、憲太郎は自分がほぼ間違いなく重大な病気にかかっているものと思い込んだのだった。

「あっけないもんだな。俺は何のために生きてきたのかな」

死の恐怖よりも、妙な馬鹿《ばか》らしさを感じて、何度もそう自分に語りかけたものだった。

「まるで、この病気にかかって死ぬために生まれてきたようなもんだな」

そんな言葉も、幾度となく繰り返したものだった。

いかに波長が合わなかったとはいえ、二十数年間も生活をともにした妻との離婚が、憲太郎のなかに、罪悪感を伴った空虚さを作っていて、それもまた極端な厭世観《えんせいかん》を助長させていたのかもしれなかった。

憲太郎は、自分を、上昇志向のない人間だと思っていたが、万一のことは覚悟しておこうと心を定めたとき、その上昇志向のなさを不甲斐《ふがい》なく感じた。

自分はやはり、技術者としての、研究者としての仕事をつづけたかったが、光工学の世界も日進月歩で、研究所に戻っても、さして役に立てそうにもない。

といって、根っからの営業マンでもなく、遠間憲太郎でなければ成し得ない仕事を持っているわけではない……。

「誰の思い出となるわけでもなく、か……」

そのような言葉があったなと思いながら、精密検査の結果を聞きに行ったのだった。異常なしと言われ、病院を出たとき、交差点を八十歳近いと思われる老人が歩いていた。

憲太郎は、体の動きは緩慢であっても、顔の色艶《いろつや》のいいその老人を見つめ、

「ああ、立派だなァ」

と思った。老人を目にして、そのような感慨にひたったのは初めてであった。長生きをしたということそれ自体が、たとえようもなく立派なことに感じられたのだった。長生きをした人が、すべて善人で徳を積んだとはかぎらない。悪知恵のかたまりで、底意地が汚なく、他人に不快な思いばかりさせてきた者もいるであろう。しかし、それでもなお、長生きをするのは立派なことだ。

憲太郎は、そう思った。そして、その思いは、いまも変わっていなかった。

憲太郎の母は、夫が亡くなってから六年後、憲太郎が三十五歳のときに、脳出血で死んだ。

母は、憲太郎の姉夫婦と暮らしていたのだが、夏の盛りに庭いじりをしていて倒れた。

夕方、帰宅した姉がみつけるまで、遺体に誰も気づかなかった。キュウリとナスビの茎と葉にさえぎられて、道行く近所の人の目に触れないまま、庭で五時間近く倒れていたことになる。母は、そのとき六十歳だった。

父が死んだのは五十六歳のとき。母は六十歳。どちらも長命とはいえない。

製鉄所のほうから汽笛が聞こえたので、憲太郎は窓に額をつけて、船の灯を見つめた。貨物船でもなく漁船でもない、これまでよりも二廻りほど小さな船がやって来た。機関室の上に猫がいた。暗くて、船の色もさだかではなかったが、かなり老朽化した船であった。

船尾で揺れる赤い灯を見ながら、憲太郎は、さあ、俺はこれからどうやって生きようかと思った。

世の中は不景気で、しかもこの不景気は、どうもこれまでのものとは質を異にしている。社の業績も、去年あたりから明らかに悪化しているが、それは同業他社も似たようなものだ。何が起こっても不思議ではないが、会社が倒産することはいまのところ考えられない。あと三、四年たって退社を申し出れば、退職金が二割か三割増しになるという。

「弥生が片づいて、光信が大学を卒業したら、俺も会社を辞めようかな」

遠ざかっていく船に向かって、憲太郎はそう思った。しばらくなりをひそめていた厭世観を、老いた船がつれて来たような気がしたのだった。

第三章

坂道を歩いて、尾道の昔ながらの街並を観《み》るつもりだったが、車を停める場所がなく、道も狭くて、車が多く、気ぜわしかったので、尾道大橋を渡って向島から因島まで行くと、またすぐ街へ戻って来た。

国道二号線をK市へと行くものとばかり思っていたが、富樫は商店街の北側の坂道をのぼり、寺が四軒並んでいるあたりの、バス停の近くに車を停め、一軒の木造の家を指差した。

「どんな、おばはんになってるかなァ」

二十七年前、中学校の同級生だった女が、その家に嫁いだのだと富樫は言った。

「へえ、お前、ちょっと気があったんだな」

「ちょっとどころやあらへん。口もようきかんかったんや」

「あの家に間違いないのか?」

「さっき、前を通ったとき、表札を見といたんや」

「二十七年前っていうと、二十三歳で、あの家にお嫁さんに行ったんだ」

「それを知ったとき、俺の胸は疼《うず》いたで」

「ご亭主は、どんな仕事なんだ？」

「尾道では老舗《しにせ》の和菓子屋の職人や」

十五分ほどたつと、髪を男のように刈り上げた中年の女が家から出て来て、自転車に乗って坂道を下っていった。

「あの人か？」

憲太郎の問いに、富樫は溜息《ためいき》まじりにうなずき、

「見るんやなかったなァ、あの三段腹……」

と言った。

「人間違いじゃないのか？　たとえば、その人のお姉さんだとか、近所の人だとか」

「いや、あの子や。間違いない。しかし、えげつない三段腹になっとったなァ」

「なんだか、ケンカの強そうなおばさんだったぜ」

「中学生のときは、百合《ゆり》の花みたいやったのになァ」

「人間は、刻々と変化してやまないんだよ」

「変化しすぎやがな」

富樫は狭い交差点で車の方向を変え、国道二号線に出ると、K市へ向かったが、途中から海沿いの細い道に入った。小さな島が薄ぐもりの空の下で霞《かす》み、小型のフェリーが島と島とのあいだを進んでいた。曲がりくねった道のところどころに集落があり、バス停があり、雑貨屋があり、低い火の見やぐらがあった。

地方の集落に行くと、必ず火の見やぐらがあるが、この時代にどんな役割を果たしているのであろうと憲太郎は思った。

富樫は、運転しながら、一枚の写真を出した。日の当たっている草原に、変わった形の椅子《いす》が一脚置いてある写真だった。

いつぞや、富樫が説明してくれた、父親が撮ったという写真がこれなのかと憲太郎は思った。

「ほんとだ。俺がフンザで撮った写真とそっくりだよ。空の色も、草の色も。モンゴルの大草原に、ぽつんと一脚、木の椅子を置いたって感じだな」

「そうやろ？ そやけど実際は、雑草の生えてる、ただの空き地なんや。この写真に写ってない場所に、お袋の作った菜園があって、ナスビ、キュウリ、ミョウガ、大根なんかが、季節ごとに植えてあるんや」

それから富樫はきのう、ホテルの自分の部屋に戻って、憲太郎から与えられた算数の試験問題を五問解いたと言い、答案用紙を出した。

「寝る前に解いたのか？ そんなことをしたら、眠れなくなるだろう」

「三時まで寝られへんかったなァ。腹は減ってるし、いっつも飲む寝酒はないし、分数の、分母の違う足し算、引き算、割り算、掛け算を全部使《つこ》わなあかん問題ばっかりで、頭が疲れたんやなァ。しょうがないから、奥の手を使うた」

「奥の手って？」

「司馬遷《しばせん》の『史記』を読むんや。枕元《まくらもと》に置くようになって、もう三年になるかなァ。そやけど、まだ十五ページまでしか進んでないんや。十行も読むと、目が自然にふさがってくるから」

「司馬遷の『史記』かァ。俺も読破してやろうと思ったけど、途中で挫折《ざせつ》したなァ」

「読むっていうことは、すなわち考えるっちゅうことなんやなァ。そういう本を読むことだけを読書というんや。うちの若い社員にも、趣味は読書ですっちゅうやつがおるけど、人前では恥かしいて出されへんような本しか読みよれへん。セックスと人殺し、だけや。そやけど、本人は読書やて思てるんや」

小さな漁村を通り過ぎるたびに、夥《おびただ》しいかもめや海猫の群れがあった。川が海に注ぐ地点には、釣り人が並んでいる。

「ハゼ釣りや。のんきで気楽な釣りや。いっぺん、やってみるか？　俺の家の近くは、ええ釣り場が多いんや」

と富樫は言った。

釣りをやってみたいという気持はあったが、糸や針や餌《えさ》や、それらのための仕掛けをしなければならないと考えると、憲太郎にはたちまち億劫《おっくう》な気分が生まれて、自分には、誰かが釣っているのを横で見ているほうが向いているし、そのほうが楽しいとも思えるのだった。

つくづく自分を無趣味な人間だなと思う。焼物に凝った時期もあったが、阪神淡路大震災で、形のあるものに対する無力感のようなものが生じて、それはいまもつづいている。

「お前が釣ってるのを横で見てるよ」

と憲太郎は言い、瀬戸内の島々が次第に数を増やしていくのを眺めた。

K市の、両親の住む家に帰るのは年に二、三度で、そのたびに、小学生のときに使っていた竿《さお》を納戸《なんど》から出して、ハゼ釣りをするのが楽しみだが、それ以外にもうひとつ楽しみを超えた、ある種の静かな歓《よろこ》びが待っているのだと富樫は言った。

「ボスっちゅう名前の犬と一緒にいてることなんや」

「へえ、犬か……。ご両親が飼ってるのか？」

「ボスが、お袋のあとをついて来て、そのまま住みつきよったのは十七年前や。そのときは、やっと目があいたくらいの仔犬《こいぬ》やった。十年ほどは、玄関のとこの犬小屋におったんやけど、七年前、大病をしてなァ。それ以来、家のなかで飼うようになったんや」

三年ほど前から、視力も弱り、耳はほとんど聞こえなくなり、嗅覚《きゆうかく》だけが頼りで、十分も散歩をすると、坐《すわ》り込んで動かなくなってしまうようになった。

「気持の優しい犬でなァ……。片方の耳は立ってるのに、もう片方の耳は垂れてるっちゅう、けったいな雑種のオスやけど、歳《とし》を取るごとに立派な顔つきになってきて、最近は、なんちゅうたらええのか、哲学者みたいな顔になりよった」

人間でいえば、もう九十歳くらいだとのことで、大阪のある市では、十六歳に達した犬は長寿を祝って表彰されるというので、うちのボスも表彰してやろうではないかと相談しているという。

「階段も、自分の力ではのぼられへん。親父《おやじ》が仕事をしてる横で、うたた寝をしたり、木片をかじったりして、夜は、親父とお袋の蒲団《ふとん》のあいだで川の字になって寝よるんや。俺は、ボスの横に坐って、ボスと話をするのが好きでなァ。帰るときになると、これが今生《こんじょう》の別れみたいな気がして、涙が出てくる。ボスがおってくれたお陰で、親父もお袋も守られたって気がするんや」

富樫はそう言ってから、もうあと二十分ほどで着くと教えた。

K市に入ると、深い入江に沿って曲がり、田圃《たんぼ》のなかの川が海に注ぐところに出た。入江に小さな社《やしろ》があり、そこで釣り糸を垂れている人以外に、人間の姿はなかった。

富樫の実家は、その川のほとりにあった。

一階は台所と板張りの仕事場で、仕事場の奥には、さまざまな種類の木の板が一定の間隔をあけて積みあげられている。そのほとんどは、富樫の父が、椅子が売れるたびに買い求めた上質の木材で、揺るぎないまでに天然乾燥されたものを、さらにそこで熟成しつづけてきたのだった。

富樫の父は、いまでも片方の股関節《こ》をほんの少ししか曲げることができなかった。てぬぐいを頭に巻き、腰から下をかんな屑《くず》だらけにしたまま、憲太郎を玄関まで迎えてくれた。

そのうしろには、足取りのおぼつかない老犬のボスがいて、黒い鼻をしきりに動かしながら、来訪者の匂《にお》いを嗅《か》ぎ、よし、こいつなら家にあげてやってもいいだろうといった顔つきで憲太郎を見つめてから、富樫に尻《しり》を向けて愛撫《あいぶ》を求めた。

「こらこら、久しぶりに帰って来たら、まず最初に、わしに挨拶《あいさつ》をせんかい」

と言っているような表情で、ボスは富樫に鼻を鳴らした。

富樫の母は、ちらし寿司《ずし》を作って待っていてくれた。

二人とも寡黙《かもく》で、笑顔を絶やさず、憲太郎と目が合うたびにお辞儀をした。

ちらし寿司を食べると、富樫は釣り道具を持って来て、ボスの目の近くで竿をそっと振った。

ボスが若かったころは、竿を見ると、先に駆けだして、いつもの釣り場で富樫が来るのを待っていたという。

すぐに帰りたがるから、つれて行かないほうがいいと富樫の母が言った。

「帰りたがったら、すぐにつれて帰るがな」

富樫は言って、ボスを抱きあげ、釣り道具を持ってくれと憲太郎に頼むと、川のほとりを海へと歩きだした。

満潮時には、川の水位があがり、流れ込んだ魚がはねたりして、その音で目が醒《さ》めることもあるのだと富樫は言った。

「ボスは、まだまだ長生きするよ」

竿というより、細い竹を切っただけの、よくしなる棒のようなものと、糸と針と錘《おもり》、それに餌箱とビクを持って、くわえ煙草《たばこ》で歩きながら、憲太郎は言った。

「目に力があるよ」

「そうかァ、ボス、お前の目には力があるそうや」

富樫はボスの耳に口をつけて、大声で言った。

ハゼ釣りは、誰にでもできる。いちおう、投げ釣りだから、リールをつけたほうがいい。餌のゴカイは、近所の小学生からわけてもらった。抱いていたボスを砂地におろし、慣れた手つきで仕掛けを作りながら、富樫はそう言って、リールの使い方を憲太郎に教えた。そして、あのあたりに浮きが浮かぶようにして投げてみろと、竿を渡した。

「投げるときに、リールの糸がもつれんようにさえ気をつけたらええんや」

憲太郎は、遠浅だという海の一角に、富樫に教えられたように浮きと錘を放り投げた。

二回失敗したが、三回目はうまくいった。

「アホでも釣れるで」

「じゃあ、釣れなかったら、俺はアホ以下なんだな」

「ところが、釣れるとおもしろうなって、やめられへんようになるんや」

富樫はボスと並んで砂地に坐り、あれが高島、その向こうが北木島と指差して教えた。

「そのずっと左側のが手島《てしま》や」

「こんな、きれいな景色のところで生まれて育ったんだなァ。中学を卒業して、集団就職で大阪に行ったときは、あの灰色の街をどう思った？」

と憲太郎は波間の浮きを見つめながら訊《き》いた。

「寂しいとか、つらいとか、そんなことを感じる余裕もなかったなァ。青雲の志を抱いとったし、自分で金を稼げることが嬉《うれ》しかったし、この小さな島を見んですむと思うと、なんか釈放されたような気分やった」

富樫の母親が、大きな茣蓙《ござ》を持って来てくれた。魔法壜《びん》には熱い茶が入っていた。母親は、ボスに、一緒に帰るかと訊いたが、ボスは海を見つめて動こうとしなかった。

「人間でいうと九十歳か……。立派だなァ」

憲太郎はそう言って、ボスの背を撫《な》でた。

「引いてる、引いてる」

富樫の声で浮きを見ると、波間から姿を消していた。

「どうしたらいいんだ?」

「リールのレバーをゆっくり廻したらええんや。アホでも釣れるんやから」

意外な引きの強さにうろたえながら、憲太郎は三回、砂地に尻もちをついたあと、十五センチほどのハゼを釣りあげた。ボスは自分の鼻にぶつかりそうになったハゼを避《よ》けようともせず、莫蓙に横たわって、ひとりで大騒ぎしている憲太郎を見ていた。

「大きいんだなァ。俺は、せいぜい五、六センチの魚かと思ってたよ」

こんどは、富樫の父がボスを迎えに来た。それでもボスは帰りたがらなかった。

「優しい目をしてるな」

ボスと目が合うたびに、憲太郎はボスにそう語りかけた。ボスはときおり体を小刻みに震わせた。

「寒いのかな?」

憲太郎は、ボスの震えているところを撫でながら訊いた。

「筋肉に力が失《な》くなったから、体を支えようとすると震えるそうなんや。寒かったら、帰ろうって誘いよる」

と富樫は言い、厚いけれども速い雲が東へと走り、初冬とは思えない午後の光があふれてきた瀬戸内の海を見やった。

「ハゼはなァ、淡水と海水とが混ざるところにおるから、ここは絶好の釣り場なんや。そのうえ、遠浅ときてるからな」

そう説明してから、あの灯油事件の起こった夜、北新地の小料理屋で憲太郎にご馳《ち》走《そう》になった際、自分という人間にぽかんと穴があいていると言ったことがあるが、あの穴は、いまでもあいたままなのだと微笑を浮かべて言った。

「あの女と別れることができて、穴は埋まるかと思ったけど、俺のなかの穴の原因は、あの女のこととは違《ちが》うかったみたいや」

「俺のなかにも穴があるよ」

と憲太郎は言った。

そして、会社における自分の位置や、同年齢の者たちの死から生じた厭世観《えんせいかん》と、それ以来つきまといつづける「死」への思いを語った。

「うん、そうなんや。厭世観と死への恐怖や。俺のなかにぽかんと穴を作ってるものは、その二つや」

と富樫は言ってから、

「いや、死への恐怖っていうのは正しい表現やないなァ。虚《むな》しさかなァ」

と言い直した。

「男の五十前後ってのは、これまでの疲れとか、これから先へのよるべない不安が重なって、みんな似たような穴を感じてるのかもしれないなァ」

その憲太郎の言葉に、富樫は少し首をかしげ、小石を海に投げた。

「いや、俺のなかに穴をあけたのは、この日本ていう国や」

「日本という国？」

「一所懸命働いてる人間から、だんだん、だんだん、働き甲斐《がい》や生き甲斐を失くさせていくのが、この日本という国や。それがやっと、この歳になって、はっきりと見えてきて、働き盛りの人間から活力とか希望とかをむしり取っていってるんや。この国のあり方やシステムを根底から変えなあかん」

と富樫は言って、ボスの首を撫でた。

ハゼは、次から次へと憲太郎の釣り竿をしならせはじめた。潮の流れが変わったのであろうと富樫は言った。

釣りあげるたびに、憲太郎はハゼを針から外して、海に逃がした。

「俺が子供のころは、煮つけにしたり、天麩羅《てんぷら》にしたりして食べたもんやけど、最近は海が汚れて、もう食べる気がせえへん」

富樫は立ち上がり、ボスを抱こうとした。体が冷えるのは、老体には毒だろうからと富樫は言ったが、ボスは、帰りたくないと訴えるようにして、砂場に降りたがった。

富樫は苦笑し、

「ボスが仔犬のとき、ここでよう遊んだんや」

と言って、坐り直した。

「俺、いつだったか、テレビのニュースを観《み》てて、人相の悪い連中がずらっと並んでたから、暴力団の集まりかと思ったら、国会議事堂の一室で会合を持ってる政治家の、なんとか委員会ってやつだったから、びっくりしたよ。ひとりとして人相のいいやつはいなかった。テレビ・カメラを意識して、よそゆきの笑顔を作ってたけど、その目つきには、驕《おご》りとか、姑息《こそく》さとか、民衆を見下してることがはっきりわかる悪辣《あくらつ》さとかが見事に出てて、ああ、俺たちの国は、こんな連中が牛耳ってるのかって思って、ほんとにがっかりしたよ」

憲太郎の言葉に、

「うん、がっかりすることばっかりや」

と富樫は言った。

「たぶん、俺やお前だけやないで。口にせえへんだけで、何百万人、何千万人っていう日本人が、がっかりしつづけてるんや。そんな国から活力が失くなっていくのは当たり前や。なんで、こんな国になったんやろ……」

「どうしてだろうなァ……」

富樫は笑い、もっと楽しい話をしようと言った。

「お前の一目惚《ぼ》れは、その後、どうなった？」

「どうもならないよ」

「篠原貴志子さんも独身。お前も独身。思い切って、積極策に出たらどないや？」

「いや、遠くから見てるだけでいいんだ」

「中学生みたいなこと言いよるなァ。そんな女にめぐり逢《あ》うなんて、一生にそないなんべんもないで」

「がっかりするのは、もうこりごりだからな。つきあってみたら、案外つまらない女だったりしたら、俺のなかの穴が大きくなるよ」

ボスが前脚のほうから立ち、それからうしろ脚を立てようとしたが、四本の脚で立つのには時間がかかった。ボスは、立ち上がると、小用を足そうとして、うしろ脚の片方をあげたが、ほんの少ししかあげられなくて、尿のほとんどが脚を濡《ぬ》らした。

「これでも、自分では脚をあげてるつもりなんやろか。ボスにも、おむつをせなあかん」

富樫は笑いながら、自分のハンカチでボスの脚を拭《ふ》いた。そしてボスを抱きあげると、

「家につれて帰るわ。すぐに戻って来る。何か欲しいもんはないか？　ビールか日本酒でも持ってこうか？」

と訊いた。

「いや、アルコールはやめとくよ。倉敷までは俺が運転するから」

「お袋は、お前に晩めしを食べていってもらうっちゅうてるんや。そのとき、うまい酒を飲んでくれよ。そやから、倉敷までは俺が運転するがな」

「うん、だけど、いまはいいよ」

ボスを抱いた富樫が、川のほとりの道を歩いて行くのを見つめ、憲太郎はひとりになると、波間の浮きに視線を注いだ。満潮の時間なのか、自分の周辺の砂場が狭くなったような気がした。

富樫は、いつまでも戻って来なかった。憲太郎は、釣りをするなんて、おとなになってからは初めてだなと思った。子供のころ、近所の友だちと釣りに行ったことがある。何を釣ったのかは覚えていない。だが、こうやって海辺に腰を降ろし、糸や浮きを見つめていると、釣りというものの背後には、なにかしら寂しさがあるような気が

してきたのだった。

憲太郎は、やはりこのままではいけないと思った。たとえ、この厭世観や、自分のなかの穴が存在しつづけるとしても、生きる意欲といったものをつかまなければなるまい。

日本という国に絶望したからといって、無気力なままに生きつづけてはならない。いま、絶え間なく、魔がさしつづけているのだ。魔のほとんどは、外界の事象を媒介として、自分の内部で発生して、俺の生命力を奪おうとする。俺を、不幸へ不幸へと誘《いざな》って、甘いささやきを投げかけつづける。そんな魔を振り払おうとして、俺はフンザへ行ったのではなかったのか。そこで、ふいに自分に与えられた言葉のなかに「使命」というものがあったではないか。いまの仕事のなかに、「使命」を感じられないのは、つまるところ俺の「逃げ」ではないのか。

カメラ工学の技術者として生きたいのならば、その希望を社に強く訴えてみればいい。そうすることに躊躇《ちゆうちよ》があるなら、いま与えられた仕事に全力を尽くしてみることだ。俺はもう立派なおとななんだからな。これがいや、あれがいや、と文句を言って、あてもなくさまようのは、芯《しん》のないガキのやることだ。

「五十にして天命を知る、だ」

と憲太郎は浮きを見つめて言った。

「機関銃でも手に入れて、私利私欲以外頭にない政治家や役人を、ひとりでも多く撃ち殺してやろうか……」

そうつぶやいて、憲太郎は笑い、かかったハゼを釣りあげるために慌《あわ》てて立ち上がった。

富樫が置いていった携帯電話が鳴ったが、竿《さお》を持ってリールを廻しているので出ることができなかった。

携帯電話は五回ほど鳴って切れた。

憲太郎がハゼを釣りあげ、これがちょうど二十尾目だなと思いながら、海に返してやったとき、富樫が戻って来た。

「電話が鳴ってたぜ」

富樫は、そうかとだけ言って、針にゴカイをつけてくれた。

また電話が鳴ったが、富樫は出ようとしなかった。

「出ないのか?」

憲太郎の問いに、富樫はためらいながら、携帯電話を見つめた。電話は切れた。

「仕事を忘れてもいいよな。社長は休暇だ」

「いや、会社からでもないし、家からでもないんや。いま、家に戻って、会社にも家にも電話をかけたから」

　中学を卒業して、大阪に就職したときに知り合って以来、ずっと仲がよかった友人からだと思うと富樫は言った。きのうの夜、ホテルの自分の部屋に戻り、寝ようとしてベッドに入ったとき、その友人から電話がかかってきたのだという。

「この携帯電話になァ」

　富樫は携帯電話をつかみ、海に目をやってから電源を切った。

「十二億、借金があるんや。岡山と広島一円に七軒のスーパーマーケットを経営しとるんやけど、五年ほど前から赤字がつづいて……。こいつが俺に金を融通してくれって頼むのは初めてや。三年前に相談に乗ったことがあって、俺は俺なりの考えも伝えたし、銀行にも口をきいたけど、もうあかん。俺が金を用立てても、焼け石に水や」

　それで、きのうは眠れなかったのだと富樫は言った。

「あさってが決済の手形があって、それが不渡りになると、もう終わりやっちゅうて、俺に三ヵ月間、三千二百万円貸してくれって……。そんなもん、雨洩《も》りだらけの屋根の、ほんの小さな穴を修理するだけや。俺の会社にも余裕はあらへん。お前やったら、どうする？」

「どうするって？」

「銀行にも見放されて、高利の借金をかかえて、まだ、じたばたするか？　白旗を掲げるしかないがな」

「白旗を掲げるって、破産してしまえってことか？」

と憲太郎が訊くと、富樫は、どこか決然とした面持ちでうなずき返した。

「法律に則《のっと》って、破産手続きをして、法的にひとつずつ処理したら、そのうち、また思いもよらん道もひらけてくるやろ。禁治産者になり、場合によっては、女房や子供と離ればなれに暮らす時期もあるけど、長い一生から見たら、そんなことは一瞬や。俺は、友だちに三年前にそうせえと勧めたんや」

長い一生……。憲太郎は、その言葉が、いつのまにか自分のなかではある種の死語と化していたことに気づいた。

そうか、俺たち五十前後の年齢の者は、自分の残りの人生が、なぜかとても短く感じられてしまう時間的なブラック・ホールに迷い込んでいるのかもしれない。生まれてから、なんともう五十年もたってしまったという事実に驚き、人生の短さばかりが脳裏を占めて、何かにつけて防衛的となり、事あるごとに悲観的になりやすい。

つまり、そういう年齢なのだ。魔というやつにとっては、じつにつけいりやすい年齢なのだ。

しかし、何があろうが、人間死ぬときは死ぬし、死なないときは死なないものだと肚《はら》をくくれば、残り時間が、かりにあと五年か十年だとわかっていようとも、強気で進んでいけるであろう。そうしているうちに、魔のつけいりやすい年齢を過ぎて、こんどは潑剌《はつらつ》として楽観的な年代に足を踏み入れていくものなのかもしれない。

いや、きっとそうなのに違いない。

強気でなければできない退却というものもあるのだ。強気にならなければ掲げられない白旗があるのだ。憲太郎は、そう思った。そう思いながら、かすかに朱色の混ざりはじめた海面のさざ波を見ていた。

憲太郎は、富樫の携帯電話の電源を入れ、

「もう一度かかってきたら、白旗の掲げ方を教えてやれよ。もっとあこぎな借金をして、平気で踏み倒してるやつはたくさんいるんだ。その筋の借金取りに殺されたら、殺されたときのことさ」

と言った。

「題は忘れたけど、モンゴルの映画でなァ、いろんな悩みをかかえてる若い父親が、大草原の空を飛んでる鷲《わし》か鷹《たか》かを見て、突然、両腕をひろげて、その鷲か鷹のように舞うシーンがあった。俺は、あのシーンが忘れられへんのや」

そう言って、富樫は携帯電話を膝《ひざ》に載せた。

電話はかかってこなかった。

富樫は、携帯電話にときおり視線を移しながら、こんどの女の一件で学んだことは、はかりしれないと苦笑しながら言った。

「そのひとつひとつを言葉にすることはでけへんのやけど、たぶん俺は、あらゆる面において、一皮むけたと思う。許すこと、許されること。人間がどんなところで踏み外すか……。そんなときにはどうしたらええのか……。誇り、恥、屈辱、愚かさ、自分というものの限界。男というもの、女というもの……。人間にとっての心意気、俺という人間の冥利《みょうり》。世の中への対処の仕方、自分の甘さや、いい気になり方の道筋……。うーん、これだけ学んだら、あの示談金も高いことはなかったなァ」

憲太郎と富樫は顔を見合わせて笑った。

「灯油をぶっかけられて、ライターを顔のところに突きつけられたんだからなァ、死刑台に立ったのと、たいして変わらないよ。女がライターに火をつけるかつけないかは、その女の一瞬の、ほんの少しの心の動き方次第だよ」

「俺、あのとき、顎《あご》がかたかた鳴って、言葉を喋《しゃべ》られへんかったなァ。やめて、頼むから、やめてくれ、落ち着いてくれ……。そう言うたつもりやったけど、『ひゃめて、ちゃにょむから、ひゃめてふれ、ほちるいてふりぇ』て言うてたことを、だんだん思い出しはじめて、自分で自分が恥かしいて……」

富樫は釣り道具を片づけ、そろそろ帰ろうと促した。

「もう風呂《ふろ》が沸いてるやろ。晩めしは、つみれ汁に、太刀魚の刺身や。北新地の料理屋でご馳走《ちそう》になった太刀魚の刺身のうまさをお袋に話したら、さっき獲《と》れたての太刀魚を知り合いの魚屋に届けてもろたて言うとった」

まだ日が暮れていないうちに風呂に入るのは久しぶりで、憲太郎は最近ときおり烈《はげ》しい痛みの走る右肩を温めようと、富樫が心配して声をかけるほど長く湯につかった。

「電車に乗ってて、突然がたんと揺れたとき、思わず吊《つ》り革をつかんだりすると、呻《うめ》き声をあげるほど痛いんだよ」

憲太郎が風呂からあがって、そう言うと、富樫の母が、それは五十肩だと笑った。ある日、突然治るが、三ヵ月後か半年後か一年後かは誰にもわからないという。

「俺はちょうど一年かかったなァ。ひとりで背広の上着は着られへんし、まあ、とにかく不自由な一年やったけど、あれって気がついたら、痛くないようになっとった」

富樫は右肩を廻しながら言った。そのとき、携帯電話が鳴った。

「さっき、この電話にかけたか？」

と富樫は相手に訊《き》いた。

自分の両親に聞こえないように、玄関口に移って話しながら、ときおり腕時計に視線を送った。

富樫の父親は、あしたの夕刻までに仕上げたい椅子《いす》があるのでと恐縮したように憲太郎に言って、仕事場に坐《すわ》った。もうほとんど完成していて、あとは磨くだけだという一脚の木の椅子は、背凭《せもた》れのところが極端に長いだけではなく、左右の脚の長さが異なっていた。

憲太郎がその理由を訊くと、この椅子の註文主は、子供のときの腰骨の病気の後遺症で、背骨に大きなずれがあって、普通の椅子に腰かけると体が左に傾いてしまい、それを支えようとすることで、すぐに背筋と尻《しり》の上の筋肉が疲れて、その結果、肩や首筋にまで頑固なこりが生じるのだと富樫の父は説明した。

どんな椅子だと体に負担なくゆったりと坐れるのか、何度も試作品を作って本人に試してもらって、このような脚の形と寸法に決まるまで三ヵ月ほどかかったという。

椅子の脚の長さを変えると、椅子の安定が悪く、そのために、木と木のつなぎめの角度を工夫し、背凭れの部分の重さで重心を整えるという方法を選んだために、いささか不格好な形になったが、これでこの椅子を註文した人は、自分の体に合った坐り方ができて、くつろいで坐りつづけられるだろう……。

富樫の父はそう言って、最後の磨きをいれつづけた。

「この椅子を註文した人は、お幾つくらいの方なんですか？」

と憲太郎は太刀魚の刺身を味わいながら訊いた。

「うちの重蔵とおない歳《どし》や」

「じゃあ、ぼくともおない歳ってことになりますね。どんなお仕事をなさってるんですか？」

憲太郎の質問に、富樫の父は、二年前まで、神戸の海運会社で経理の仕事をしていたそうだが、いまは倉敷に戻って、奥さんと二人で小学生と中学生のために進学塾をやっていると答えた。

「こないだテレビに出ちょった」

「へえ、どうしてです？」

自分は半分眠りながらテレビを観《み》ていたので、よくわからないが、学校を途中で辞めてしまった少年たちが、いつのまにかその塾に集まって来るようになったという話題だったらしい。

「塾の仕事とは関係ありゃせんみたいやったのォ」

電話を切って戻って来た富樫は、今夜、倉敷で友人と逢《あ》うことになったと憲太郎に耳打ちした。

富樫は、つみれ汁でご飯を食べ、憲太郎に、遠慮しないでもっと日本酒を飲んでくれと勧め、おそらく日本は、想像を絶する不景気となり、それによる庶民の悲惨な事件が多発するかもしれないと言った。

憲太郎が、何か言おうとしたとき、柔らかくてぶあつい布で椅子の木肌を磨いていた父親が、

「戦争よりはましや」

と言った。

「女や子供や、若い者《もん》が、血を流して死なんでええだけ、ましや」

ボスは富樫の父親の傍らに寝そべり、まるで木の香を楽しむように、自分の鼻先にある木屑《きくず》を見ていたが、じつは、その目には何も映っていないのかもしれないと憲太郎は思った。

十七年前、やっと歩けるようになったばかりの仔犬《こいぬ》のボスが、何を思ってなのか、通りかかった富樫の母親のあとを懸命について来ている姿は、まるで実際に見たもの

のように憲太郎の心に浮かんだ。

憲太郎は、厭世観という、姿を見せない恐しい敵が、流れる霧のように自分の周りから去っていくのを感じて、酒の入っている備前焼のぐい呑《の》みを持つ手を停めた。世の中がどうなろうと、それを口実にして、自分で自分の生命力を奪うような生き方をすることこそ、「魔」というものではないのか。卑《いや》しい政治屋が、何かしてくれると思った民衆が馬鹿《ばか》だったのだ。そこで、どう自分自身と大切な者たちを守っていくかを考えることが、人間の知恵というものではないのか。

「魔」は個人だけを狙《ねら》うのではないのだ。美しい自然や、国そのものにも、親切そうな笑顔で忍び寄ってくる……。

「よし、わかった」

憲太郎は、自分が酔っていないことを確かめてから、そう言った。

「そやそや、俺に気をつかわんと、きょうは飲め」

と富樫が酒をついだ。

「いや、酒を飲もうと決めたんじゃないんだ」

「ほな、何がわかったんや」

「俺のなかの穴の正体がわかったんだ」

「へえ、正体は何やねん」

「この日本ていう国じゃないんだよ。穴は、俺自身だったんだ」

富樫は、しばらく憲太郎を見やり、つみれ汁をご飯にかけて、それを勢いよくかき込んだ。

「アフリカの黒人が、かつてどんな目に遭ったと思う？　でも、鎖につながれてアメリカに来た黒人たちの子孫なしでは、オリンピックでアメリカに金メダルなんて、ほとんどないんだ」

自分が何を言いたいのか、よくわからなくなり、憲太郎はそれきり口をつぐんで、つみれ汁を飲んだ。まだ五時前で、こんな時刻に風呂につかり、酒を飲んで夕食をとることは滅多にないので、少し自分のサイクルが狂ったのかと思った。

憲太郎は、友人と何時に逢う約束をしたのかと富樫に訊いた。

「いちおう九時ということに決めたけど、あいつ、いまどこにおるのかは言わんかったし、自分の携帯電話の番号も教えへんかった。あちこちを転々としてるんやろ」

「じゃあ、もう白旗を掲げたんじゃないか」

「うん、ただ、その掲げ方が気になるなァ」

富樫は、どうもひとりではないみたいだと言った。

「おつれさんは女ってわけか……」

憲太郎は苦笑し、それが自分でもいやになるほどの冷たい笑いだったことに気づいた。

富樫は表情を変えず、茶を飲むと、きょうはゆっくりできないが、一度二人で大阪へ遊びに来てはどうかと両親に言った。

ボスを置いては行けない。富樫の両親は、ほとんど同時に、同じ言い方をして、老犬を見やった。

「そやなァ、環境を変えるのが、年寄りにはいちばん悪いっちゅうからなァ。俺が車で迎えに来てやっても、ボスにはつらいやろなァ」

何か用事ができたのだと察したらしく、富樫の両親は引き留めなかった。

「こんど来るときまで、頑張って生きててほしいなァ」

と憲太郎はボスの頭を撫《な》でながら言った。ボスは目だけ動かして憲太郎を見つめ、しきりに匂《にお》いを嗅《か》いだ。

きょう、初めて逢った犬は、もういつこの世から消えてしまっても不思議ではないほどに老いている……。うしろ髪をひかれる思いで、憲太郎はボスに、さよならと言って、見送りに出て来た富樫の両親に礼を述べた。

「いいところだなァ。また来たいよ」

車のなかから海を振り返り、またハゼ釣りをしたいなと思いながら、憲太郎は言った。

「三日もおったら、死ぬほど退屈するで。のどかそうやけど、窮屈ないなかや」

富樫は笑顔で言ったあと、ハンドルを叩《たた》き、

「女と逃げ廻ったら、白旗も掲げられへんがな」

と怒ったようにつぶやいた。

「俺は、女の見当がついてるんや。女には亭主も子供もおるんや。あいつ、何もかもを、ぶっつぶす気ィや。人間て、なんてアホなんやろ。まあ俺も、あんまり人のことは言えんけど」

憲太郎は笑いながら、

「もうあの灯油事件のことは忘れろよ。いい勉強だったんだから」

と富樫に言った。

「人間、いい気になったときがおしまいやっちゅうことを、身をもって学んだけど、自分の馬鹿さ加減への自己嫌悪《けんお》は、なかなか消えんもんやなァ」

「四、五年前に観たイタリア映画に、こんなセリフがあったぜ。『自分のすることを

愛せ。ノスタルジーに惑わされるな』って」

憲太郎の言葉に、富樫は笑い、

「お前も、女に灯油をぶっかけられて、火をつけられかけたら、俺のひきずってる自己嫌悪がわかるで。そんな自分を愛せるかっちゅうねん」

と言った。

山陽自動車道に入ると、携帯電話が鳴った。

富樫は友人に、女と別れないのならば、俺はお前とは逢わないと言った。

「いまやったら、彼女も家に帰れるやろ。お前も彼女も、いまどんな吊《つ》り橋の上に立ってるのか、もうわかれへんようになってるんや。死ぬんやったら、お前ひとりで死ね。人の女房を道づれにするな。その女の娘や息子が、どんな思いをするか、考えてみィ。彼女は彼女で、やり直したらええがな」

電話を切ると、富樫は、待ち合わせの時間が早くなったこと、友人は大原美術館の近くで待っていることを憲太郎に教えた。

「俺は倉敷の街をぶらぶらしてるよ。どこかでひとりで飲んでるかもしれない。だから、俺のことは気にしないでくれよ」

「俺も飲みたいなァ。糖尿病食は、きょうだけ中止や。飲まずにおれるかっちゅうねん」

先に、予約しておいたビジネス・ホテルに行き、憲太郎を降ろすと、富樫は、暮れてしまった倉敷の街を、大原美術館のほうへと向かった。

ホテルにチェック・インし、ベッドに横たわってから、憲太郎は息子の光信が、あと三日で二十歳の誕生日を迎えることを思い、さてどんなプレゼントがいいかと考えた。セーターでも贈ろうか、それとも、もっと他のものにしようか。

好みに合わないものを送っても仕方がない。どんなものが欲しいかを本人に訊くのがいちばんいい。

しかし、こんな時間に光信が家にいることはほとんどない。

そう思いながらも、憲太郎は、いまは別れた妻のものとなった東京の家に電話をかけた。この時刻なら、道代はまだ勤めから帰っていないと思ったのだった。

けれども、受話器からは道代の声が聞こえた。

電話の理由を言って、憲太郎は、じつは去年の誕生日にもセーターを贈ったので、またこともセーターというのでは芸がなさすぎるとは思わないかと道代に訊いた。

「でも、これから寒くなるんだし、べつに去年と同じでもかまわないんじゃない」

と道代は言った。

「光信は地味好みだったよな?」

「そうねェ、鮮やかな色は嫌いなのよ」

憲太郎は「お前」と道代を呼びそうになって、慌《あわ》てて出かかった言葉を止め、

「きょう、勤めはどうしたんだ?　いまごろはかきいれどきじゃないのか?」

と訊いた。

十日ほど前から腰が痛くて、それでも我慢して勤めに出ていたのだが、きのうの朝、脚が動かなくなってしまったのだと道代は言った。

「五十メートルも歩くと、そこから先、一歩も脚が前に出ないのよ」

「病院へ行ったのか?」

「いま、病院から帰ったばっかり。第四腰椎《ようつい》がずれて、それが脚にきてるって、ちゃんと説明してくれたんだけど、よくわからなかった。もう一度、精密検査をするけど、たぶん、手術をするだろうって」

「手術?　どんな手術だ?」

「そんなに大変な手術じゃないらしいけど……」

「立ち仕事がこたえたのかな」

「さあ、どうなのかしら。去年ぐらいから、なんとなく変だなァって思ってたんだけ

ど、冷房のせいだって思って。食料品売場って、冷房がきついのよ」

「手術をしたら、ちゃんと治るのか？　どのくらい入院するんだ？」

「リハビリの期間も入れて一ヵ月くらいらしいわ」

道代の喋《しゃべ》り方には覇気がなかった。何事も、あまり深刻に受けとめないところが長所でもあり短所でもあるのだが、手術が必要だとわかって、気落ちしているのだろうと憲太郎は思った。

「手術をしたら治る病気でよかったじゃないか。荒井くんが、ことしの夏に腰を手術したけど、これは大変だったらしいよ。見舞いに行ったら、ほとんど全身コルセットって感じで、それから歩けるようになるまで三ヵ月かかったよ。あいつのひどい腰痛は三年越しだったからね。簡単な手術じゃなかったみたいで」

道代も面識のある同僚の名をあげて、憲太郎は、入院中は弥生に病院へ行ってもらおうかと訊《き》いた。

「でも、あの子も来年卒業だから、休めない授業があると思うけど」

道代は、弥生がいたら代わってくれと言った。

いま、出張で倉敷に来ているのだと憲太郎は言った。富樫重蔵という友人と旅行中だと説明するのが面倒臭かったのだった。

「弥生に、たまには電話をしなさいって伝えといて」

と道代は言って、電話を切った。

ホテルの部屋のチャイムが鳴ったので、憲太郎は富樫だと思い、ドアをあけた。男が二人、立っていて、部屋のなかをのぞきながら、

「野中はんに、逃げ隠れしたって無駄やって教えてやってくれへんか」

と憲太郎に言った。

「野中……。部屋を間違えたんじゃないですか?」

「子供の使いやないんやで。あんた、富樫さんでっしゃろ?」

眉《まゆ》の薄い、肌の浅黒い男が、憲太郎を突き飛ばして部屋に入って来て、バスルームをのぞいた。

「何を言ってんだ。ぼくは富樫なんて名じゃないよ。人間違いだ」

「なめとんのか! あんた、チェック・インするとき、富樫という名前を書いたやないかい。フロントで確かめてあるんや。さっき、野中が女と一緒にこの部屋に来たやろがい。どこ行きよったんか、知ってるんやったら教えてもらえまへんか」

たしかに富樫は自分の友人で、彼の荷物も持っていたので、チェック・インするとき、二人の名前を書いたのだが、富樫は何か用事があるらしく、ホテルには入らず、

べつのところへ行ったと憲太郎は説明した。

「べつのとこて、どこやねん」

窓から遊園地が見えていて、そこだけ色鮮やかな光が灯り、大きな観覧車が動いていたので、憲太郎はそれを指差した。

「あそこで誰かと逢《あ》うって言ってましたがねェ」

男二人は、小声で相談しあっていたが、

「逃げても、何の解決にもならんのやて、あんたからも野中に言うて聞かせたってや」

とすごんで出て行った。

野中というのが、富樫の友人なのであろうと思ったが、なぜいまの男二人は、富樫を知っているのであろうと憲太郎は考え、部屋の電話で、富樫の携帯電話の番号を押した。

出て来た富樫に、いまどこにいるのかと訊き、あらましを説明した。

「それが、大原美術館の前におらんのや。動いたら、行き違いになったらあかんと思て、俺はさっきからずっと車を停めて待ってるんや」

と富樫は言い、どうして俺の名が、その男たちの口から出たのだろうとつぶやいた。

「お前、その野中って人に、このホテルに泊まるってこと、教えたか?」

憲太郎は富樫に訊いた。

「うん、電話で教えたけど……」

「じゃあ、自分を追ってるやつにみつかって、大原美術館の前に行くと危険だから、このホテルに来たんじゃないのか? で、富樫さんという客は、もうチェック・インしたかってフロントで訊いた。それを連中はフロント係から訊き出した。でも、野中さんは尾《つ》けられてることがわかって、またどこかに移動したんだよ」

富樫はしばらく考えてから、

「ホテルを替えよか。遠間、申し訳ないけど、チェック・アウトして、どこか他のホテルに移ってくれ」

と言った。

さっきの男たちが見張っていないともかぎらないと用心しながら、憲太郎はロビーに行き、チェック・アウトした。半額の料金を払わされた。

小さなビジネス・ホテルを出かけて、憲太郎は歩を停め、ソファに坐《すわ》った。

男たちは、おそらく野中という男を尾けて来たのであろうが、それならばなぜ、自分の部屋に押しかけたのかと思ったのだった。入口はどうやら一ヵ所だけらしいから、野中と女は、まだホテルから出ていないのかもしれない。男たちがやって来るまでに、このホテルのどこかに隠れたのだ。そしてそのことを、男たちも知っているに違いない。なぜなら、野中の車は、ホテルの駐車場か、もしくは近くの路上に停められたままだろうから……。

二人の男のうちどちらかが、きっと見張っている。

憲太郎は、さてどうしたものかと思い、ロビーの公衆電話で再び富樫に電話をかけ、自分の考えを伝えた。

「迷惑をかけるはめになってしもたなァ」

と富樫は言ってから、いずれにしてもホテルを移るしかないが、ここはひとつ、見張っているかもしれない男をうまくまいてくれと頼んだ。

「俺は、野中の携帯電話にかけてるんやけど、電源を切ってるみたいなんや」

電話を切り、さて、どうやって見張りの男をまこうかと思案していると、ロビーの奥の非常口兼従業員用の扉から、中年の男と女が出て来て、ホテルの駐車場をうかがった。

「いま、出ないほうがいいですよ」

憲太郎は、二人にそっと近づいて、そうささやいた。

「野中さんでしょう？　ぼくは富樫さんの友人です。従業員用の裏口があるはずだから、そこから出ましょう」

野中は、背が高くて肩幅も広く、服装も、腕時計や靴も垢抜《あかぬ》けしていたが、どこか気弱そうで落ち着きがなかった。羽振りのよかった男が、いま何もかもに困窮して、急激にすさんでしまったという風情《ふぜい》を発散させながら、

「車は手放すわけにはいかんのです。車がないとお手上げなんです」

と憲太郎に言った。

放っておけばいいものを、俺はまたどうして余計なことに口を挟むのかと思いながら、憲太郎は、夫も子もあるという四十五、六歳の女に、

「奥さん、あなたがいま何をしてるのか、ご主人はご存知なんですか？」

と訊いて、ホテルの裏口から駐車場の周辺に視線を走らせた。本屋の横の、自動販売機が並ぶ一角に、さっきの男のうちのひとりが立っていた。

女は、どう答えようかといった表情で、野中を見やったが、

「知らないと思います」

と答えた。

「じゃあ、ご自分のおうちにお帰りになることです。ぼくが口出しできる筋合のもん

ではありませんが、そうするのがいちばんいいと思いますよ。そうするほうが、野中さんは動きやすい」

憲太郎は女に言った。

本屋の隣のコンビニで、何かもめ事があったらしく、パトカーが二台、サイレンを鳴らさずにやって来て、停まった。何事かと、近所の人々や通行人が駐車場の近くに集まった。見張りの男は、自動販売機の横から離れ、小さなマンションの並ぶ通りに消えた。

「いまのうちに車をホテルの玄関に廻して下さい」

憲太郎はそう言って、空気のこもっている従業員用の通路を女と一緒に走り、ロビーに出て、ホテルの玄関へ行った。野中の白い車が四つ角を曲がって、憲太郎と女のいるところに走って来た。

「とにかく駅へ行きます」

と野中は言い、富樫に連絡してくれと、自分の携帯電話を憲太郎に渡した。

「私、決めたのよ。一緒に行く」

と女が言った。

「いや、とりあえず、きょうは帰れ」

「あれだけ約束したんじゃなかったの？」

「出直すんや」

「私は、出直せないのよ」

「とにかく、きょうは帰れ」

「じゃあ、昼間の約束は何だったの？」

憲太郎が電話で富樫に事情を話しているあいだ、野中と女はそう言い合っていた。

「すまん。頼むから降りてくれ」

野中は、倉敷駅の近くで車を停め、女に言った。

「私、どうなるの？　この一週間、二人で話し合ってきたことは、どうなるの？」

「俺は出直すんや。何年かかっても出直すんや。富樫が、絶対に出直せるって」

憲太郎は富樫との電話を切らないまま、追って来る車はないかと、うしろばかり見つめた。

女は車から降りると、駅の構内へと走って行った。

もしもしという富樫の声が響いた。富樫はホテルの名を大声で言った。

「そこのロビーで待っててくれ。俺のほうが着くのはあとになるやろから、三人とも偽名で部屋を取っといてくれ」

「女性は帰ったよ」

と憲太郎は言って電話を切った。

倉敷で、一、二のクラスだというホテルの部屋に富樫がやって来たのは、憲太郎と野中がチェック・インして五分もたたないうちだった。

「部屋が空いててよかったなァ。俺の偽名が、篠原貴志男やなんて……。俺は倒れそうになったで。遠間、お前は天才的におもろいやっちゃなァ」

富樫は部屋に入るなり、そう言って笑った。

「だって、偽名なんて、咄嗟《とっさ》に思いつかないよ。俺は堂本哲心て名前で、野中さんは……」

憲太郎が野中を見ると、野中は有名なプロ野球選手の名を口にして、

「フロントの人が、俺を見る目は怪しそうやったなァ」

と言った。

富樫は、このようなケースにとりわけ手腕を発揮する弁護士に、さっき電話をかけたところ、岡山市内に事務所を持つ弁護士を紹介してくれたと言って、メモ用紙にひかえた電話番号を野中に見せた。

野中は、あらためて憲太郎に礼を述べ、

「野中六郎です」

と名乗った。

「昔から、ノナロクっちゅうあだ名や。景気のええときは、女を三人も四人も作って、奥さんを泣かしてばっかりしとった。その罰《ばち》が、ついに当たりよった。さんざん、ええ目をしたんやから、これからしばらくつらい目に遭うのは、殿、お覚悟を」

その富樫の言い方が、野中の青ざめた顔に笑みと血の気を甦《よみがえ》らせた。

「そうなんや。自業自得《じごうじとく》やなァ」

野中の声を背に、憲太郎は部屋を出て、自分の部屋に移った。自分は同席しないほうがいいと思ったのだった。

夜の倉敷の街を歩く気にはなれなかった。このホテルの駐車場は地下にあるが、さっきの男二人が、倉敷のホテルをしらみつぶしに捜せば、野中六郎の車がみつかってしまうのは時間の問題であろうし、またそうしかねない類《たぐい》の連中でもあったのだ。どこか恨めしそうに、よるべなく駅の構内へと走って行った女の姿が、憲太郎の心に残っていた。

夫が気づいていないはずはあるまい。あの女は、野中の置かれた状況を知りながら、一緒に何をするつもりだったのであろう。

いささかでも世間智《ち》というものがあれば、自分と野中が、もうこれ以上はどうにもならない仲であることがわかるはずなのに、あの女は野中と行動をともにするつもりだった。

どのような家庭の主婦なのかはわからないが、見た目は、常識をわきまえた、生活疲れなど感じさせない女だった。だが、女というものに隠されたマグマは、男の理解を超えている……。

憲太郎は、そう思いながら、窓から夜景に見入った。

さっきのビジネス・ホテルから見えていた、なんだかそこだけ倉敷という街にそぐわない色彩の光に包まれた遊園地は、近辺の建物にさえぎられて、どこにあるのかわからなかった。

あしたは、大原美術館の、とりわけ陶器を見るのを楽しみにしていたが、ひょっとしたら断念せざるを得ないかもしれないと憲太郎は思った。画集ではなく、実物を見られると思っていた絵画も何点かある。

野中六郎の会社の負債は幾らだったかな。到底払い切れる金額ではなさそうで、どんな法的措置を講じても、さっきのような連中にののしられるだけでなく、身の危険にさらされることもつづくだろう。そんなときに、どうして、夫や子供のある女と逃げようなどと考えるのか……。

「男と女ってのは、そういうことをやっちまうんだな」

とつぶやき、憲太郎は部屋に置いてあるウィスキーのミニチュア壜《びん》をあけた。

近松門左衛門の心中劇を思うと、追い詰められ、厭世観《えんせいかん》にひたり、絶望したとき、どうも日本人の男と女は、性をむさぼって自死する傾向にあるようだ。それも夫と妻という関係ではなく、どちらにも伴侶《はんりょ》のある者同士が……。

西洋人はどうなのであろう。姦通《かんつう》は死罪であったにせよ、もしそれが日本人固有の特質だとすれば、日本人というのは、その根底に何を蔵していて、何によってそれは培《つちか》われたのであろう……。

憲太郎は、ふいに疲れを感じた。

まだ明るいうちに、K市の富樫の実家の風呂《ふろ》にゆっくりつかったので、ホテルの風呂で体を洗う気にもなれなかったし、寝てしまうにはいささか早すぎる時間だった。

憲太郎は、サイドテーブルにウィスキーを置き、ベッドにあおむけになって脚を投げ出し、これまでに自分が触れた欧米の小説や映画を思い浮かべたが、男と女が心中するという話は皆無に等しかった。古今東西の文学に親しんだわけではないので、自分が読んでいない小説には、男女の心中物があるのかもしれないが、いずれにしても、そんなに多くはないのであろう。

目を閉じて、心に残っている映画の幾つかのシーンを思い描いているうちに、憲太郎はまどろんだ。

部屋がノックされたような気がして目を醒《さ》まし、時計を見ると、二、三十分ほどうたた寝をしたつもりだったのに、二時間半もたっていた。

まさかさっきの二人組ではあるまいと思ったが、憲太郎はノックの音に応対しなかった。

すると少し時間がたってから部屋の電話が鳴った。富樫だった。

「いま、部屋をノックしたか？」

と憲太郎は訊《き》いた。

「うん、野中がお前に礼を言いたいっちゅうから、部屋の前まで行ったんや。あいつ、今晩中に岡山へ行くから、いまチェック・アウトしよった。お前にくれぐれもよろしくっちゅうことやった」

「うとうとしたつもりだったのに、二時間半も寝ちゃったよ」

「ここから歩いて五、六分のとこに、おでん屋があるんや。三年前に行ったきりやけど。そこで、ちょっと一杯やれへんか？」

憲太郎は富樫の誘いに応じて廊下に出た。富樫は廊下で笑みを浮かべて待っていた。

「野中さん、いま動いて大丈夫か？」

と憲太郎は訊いた。

「駐車場にも、出口にも、怪しそうなやつはおらんかった。もし、あいつらにつかまったら、野中の運も尽きたっちゅうことやな」

人通りで賑《にぎ》わう通りから外れると、どこも閑散としていて、どこにでもある日本の地方都市の、画一的な夜でしかなかった。

「倉敷って、鱗壁《うろこかべ》とか、疏水《そすい》とか、旧家のつらなりだらけかと思ってたよ」

「あれは一画だけや」

富樫は、どう見てもフランス料理店かイタリア料理店のような造りの店のドアをあけた。

「これ、おでん屋かい？」

そう言いながら、憲太郎はカウンター席に坐った。

富樫は大根とこんにゃくを註文し、酒を飲もうかどうか迷っていた。

「あんまりストイックになりすぎるのもよくないんじゃないか？　人間の体ってのは、杓子定規《しゃくしじょうぎ》にはいかないもんさ。飲みたいときは飲めよ。飲むと決めたら、体に悪いなァなんてことは考えないこと」

憲太郎は、富樫の代わりに酒を註文し、ロールキャベツとがんもどきを頼んだ。

「なんだか上品すぎる味だな」

一口食べて、ほとんど満席なのに、おでん屋にしては静かな店を見廻しながら、憲太郎は言った。

「店も改装しよったんやなァ。三年前は、こんな味やなかった……」

と富樫は言い、煙草《たばこ》をくわえた。

すると店主らしい男が、煙草は遠慮してくれと言った。

「煙草、吸っちゃあいけないのかい？」

憲太郎の言葉で、近くの客たちが、どこか小馬鹿《こばか》にした表情を向けた。

「出よか」

富樫は勘定を頼み、酒にもおでんにも口をつけず、その店から出た。

「日本は、ちょっとおかしいぜ。五十一番目の星になりたいのか？」

憲太郎が通りに出てから言うと、

「料金はきっちりと取りやがった」

と富樫は笑った。

「きょうは、何もかも迷惑をかけっぱなしやなァ。野中と一緒に逃げ廻らせたあげく、あんなおでん屋につれて行って……」

「そんなこと、いいんだ。ハゼ釣りは楽しかったし、瀬戸内の海と島はきれいだったし、つみれ汁も太刀魚も最高だったよ。ボスと逢《あ》えたし」

別のおでん屋を探して歩きながら、憲太郎は、野中六郎が甦《よみがえ》るにはどんな手があるのかと訊いた。

「あいつも責任は取りつづけるしかないけど、ない袖《そで》は振れんからなァ。破産を法律にのっとって処理するしかあらへん」

「でも、それじゃあ許してくれない連中が押し寄せるだろう？」

「野中を殺したからっちゅうて、金になるわけやないがな。すべては野中の覚悟次第や」

富樫は歩を停め、煙草に火をつけて、

「日本は、五十一番目の星になったほうがええんとちゃうやろか」

と言った。

「アメリカ合衆国日本州か？」

憲太郎は、小さく笑って、そう言った。

「アメリカに断わられるぜ」

「そやけど、この国のお上の連中どもの、どうにもならん癒着《ゆちやく》の構造を壊すには、それしかないで。外圧で叩《たた》き壊してもらうしかあらへん。国民を、こんな売国奴《ばいこくど》みたいな考えにさせていきよるのは、ほんまにこの国を動かしてる連中がなさけないからや」

憲太郎は狭い路地の奥に、「おでんもあります」と書かれた看板をみつけた。

軒の傾きかけた大衆食堂だったが、店内からは賑やかな声が聞こえた。

「あんな店のほうがいいと思わないか？」

その憲太郎の言葉に、

「そやそや、さっきの国籍不明みたいなおでん屋よりも、よっぽどうまいで。やっぱり、おでんにはコップ酒」

と言って店の戸をあけた。

店には変色してしまった大きな招き猫があり、作業服を着た男たちや、中年のサラリーマン風の男たちで混んでいたが、なんとか二人分の席をあけてくれた。

「日本人て、なんでメンツにこだわるのやろ……」

コップ酒に首を突き出して飲んでから、富樫は言った。

「俺なんか、メンツなんて、どうでもいいけどなァ……。きのう決定したことが、きょう間違ってたって気がついたら、すぐに改める。そんなこと、恥でも何でもないやろ。そやけど、日本の政治家も役人も、改めよれへん。なんでや？　国や国民のことよりも、そんなに自分のメンツが大事か？　俺には、その精神構造がようわからん。俺は日本人と違うんやろか……。黄色い猿やのうて、ただの猿やったりして……」

憲太郎は笑い、スジ肉を頬張った。そして、店内に充満する煙草の煙に顔をしかめ、

「他人が吸ってる煙草の煙って、いやなもんだなァ。やっぱり、こういう公衆の集まる場所では、少しひかえてもらいたいよ」

と言った。

富樫も笑い、十二月の最初の週に、また旅をしないかと誘った。

「どこへ行く？」

憲太郎が訊くと、お前はどこがいいかと富樫は訊き返した。

「寒くなるから温泉がいいな。五十肩もあったためたいよ」

と憲太郎は言った。

「ほな、九州かなァ。そやけど、俺の車で行ったら、二泊三日では無理やで」

あそこにしよう、ここにしようと相談していると、富樫はふいに話題を変え、女と

の交わりが終わるたびに、死にたいという思いが強まっていったそうだと言った。

「野中さんのことかい？」

「うん。あの女と逢うたのが、朝の十時。それから夕方まで、なんと五回も、なさったそうや」

「元気だなァ……」

「二回目のあと、死のうって決めて、女も同意して。そしたら、体中が性器になったって、野中が言うとった」

女も同じことを野中に言ったという。

「人間て、不思議な生き物だよ」

憲太郎は、無様《ぶざま》な終わり方しかしなかった過去の女たちとのことを富樫に語った。四十歳を過ぎたころ、なぜか次から次へと女があらわれ、ひとりの女と終わると、日をおかず、別の女と始まり、似たような経路を辿《たど》って修羅場と化し、お互いが疲弊《ひへい》して終わる。その連続だったことを。

「どうかしてたとしか思えないけど、そのときは自分に都合のいいことを自分に言い聞かせて、女房にばれないように、女とはきれいに終われるようにって、そればかり考えてたよ。そんなとき、歯止めは、娘だったんだ。娘はそのころ中学生でね。日一日と娘らしくなっていって……。女と逢って、家に帰って来ると、女房よりも娘と顔を合わせられないんだ。会社の金も少し使い込んだ。ばれないうちに返して、うまく処理したけど、いまから考えると、危ない橋を渡ってたんだ」

　そんな状態がいつまでつづいたのかと富樫が訊いた。

「四十六歳のときまでかな。あるとき、ぞっとしたんだ。自分のやってることにね。女とのことに疲れ果てたのかもしれないな。どの女とも、行き着くところはおんなじさ。俺はそのとき、自分がサラリーマンでよかったって感謝したよ。自由になる金は少ないからな。経済的に余裕があったら、俺は底無し沼に落ちてたかもしれない。女の出方も変わっただろう。俺も、もう女はこりごりだよ」

「そうかァ、もてた時代があるんやなァ」

　富樫は笑いながら言った。

「誰でも、そんな時期があるんじゃないのかな。妙なフェロモンが出る時期が。四十を過ぎたら、男は気をつけなきゃいけないんだ」

　その憲太郎の言葉に、

「女の話は、もうやめへんか。あの灯油事件を思い出すんや」

と富樫は言い、コップ酒の追加を大声で主人に註文した。

「血糖値がどないやっちゅうねん。親父《おやじ》、ロールキャベツとシューマイとタコ。ああ、それにスジ肉を二本」

「富樫、いまのカロリー計算は何点になるんだ？」

と憲太郎は訊いた。

「酒が四点かな。大根は一点もないなァ。ロールキャベツは二点。シューマイは一点。スジ肉二本で……。お前、そんな計算させるなよ」

富樫が頬杖《ほおづえ》をつき、憲太郎を睨《にら》んだとき、携帯電話が鳴った。

野中六郎からで、無事に岡山市内に着いたというものだった。

「あの女の前からは消えていってやれよ」

そう言って、富樫は電話を切った。

第四章

年末の仕事納めの日、憲太郎は高熱による悪寒《おかん》で歯の根が合わないほどの震えに襲われた。
四、五日前から咳《せき》が出て、ああ、これはどうやら社内にも蔓延《まんえん》しているインフルエンザにかかったかなと思っていたのだが、ことし最後の仕事を終え、熱っぽい体を厚手のコートに包んで帰宅し、部屋の暖房を強くして、ホット・ウィスキーを飲もうと台所に立ったとき、ふいに異常な震えが始まったのだった。
そのときは、熱はさほどでもなかったが、震えがひとまずおさまって、もう一度体温計を腋《わき》に挟むと、四十・二度に上がっていた。

とりあえず市販の解熱剤《げねつざい》を服《の》み、靴下をはいたまま、三枚もの掛け蒲団《ぶとん》と二枚の毛布を重ねて、体をくの字にして眠ると、熱は三十八度まで下がった。

薬が切れたら、再び熱が上がるだろうと思い、悪寒がぶり返す前に、歩いて病院へ行き、待合室で一時間も待つうちにまた熱が上がってきた。

家に帰り着いたときには、震えで鍵《かぎ》をあけられなくて、恐怖を感じた。

弥生のアルバイト先は、十二月三十日が仕事納めなので、家には憲太郎以外誰もいない。

「この震えは、いったい何だよ。ほんとにインフルエンザなのか？」

そう思いながら、やっとの思いで二階の寝室に行き、病院で出してくれた薬を服んで眠った。

きょうとあすは、この調子で高い熱が出るだろうと医者に言われたので、ベッドの脇《わき》には大きな水差しに水を入れて、グラスと一緒に置き、弥生の部屋から小型のラジカセを持って来て、聞こえるか聞こえないかの音量で、つけっぱなしにして眠った。

これまでに体験したことのない烈《はげ》しい悪寒は、憲太郎に、ひとりっきりの静寂を恐れさせたのだった。

隣家の庭で犬が吠《ほ》えていた。

富樫重蔵と尾道から倉敷への旅をしたあと、結局一度も旅行のための日数が取れなかった。予定をたてていても、主に富樫に急な用向きが生じて、直前に中止する事態がつづいたのだった。憲太郎の会社も十月、十一月の業績の急激な低下で、会議がつづき、土曜日も出社することが多かった。

まどろむたびに汗をかき、目が醒《さ》めるたびに濡《ぬ》れた下着やパジャマを着換えると、夜には、もう着るものがなくなってしまった。

仕方なく、古いズボンを引っ張り出し、セーターを二枚、重ね着して、パンを焼き、蜂蜜《はちみつ》を塗って食べていると、また熱が上がってきた。

本当にインフルエンザなのだろうか、医者も気づかない重病にかかったのではないか、と不安になるほど悪寒による全身の震えは烈しくて、憲太郎は慌《あわ》てて解熱剤を服んだ。

震えが少しおさまり、体温計で熱をはかると、四十度近くあった。

「急激に熱が上がっていくときに震えるんだな。熱が上がるところまで上がれば、震えは止まる」

高熱の苦しさよりも、どうにも抑えようのない震えがおさまったことにほっとして、憲太郎は、つけっぱなしのラジカセから聞こえてくるＤＪの声を聞き、弥生がいつか結婚すれば、自分はひとりぼっちの生活になるのだなと考えた。

「病気をしたときに困るよなァ」

このままずっと定年まで大阪勤務がつづくかもしれないし、いつか東京本社へ戻るときが来るかもしれない。しかし、いずれにしても、自分の家はない。

道代のものになった東京の家のローンを払いながら、あらたに自分の家を建てる余裕などないのだから、これから死ぬまで借家住まいがつづくのは、ほぼ決定的だ。

「損得で考えると、道代との離婚は損だったのか、得だったのか……」

汗をかいても、もう着換えがない。洗わなくても、干しておこうか。しかし、いま動くと、また歯の根も合わない震えに襲われるだろう。いや、震えに耐えてでも、下着とパジャマを干そう。そうしないと安心して眠れない。

憲太郎が意を決して起き上がりかけたとき、玄関のほうで音がした。弥生が帰って来たのだった。

弥生は、明かりをつけたままの居間に、父親の下着やパジャマが脱ぎっぱなしにされているのを不審に思ったらしく、二階にあがって来て、ドアをノックした。

「助けてくれェ」

憲太郎は呻《うめ》くように言って、弥生に訳を話し、下着とパジャマをとりあえず干してくれと頼んだ。

「地獄に仏だよ。お前が帰ってくれなかったら、俺はいまごろ全身を震わせながら死んでたかもしれないよ」

「大袈裟《おおげさ》ね」

弥生は無愛想に言いながらも、機敏に体を動かし、湿っている毛布を新しい掛け蒲団に代えてから、居間にちらばっている下着とパジャマを干して戻って来た。

「インフルエンザが染《うつ》るから俺の部屋には入らないほうがいいぞ」

「私も熱があるの。それで早退《はやび》けさせてもらったの」

弥生も三十九度近くあった。

「こんなに熱があるのに、よく平気な顔をしてられるなァ。寒気はしないのか?」

憲太郎の問いに、弥生はハンドバッグから病院の薬袋を出した。憲太郎が診《み》てもらった病院へ弥生も帰宅の途中に寄ったのだった。

「バイト先から駅への道で、二、三回、すごい震えがきたけど、私はお腹《なか》が痛くて、そっちへ神経がいってたから」

早く着換えて、とにかく眠りたいと弥生は言い、自分の部屋に入ってしまった。

このインフルエンザは、熱が下がるのに、早くて二、三日。熱がおさまっても、咳はつづくのが特徴だ……。

医師の言葉を思い浮かべ、憲太郎は、俺も弥生も、文字通りの寝正月だなと思い、書き残した年賀状がまだ二、三十通あるが、さてどうしたものかと考えているうちに、ラジオをつけたまま眠ってしまった。

汗まみれになって目を醒ましたのは夜中の一時だった。

着換えるために階下に降りると腹痛が襲ってきた。トイレから出ると、部屋の暖房を強くして、セーターの上にコートを羽織り、居間の明かりを小さくして、力の失《う》せた体をソファに凭《もた》せかけて、憲太郎はしばらくぼんやりしていた。

「たまには風邪もひかないと」

と笑顔で言った医者の言葉の意味を考えたが、頭の回転も止まったようで、思考はまとまらなかった。熱は三十七度三分まで下がっていた。

富樫とは三日ほど逢《あ》っていないし、電話で話してもいない。年末年始の商戦でおおわらわなのであろう。憲太郎はそう思いながら、富樫の携帯電話にかけてみた。呼び出し音が聞こえたとき、ああ、いまは夜中の一時を廻っているのだと思い、慌てて切りかけたが、受話器からは富樫の声が響いた。

「まだ仕事か?」

と憲太郎は訊《き》いた。

「うん。俺だけ残って、仕事をしとったけど、もう帰ろうと思てたとこや」

いま難波《なんば》店にいるのだが、カメラの量販店という商売は、ひょっとしたら、この日本では役割を終えたのではないかと考えているうちに、ひどく元気がなくなって、ことしの夏以降の売上げの推移をひとりで分析していたのだと富樫は言った。

「役割を終えた？」

「カメラが一台もない家なんて、ほとんどないやろ。夏以降の売上げの低下は悲惨なもんや。この不景気には、もうお手上げやな」

と富樫は言った。

お前はきょうが仕事納めではないのかと富樫に訊かれ、憲太郎はおそらく七年ぶりにかかったのではないかと思えるインフルエンザの症状を説明した。

「七年前にかかった風邪もきつかったけど、こんどのはもっとひどいな。娘もかかって、親子ともども討ち死にだよ」

「そら困ったなァ。飯はどうしてるんや？」

「食欲なんか、まるでないよ。薬を服まなきゃいけないから、むりやり、胃に何かを入れてるだけでね。少し食べても吐き気がしやがる。娘も、何も食べないで寝ちゃったよ」

「胃腸にも一年の疲れが出たんやろ。食いたくないときは食わんちゅうのが、体にええんや」

「お前、血糖値はどうだ？」

憲太郎は訊いた。

大量消費の時代は終わったという思いのなかで、今後の生き残り策を模索していた富樫の頭から、仕事のことを忘れさせてやろうと思った。

「一ヵ月間、食餌《しょくじ》療法をして、血糖値は九〇台になったんやけど、それ以後、また酒を飲むようになって……。たぶん、また上がってるやろなァ。年が明けて、一月の十日から、再び食餌療法開始や。いまは酒なしではノイローゼになる」

富樫は笑い、これから家に帰り、車をガレージにしまったら、歩いて十分ほどのところにあるおでん屋で一杯やるつもりだと言った。

「お前は、やると言ったらやれるところがえらいよ。なかなかそうはできないもんだぜ」

「糖尿病が原因で死んだ人を何人か知ってて、その怖さはよう知ってるからなァ」

「一時間、真剣に本を読むのと、一時間、ジョギングするのとでは、消費するカロリーは同じだって、テレビで医者が言ってたぜ。脳ってのは、それだけ糖分を使うらしいよ」

憲太郎が言うと、

「そうかァ、最近の子は、頭を使わないと理解でけへん本なんか読みよれへんから、そのぶんの糖分が体に廻って、それで、しまりのないデブが多いんか」

と富樫はいやに納得したように言った。

「中年になってからのひとり身は、何かにつけて不便やろ。再婚てなことは、ちらっとも頭に浮かばんか？」

富樫に訊かれて、

「浮かばないな。俺は、女房ってのは一生にひとりのもんだって気がしてね。女は、これから先、できるかもしれないし、できないかもしれないけど、かりに女ができても、俺は結婚しないよ」

と憲太郎は言った。その考えは、道代と離婚する前から憲太郎のなかにあった。結婚してわずかな期間で離婚、あるいは死別したとか、まだ子供が小さいとかなら話は別だが、自分のように、道代と別れるまで二十数年を夫婦として暮らし、二人の子供も成人の年齢に達したとあっては、もはや妻というものは必要ないし、再婚などしないほうがいい。

新しい妻によって得るものと、失うものとを比較すれば、失うもののほうがはるかに大きい気がする。

憲太郎はそう思っているのだった。

「俺も相手も、なんだか自然に振る舞えそうにないって気がするんだ。やっぱり、二十数年一緒に夫婦として暮らした相手が、俺っていう人間や生活に捺《お》していったものは、並大抵で消えたりはしないだろう。それに、なんだかもう女房なんて、わずらわしいよ」

憲太郎の言葉に、富樫は苦笑し、

「そやけど、歳《とし》を取って再婚して、ああ、よかったっちゅう人も多いで。俺の知り合いにも、そういう人がいてる」

と言った。

憲太郎は、時刻が時刻だけに、富樫は疲れているだろうと気遣い、富樫は富樫で、憲太郎の体調を案じて、二人は同時に、

「もう帰って、一杯やれよ」

「もう寝たほうがええんとちゃうか」

と言い合って笑った。

お前の体が大丈夫なら、少し俺の話を聞いてくれと富樫は言った。

「熱は少しあるけど、もう眠れそうにないな。家に帰ってから、合計何時間くらい寝

たかな。七時間は寝たよ」

「そうか、ほなちょっと俺はウィスキーでも飲むわ」

「えっ？　帰りは車だろう？」

「いや、飲んだら、車は駐車場に置いて、タクシーで帰るがな。いろんなことを考えすぎて、頭が疲れた。吾輩《わがはい》の心は酒を欲しておるのじゃ」

社長室には、いいスコッチ・ウィスキーを隠してあるのだと言って、富樫はいったん電話を切ると、すぐにかけ直してきた。

「ぬるめのお湯割りにして、いま二口ほど飲んだ。湯豆腐の冷めたのがあるから、それを食べるわ」

「なんで夜中の社長室に湯豆腐なんかがあるんだ？」

「俺が遅うまで仕事をしそうなときは、女子社員が、湯豆腐の用意をしといてくれるんや。あとは火にかけたらええだけっちゅうふうに」

「その女子社員、幾つなんだ？」

「俺より三つ上やのに、もう孫が二人もいてる」

と富樫は言った。

しばらくして、ウィスキーが富樫の喉《のど》を通っていく音が聞こえた。

「湯豆腐、あっためろよ。待っててやるから」

憲太郎がそう促すと、

「いや、冷めた湯豆腐も、なかなかおつなもんや」

と富樫は言い、もう何時間も考えつづけたということを話しはじめた。

「店を小さくしたいんや。そやけど、俺とこみたいな薄利多売の店が、店舗を縮小したら何の意味もあれへん」

「なんで縮小したいんだ？　そんなに売上げが落ち込んでるのか？」

「それは見事なもんや。そやけど、まだ俺の会社は黒字や。しかし、それも時間の問題やて気がするんや。カメラは、あまねく天下に行き渡った。あの手この手の新機種にも、消費者は飽きがきたし、この日本の不景気は、自分らのことしか考えてない政治屋や役人のごまかし策や小手先の手口では、もうどうにもなれへん」

「おい、俺はそのカメラを造ってる会社に勤めてるんだぜ」

「メーカーと量販店とでは商売のやり方が違う。そんなことは、お前がいちばんよう知ってるやないか。それになァ、こんな言い方は失礼かもしれんけど、お前はサラリーマンや。小なりといえども、社員の人生に責任を持って、会社に利潤をもたらさなあかん経営者の危機感は、わかろうにもわかりようがないんや」

そう言われると、憲太郎には返す言葉がなかった。

日々、資金繰りを考え、いかにして儲《もう》けて、社員に給料を払い、税金を払い、会社を存続させていくかと休みなく考えている富樫には、自分などが実感しようのない厳しい現実と未来が見えるのであろうと憲太郎は思った。

「俺は、俺の会社を、競争相手の会社に売ろうかと思うんや。いまなら経営権を買いよる。店舗も社員も、まとめて売り渡す」

「社員を売るってのか？」

「会社の合併ってのは、そういうもんやろ？　合併したら、俺は退《ひ》く。いまならできる」

「退いて、それからどうするんだよ」

「日本という国のシステムが変わるまで待つ」

富樫が、思いつきで言っているのではないことを憲太郎は知った。

「船長が船を捨てて、乗組員も捨てて、逃げるのか？」

「船と乗組員を助けるためや」

富樫の会社の経営権を買おうというライバル社は、生き残るために、さらに扱う品目を多様化して、店舗を増やす戦略に活路をみつけるつもりなのだと富樫は言った。

「野中六郎が、どういうプロセスを経て、負債をふくらませ、にっちもさっちもいかへんようになっていったか……。それを考えてるとなァ、俺は紙一重のところで切り抜けつづけて、多少は運がよかっただけのことで、資金繰りとか、店への客の流れとかに狂いが生じてたら、おんなじ運命を辿《たど》ってたやろて思たんや。そしたら、ぞっとした。俺の歩いて来たところをしげしげと振り返って目を凝らしたら、そこらじゅう落とし穴だらけやったんや」

富樫の口調は静かで、憲太郎が初めて耳にする「弱気」がその声の底にあった。

「お前、疲れたんだよ。一年の疲れじゃなくて、世の中へ出て以来の全部の疲れが限界水域を越えかけてるんだ。休め、休め。疲れが魔をつれて来ないうちに休めよ」

と憲太郎は言った。

「独楽《こま》は回転してるから倒れへんのや。休んだら倒れてしまうがな。日本も日本人もいつのまにか独楽にさせられとったんや」

「酒を飲みだしたら、仕事のことは考えないほうがいいよ。酔いが、いい考えをつれて来たためしはないからな」

憲太郎の言葉に、

「よし、俺はタクシーを呼んで帰る」

と富樫は言った。

「うん、そうしろ。酔っぱらったら、すべてに関して決断しないってのが、酒でかずかずの失敗を犯してきて五十歳になった俺の、ささやかな知恵さ。そんなことがわかるのに、酒を飲むようになって三十年以上もかかるんだから、人間てのは愚かなもんだよ」

最近になって気づいたのだが、俺の親父《おやじ》の強さは、いい考えが浮かばないときは、さっさと寝てしまうというところだと富樫は言った。

「困ったことが起こって、思案にあぐねると、とにかくさっさと蒲団《ふとん》にもぐり込んで寝てしまいよる。よう寝て、元気を取り戻して目が醒《さ》めたら、またええ考えも浮かぶやろ。それまでは、あれこれ思い悩んで考え込んでみても、らちがあかんちゅうのが、俺の親父の持論や。大怪我《おおけが》をして、一家が路頭に迷うたときも、そのやり方を変えんかった」

富樫は笑いを含んだ口調で言って、電話を切った。

熱が出なくなったのは元日だったが、憲太郎の咳《せき》はつづいた。

弥生の熱は正月の二日までつづいて、自分の部屋に閉じこもってばかりいた。

咳をしながらも、どちらもパジャマから服に着換えて、居間で顔を合わしたのは二日の夕方だった。

「こんなひどい風邪、生まれて初めてみたいな気がする」

と言いながら、弥生は雑煮を作ってくれた。

「これが最後のお年玉だな。来年の正月は、弥生は社会人だから、もうお年玉はなしだぜ」

憲太郎がそう言って、お年玉袋を渡すと、

「えっ、まだ貰《もら》えるの？」

と言いながら、弥生は両手を仰々しく差し出し、頭を深く下げて、お年玉袋を受け取った。

「最後だから、奮発しといたよ」

「私、生まれてから何回、お父さんにお年玉を貰ったのかしら」

「お前が三つのときからだから、これで二十回だな」

憲太郎は、息子の光信にもお年玉を用意していて、それを現金書留で送るつもりだったが、寝込んでいたので、まだ郵便局に行っていなかった。

弥生は、雑煮を食べ終えると、洗い物を片づけて、外出の用意を始めた。大学のサークルの新年会なのだという。

弥生に届いた年賀状に、ことしはサークルの新年会が中止になって残念だという意味の文章が書かれたものが二、三通あったので、憲太郎は、弥生の嘘《うそ》に気づいたが、黙っていた。自分は父親として言うべきことは言ったのだから、あとは弥生が判断して、やりたいようにやってみるがいいと思ったのだった。

後悔のない人生などというものは有り得ないし、失敗が吉となって、弥生という女性に、人間としての幅や世間智《ち》をもたらしさえすればいいのだ。

「行きたいとこへ飛んでけ。飛んで行って、さあそれからどうなるかは、弥生っていう人間次第だ。俺の責任は終わったよ」

憲太郎は、弥生が玄関の戸を閉めて歩いて行く足音を聞きながら、そう思った。

自分に届いた年賀状を読み、まだ出していない年賀状を書き、年末にやってしまうつもりだった本棚の整理を終えると、正月の二日も終わりかけていた。

仕事納めの日以来、家から一歩も出なかったので、憲太郎は少し外を歩きたくなり、書いた年賀状を持ちポストのある坂の下まで行った。ポストの近くで声をかけられ、振り返ると、男が三人立っていた。

街灯の光が届かないところだったので、三人の人相風体はわからず、憲太郎はポストを背にして身構え、体を硬くさせた。

男のひとりが、憲太郎の社の名前を口にしてから、

「遠間さんですよね？」

と訊《き》いた。

憲太郎は、そうだがと答え、もしものことを考えて、逃げ道を捜した。

「こんな夜分にすみません。いまお宅を捜して、この道を車でのぼってたら、遠間さんらしい人とすれちごうて……。それで慌《あわ》てて戻って来たんです」

男は、鍵山《かぎやま》誠児と名乗った。

「お逢《あ》いしたのは、ぼくが高校生のときやったから、たぶん覚えてはれへんと思うんですけど」

「鍵山誠児さん……。どこでお逢いしましたか？」

男が近づいて来て、街灯の光が顔に当たった。声の感じで、二十代の青年だとは見当がついていたが、目鼻立ちが判別できたとき、たしかに見覚えがあるなと憲太郎は思い、体の力を抜いた。

「写真のコンテストで奨励賞をいただいて、遠間さんからカメラをプレゼントしてもらった鍵山です。もう十年前ですけど」

「ああ、あのときの……」

憲太郎は、十年前の、高校の制服を着た少年を思い出した。

憲太郎の社が年に一回主催するアマチュア写真のコンテストがあり、ちょうど大阪に転勤になったばかりの憲太郎は、技術研究員だった経歴を買われて、関西地区の応募写真の社内選考を担当させられた。

その四百あまりの作品のなかで、憲太郎が最も高く評価したのが、当時、まだ高校生の、鍵山誠児という少年の作品「翼」だったのだ。

どこかの海の岸辺から、いままさに鳥が飛び立とうとして羽根をひろげ、ほんの二、三センチ浮き上がった瞬間を撮った写真だった。その写真は、全国九ブロックから選ばれて予選を通過した九百もの作品のなかで、順位をつければ十位に該当する奨励賞に決まった。

東京での授賞式にひとりで上京した鍵山誠児に、選考委員をつとめた著名な写真家が、

「きみの写真を強く推してくれたのはこの人だよ」

と憲太郎を紹介したのだった。

賞金と賞状は、すべての受賞者に渡されるが、副賞のカメラは、奨励賞には与えら

れなかったので、憲太郎は、研究所の先輩に頼んで、特別に、一眼レフの最新機を鍵山誠児という高校生に送った。

それからほどなくして、ひどく緊張しながら書いたことを推測させる文面で、その高校生から遠間憲太郎に礼状が届いたのだった。

「へえ、十年になるんだねェ。じゃあ、いまは……」

「もうじき二十七になります」

と鍵山は言い、こんな正月の夜ふけに訪ねて来た理由を説明した。

自分の写真集を自費出版したので、あのとき特別にカメラを送ってくれた遠間憲太郎に見てもらいたいと思い、郵送したが、転居先不明で戻って来た。

遠間憲太郎の住居は、大震災で被害の大きかった地域なので、もしやと思い、今夜の九時ごろ、この二人の友人と一緒に訪ね、近所の人に転居先を教えてもらった。

もう遅いし、無事だったことを知って安心し、日を改めて社のほうに出向こうと考えたが、転居先は、さほど離れてはいなかったので、迷惑と知りつつ、家を捜して夙《しゅく》川沿《がわ》いにのぼってきた……。

「でも、夜道ですれ違っただけで、ぼくだってこと、よく気づいたねェ」

と憲太郎は言った。

「ええ、すれ違った瞬間、あっ、遠間さんやってわかったんです」

鍵山は、車に戻り、紙袋を持って引き返して来て、これが自分の写真集なのだと言った。

「こんなところで立ち話もなんだから、どうぞぼくの家に来て下さいよ」

年の瀬から風邪をひいて寝込んでしまい、家のなかはちらかり放題で、そのうえ、おせち料理もないが、と勧めると、鍵山は二人の友人と相談しあってから、

「じゃあ、お言葉に甘えて」

と言い、憲太郎を車に乗せた。

家に帰り、憲太郎は取り込んだだけで居間のソファに積み上げたままの洗濯物を慌てて片づけ、裏庭に面した窓をあけた。自分と弥生がまきちらしたであろうインフルエンザのウイルスを、三人の青年が吸ってはいけないと思ったのだった。

三人にビールを勧めると、丸顔の、耳にピアスをした青年が、自分は車の運転があるのでと笑顔で断わった。

「あとのお二人は、いいんだろう？」

憲太郎はビールとグラスを運び、

「ぼくのことを覚えてててくれて、わざわざ訪ねて下さって……」

と礼を述べた。

厚さ三センチほどの写真集には「翼」という題がつけられていた。

「なんやしらん、照れ臭い題なんですけど、ぼくにとっては記念の題やから」

と鍵山は言った。

高校の制服を着ていた十年前の鍵山少年は、体つきが全体に丸味をおびていたという記憶があったが、ぶあついセーターを着て居間のソファに坐《すわ》り、遠慮ぎみにビールを飲んでいる青年は、背はさほど高くないが、肩や胸の幅が広く、頰から顎《あご》にかけての線はひきしまって、意志的なものの逞《たくま》しさを感じさせた。

鍵山は、あらためて友人二人を憲太郎に紹介した。

丸顔の、片方の耳にピアスをした青年は、高校時代の写真部の友人で、高校を卒業してから小さな建築会社に勤めたが、その会社が去年の秋に倒産してしまい、いまは引っ越し屋でアルバイトをしている。

もうひとりの、縁なしの眼鏡をかけた、目の優しそうな、全体に線の細そうな友人は、大学時代からのつきあいで、いまは精密機器用金型を作る会社で営業マンをしているという。

「鍵山くんは、お仕事は？」

憲太郎は「翼」という題の写真集の表紙を見ながら訊いた。表紙には、コンテストで奨励賞となった憲太郎もよく覚えている鳥の写真を使ってあった。

「印刷会社です」

そう言って鍵山は自分の名刺を憲太郎に渡した。

「大阪の港区に本社と工場があるんです。社員百二十人ほどの会社です」

憲太郎は、「翼」という題で、しかも思い出の鳥の写真を表紙に使うくらいだから、鳥ばかり撮っているのかと思って表紙をめくった。

三分咲きくらいの大きな桜の木の下で、作業服を着た老人が弁当を食べていて、その横に、おこぼれにありつきたがっている犬が坐って、老人の足元に置かれたヘルメットに向かってお手をしている……。ただそれだけの光景だった。

次のページをめくると、どう見ても葬儀の最中と思える写真なのに、遺族も参列者も懸命に笑いをこらえている一瞬がとらえられていた。

「これ、お葬式だよね」

と憲太郎が訊くと、鍵山は自分の最初の写真集のテーマについて語った。

楽しいもの。幸福を感じるもの。美しいもの。荘厳《そうごん》なもの。笑いがあるもの。気持のいいもの。それらを中心として、人間の心について考えてしまうもの……。

「それ以外のもんは、この写真集に載せんとこ。というよりも、そういうものばっかりを撮ろうと決めて、この写真集を作ったんです」

「楽しいもの、幸福を感じるもの、か……。うん、それはいいねェ」

それにしても、このお葬式の写真は何なのかと憲太郎は訊いた。

「一緒に来た住職の息子が、親父さんのお経の長さで完全に足が痺《しび》れてしもて、焼香用の道具を入れてある盆を取ろうとして立ち上がったとき倒れたんです。また立ち上がろうとして、また倒れて、必死でもがきながら盆に手を伸ばして、灰を頭にかぶってしもたんです。亡《な》くなった人の奥さんも子供さんも、ずっと泣いてたんですけど、その住職の息子さんのもがき方を見て、とうとうクスッと吹き出したのが引き金で、住職までが笑《わろ》うてしもて、お経があげられへんようになってしもて……」

鍵山の説明を訊きながら、その場の状況を想像して、憲太郎も笑った。

「どうして、こんな瞬間が撮れたんだい？」

「亡くなった人は、ぼくの会社の上司で、ぼくはお葬式の手伝いに行ってまして、写真も撮らされてたんです」

自分の会社には、神戸、芦屋《あしや》、西宮、宝塚、といった、阪神淡路大震災の被害を受けた地域に住んでいるものが多くて、そのうちの二十二人が亡くなり、四十人近くが大怪我をした。

地震のあとの三、四日は、それらの社員と家族たちの安否もわからず、会社に対策本部を設置して、無事だった社員は総出で救出活動にあたった……。

現場の悲惨さは到底口に尽くせるものではなかった。地獄というものがあるとすれば、まさに自分はいまそこで走り廻っているのだと思ったし、自分がいかに非力で役立たずな人間かも思い知った。

そのとき、自分は、楽しいもの、幸福を感じるもの、美しいものを見たくてたまらなくなった。

だから、そのようなものばかりで埋め尽くされた写真集を、いつか作りたいと思ったのだ……。

「でも、自費で写真集なんて、すごく費用がかかりますし、ぼくの安月給ではどうにもなりませんから、会社の仕事が終わったら、宅配便屋さんで配達のアルバイトをして。なんとか百部が刷り上がったんです」

鍵山は、そろそろおいとましなければと言って立ち上がり、眼鏡をかけた青年の肩に手を置いた。

「これから彼の実家に行くんです。もう帰省ラッシュも終わりましたから、今晩中に着けます」

「実家って、どちらですか？」

と憲太郎は訊いた。福井県の武生《たけふ》市だと眼鏡の青年は言った。

憲太郎は五千円札を鍵山に渡そうとした。安く見積もっても、一冊そのくらいの費用はかかっていそうだった。

受け取ろうとしない鍵山と押し問答をしているとき、弥生が帰って来た。家の前に車が停めてあったので、いったい誰だろうと思ったらしく、弥生は三人の青年を見ると怪訝《けげん》な表情をしたが、憲太郎の説明で、台所に行くと大皿におせち料理を並べて運んで来た。梅田におせち料理を売る店があったので、五種類ほど買ったのだという。

「もうおいとましますから」

と鍵山は言ったが、

「今夜中に着かなくてもいいんなら、もう少しゆっくりしてって下さい。いつも娘と二人の生活で、あげく二人とも風邪で寝込んでて、味気ないお正月だなァと思ってたんでね」

という憲太郎の言葉でソファに坐り直した。

「夙川沿いも大変な被害でしたね」

とピアスをはめた青年が言った。

「すごかったねェ。川沿いの木が、ほとんど横倒しになって、顔見知りの人が何人も亡くなったよ」

と憲太郎は言い、腹の調子が完全には回復していなかったが、日本酒の栓をあけて勧め、自分のぐい呑《の》みにも冷やのままついだ。

若い人が、娘も入れて四人いると、こんなに家のなかの空気が変わるものかと思った。

「弥生、調子はどうだい？」

「もう大丈夫みたい」

「じゃあ、一緒にどうだ？　鍵山さんの写真集の出版祝いをやろう」

弥生はうなずき返し、いったん二階にあがってから戻って来た。化粧を直してきたのだと気づき、憲太郎は少し嬉《うれ》しかった。帰宅した直後の弥生は、あまりにも精彩がなくて、それは風邪の後遺症によるものとは思えなかったからだ。

この写真は、すべて、十年前に頂戴《ちょうだい》したカメラで撮ったのだと鍵山は言った。

弥生が、焼豚と紅白のかまぼこと昆布巻を、取り皿に載せて、三人の青年の前に置いた。なんだか少しすまし顔の、いつもより行儀のいい箸《はし》の使い方までが、憲太郎には嬉しかったし、わずかな時間で、弥生の顔に娘らしい生気と含羞《がんしゅう》が生まれていることにも楽しさを感じた。

「こういう瞬間があるから、人間は立ち直って、生きていけるんだなァ」

葬儀の最中の、遺族たちのこらえきれない笑いを見ながら言って、憲太郎が写真の説明をすると、弥生は写真を見つめてから微笑《ほほえ》み、

「亡くなられた方はお幾つだったんですか？」

と鍵山に訊いた。

「四十七歳だったんです。子供さんは、このとき二人とも中学生でした」

と鍵山は答えた。

「そんな悲しいお葬式の最中にでも、こんなこらえきれなくて笑ってしまうようなことが起こるんですねェ。私が遺族でも、やっぱり笑っちゃいそう……。そのご住職の息子さんの格好が目に浮かんできます。写ってないものが目に浮かんでくるっていうのが、いい写真なんでしょうね」

その弥生の言葉に、鍵山は、写真にかぎらず、小説でも映画でも舞台でも、もしかしたら落語や漫才でも、いいものはみんなそうなのだと自分は思っていると言った。

「高校生のときに、コンクールで賞を受けて、よしプロの写真家になろうって思わな

かったんですか？」

と弥生は訊《き》き、自分のぐい呑みの酒を少し飲んだ。

「あのあくる年に、父が死んだんです。そやから、写真家に弟子入りしたいなんて、母には言われへんようになって……。そのうえ、勉強が苦手で、いい大学には入られへんかったから、母に苦労させたらあかんと思て、とにかくどんな職種の会社でもええ、四年でちゃんと卒業して就職せなあかんと必死でしたから、プロの写真家になるっていう夢も、どこかに消えていってしもて……」

と鍵山は言い、弥生に、大学はどこかと訊いた。

弥生が大学名を言うと、

「うわァ、ぼくらよりもかなり偏差値、高いなァ」

と二人の友人を見やって笑った。

「俺なんか高卒や。どこの大学もみんな落ちたから」

ピアスの青年はそう言って、自分の皿に取ってもらったおせち料理をまたたくまに食べてしまった。

「お腹《なか》が減ってるんじゃありません？」

と弥生に訊かれ、三人はほとんど同時に、どこかのサービス・エリアでカップ麵《めん》でも食べるので、どうかお構いなくと言った。

「じゃあ、お雑煮を作ります。私も食べたいから。お父さんも食べるでしょう？」

そう言って、弥生は台所へ行った。

「プロの写真家になる夢は、もう捨てたの？」

と憲太郎は体内をめぐりはじめた酒の心地よさを感じながら、鍵山に訊いた。

「印刷会社に就職して、写真家とのおつきあいが多くなって、どんなに厳しい世界かがわかったんです。才能があっても十年は食えないって覚悟せなあかんということもわかって……。お袋と妹のことも考えて、あきらめました。ぼくの妹、まだ高校生なんです。十二歳も離れてるんですけど、谷口は惚《ほ》れてるそうで、いまからもう狙《ねら》ってるんです」

鍵山はそう言って、眼鏡の青年に、笑いながら目をやった。

「いまのところ、見向きもしてくれへんなァ。恋のライバルが、俺よりも十二も歳下の、髪の毛を茶色やブロンドに染めた高校生かと思うと、なさけないけど、そういうガキどもの毒牙《どくが》から美咲ちゃんを守るのを、当面の課題として、少しずつ俺に惚れさせていこうという作戦なんや」

谷口という名の青年は言った。

見かけは線が細そうで、喋《しゃべ》ることがあまり得意ではなさそうだったが、味のある青年だなと憲太郎は思った。

「女子高生を毒牙から守るってのは大変ですよ」

と弥生が谷口をひやかした。

「そやから、こいつ、美咲ちゃんに頼まれてもないのに、週に三日、彼女の家庭教師を買って出て、その日は残業がないことを祈っとるんです」

ピアスの青年はおかしそうに言った。

「俺は北上みたいに、一年で五人の女に燃えるように惚れたりはせえへんのや」

谷口に言われて、ピアスの青年は、

「そんなことというたって、そのたびにほんまに燃えあがるんやから、しょうがないがな」

と言い返した。

「北上は、おととし、七人の女にふられたんです。この写真集に、こいつの写真も載せました」

鍵山はそう言って、写真集をひらき、北上というピアスの青年の顔だけが写っているページをひらいた。

写真の下に小さなキャプションがあって、「一年に七人の女にふられた男」と印刷されていた。

「ほんまに写真集に載せるとは思わんかったで。名誉毀損《きそん》や。それにこの写真の俺の顔、間抜けな指名手配犯みたいや。俺が結婚するときは、このキャプションを消してくれんと困るがな。せっかく俺と結婚しようと決めた女も、このキャプションを読んだら、自分はそんな男と結婚するのかと思て、逃げて行きよるで」

北上の言葉に、鍵山は真顔になり、

「そうやなァ、このキャプションはまずかったなァ」

とつぶやき、刷り直すなんてできないし、たしかに軽率だったと考え込んだ。

「キャプションの上にマジックインキで線を引いたらいいよ」

憲太郎の提案で、鍵山は一件落着といった笑みを浮かべて、北上の肩を叩《たた》いた。

「そんなことをしたら、いったい何を消したのかって追及されますよ」

北上は、さして気にはしていないようだったが、いちおう、むくれてみせた。

写真には、キャプションのついているものと、そうでないものとがあった。憲太郎は、すべての写真に説明書きなどないほうがいいと思ったが、そんな自分の考えは口にしなかった。

鍵山が、その一瞬の光景のどこに、楽しいもの、幸福を感じるもの、気持のいいもの、荘厳なもの、笑いがあるもの、それらを中心として人間の心について考えてしまうものをつかみとったのかを、やはり少しは文章にして語りたかった気持も理解できたのだった。

「あっ、これ、素敵ですね」

と弥生は言って、夜空を見上げている人間のうしろ姿を撮った写真を指差した。

星が回転しているので、かなり長い露光時間であったはずだが、それを見上げている人間の黒い輪郭にぶれはなかった。つまり、その人間が星を見上げながら、いかに微動だにしなかったかという証《あか》しでもあったのだ。

その写真にキャプションはなかった。

「これ、和歌山の有田川の近くで、木を切り出す仕事をしてる八十歳のお爺《じい》さんなんです」

と鍵山は言った。

「ぼくは、お爺さんのうしろに流れてる有田川に腰までつかって、下からカメラを構えて撮りました。お爺さんが、星に溶け込んでいきそうに見えて……」

どんなものを楽しいと感じるか。どんなものに笑いをとらえるか。どんなものを幸福と思うか……。それらはすべて、鍵山という青年の心の器にかかっている……。

憲太郎はそう思い、今夜、ひとりになったら、ゆっくりと写真集を見ようと思った。

「おい、もう二時になるで」

北上は腕時計を見て、驚いたように言った。

「うわァ、こんなに長居をしてしもて……」

鍵山は立ち上がって、憲太郎と弥生に詫《わ》び、皿や箸を片づけようとした。

それを制して、

「私もお父さんも、いやというくらい寝ましたから、気になさらないで下さい」

と言って、この写真集はお幾らかと訊いた。

「非売品てことにして値段はつけてないんです」

「私、友だちに二冊買わせます」

幾らくらいだろうという表情で弥生が見つめたので、

「五千円はかかってるよ」

と憲太郎は言い、富樫に五冊、会社の連中に五冊売りつけてやろうと思った。

鍵山は、車から十二冊の写真集を持って来て、恐縮しながらも嬉しそうに礼を述べた。

三人が帰ってしまうと、弥生は風呂《ふろ》に入り、憲太郎は酒を飲んだ。

どこかで電話が鳴っていた。

空耳かと思ったが、それは鳴りつづけたので、憲太郎は音のするほうへ近づいて行き、階段のところに置かれたままの弥生のハンドバッグを見つめた。いつのまに買ったのか、弥生のハンドバッグのなかに携帯電話があり、音はそこからこぼれていた。弥生の携帯電話に出るわけにもいかず、憲太郎がソファに戻りかけると、電話は切れた。

風呂からあがって来た弥生に、ハンドバッグのなかで電話が鳴っていたと告げ、

「いつ買ったんだ?」

と憲太郎は訊いた。

「十二月の半ば」

「どうして内緒にしてたんだ?」

「内緒にしてたんじゃないわ。お父さんに言うのを忘れてただけ」

「お前、このごろ、こそこそすることばっかりだな。俺に知られたくないことがたくさんあるみたいだ」

弥生が何か言い返しかけたので、

「俺は物分りのいい親父《おやじ》のつもりだよ。俺が、こまかいことにいちいち口出ししたことがあるか？　なにかにつけて干渉するなんてことがあったか？　それなのに、お前は、こそこそと俺に何かを隠そうとしてる。そんなことされるのは、俺は不愉快だね」

と憲太郎は言った。

「友だち同士の話は、お父さんに聞かれたくないことだってあるわ」

「そりゃそうだろう。俺はそんなことに文句をつけてるんじゃないさ。お前、いまつきあってる男とは別れろ。どんな男か、俺には見当がつく。こういう勘てのは外れないもんなんだ。結末がどうなるかも、九九パーセント、外れないね」

「お父さんが思ってるようなつきあいはしてないわ」

「ほう。じゃあ、その男はどんなやつなんだい。歳《とし》は幾つで、どこに住んでて、何をしてるんだ？　どれひとつにも答えられないだろう？」

「でも私、その人とはなんでもないの。それは本当よ」

「なんでもないってのは、どういうことなんだ」

「お父さんが心配してるような関係にはなってないってことよ」

弥生は、その言葉の最後を力弱く言った。

「二十二歳の娘に何が起ころうと不思議じゃないさ。そんなこと、親は覚悟してるよ。お前は籠《かご》のなかの鳥じゃないんだから。古今東西、親が何を言おうと、子供はしたいようにする。だけど、忠告には耳を傾けろよ」

憲太郎は、立ったままの弥生に坐《すわ》るよう促した。

「深い関係になってないってのが本当だったら、お父さんは何物かに心から感謝したい気持だね。でも、関係がどうであれ、お前、その人を好きになったことで楽しいか？　幸福か？　うしろめたさは、まったくないか？　どうせ恋愛するなら、堂々たる恋愛をしろよ。お前、まだ二十二なんだぞ。道ならぬ恋で何かを学ぶには、少々若すぎるね」

憲太郎の言葉に何も言い返さず、弥生は二階にあがって行った。

まだ言い足りない気分だったが、弥生には父親の言わんとするところのものは充分にわかっているだろうと思い、憲太郎は日本酒の壜《びん》に栓をした。体調のせいか、甘さが口のなかに粘りつくようなのに、もっと飲みたい気持を抑えられなかったので、ウイスキーに替えた。

翌日の昼、弥生に起こされた。

「富樫さんからお電話だけど……」

と肩を何度も揺すられて目をあけたが、軽い二日酔いで、ベッドに横になったまま、憲太郎は受話器を耳に当てた。

「四時まで飲んでたんだ」

と憲太郎は言った。

「ことしの正月の景気はどうだい？」

「あかん、こんなに不景気な正月は初めてや」

そう言ってから、富樫は、あまりいいしらせではないのだがと前置きし、電話でもはっきりとわかるほどの溜息をついた。

「さっき、堂本さんから電話があって、奥さんが自殺しようとしたんや」

「死んだのか？」

憲太郎は慌《あわ》ててベッドから起きあがった。

「いや、自殺しようとして助けられたんや」

堂本の妻は、昨夜、家の近くの踏切りで、やって来た電車に飛び込もうとしたが、その不審な様子を見ていた人が咄嗟《とっさ》に腕をつかんで引き戻したので助かったのだという。

「あの話はなかったことにしてほしいって。家内がこんな状態では、自分が仕事をするのはとてもやないが無理やと思う、っちゅうてな」

「だけど、堂本の体じゃあ、奥さんを四六時中、見張ってられないじゃないか。たとえ見張ってても、奥さんを止められないよ」

「元気になって、暮れには一家で神戸まで食事に行ったそうや。ご主人の通勤用の軽乗用車を買うて、それの試運転をかねての神戸行きやったそうや」

「いま、奥さんはどうしてるんだ？」

「とりあえず病院の神経科につれて行かれたらしいけど……」

堂本の家の近くの商店街に「ルート」という喫茶店がある。そこに三時に来られないかと富樫は言った。堂本が、そこへなら車椅子《いす》に乗って、ひとりで行けると言ったのだった。

富樫が、十一月の末から十二月の半ばにかけて、堂本哲心と三回逢《あ》ったことを憲太郎は知っていた。逢うたびに、富樫は堂本の人間性を気にいり、そのつど憲太郎に電話をかけてきて、いい人を紹介してくれたと礼を言ったものだった。

「人間に、なんちゅうのか、ゆとりがあるなァ」

と評する場合もあれば、

「どんなふうに育ったのかは知らんけど、あの歳で、人情の機微をようわきまえてはる」

と賞《ほ》めたりもした。

「判断力に幅がある」

と感心していたこともあった。

だから憲太郎は、年の瀬の深夜に富樫から会社の経営権を売却しようかと考えている様子の話を聞いたとき、堂本哲心の一件はどうなるのだろうかと、ひそかに案じたのだった。

「船長さんは船から脱出するつもりだったんじゃないのか？　俺は、そうなったら、堂本の就職話も白紙に戻るんだなって思ってたんだ」

と憲太郎は言った。

「そのことに関しても、お前と話がしたいんや。堂本さんには、まだ話してないけどなァ」

富樫はそう言ってから、

「俺がいまの会社を作ったころからの役員には、それとなく話してみたけど、みんなびっくりしとった。六人のうち五人は、俺を怒りよった。いろんな知恵を絞って、とにかく、この苦境をしのぐことに全力を傾けようっちゅうて」

といつもの張りのある声でつづけた。

「商いも人生も、いいときもあれば悪いときもあるさ。会社も人間も、それを乗り越えて、ふるいにかけられていくんだと思うよ。サラリーマンの俺が、百戦錬磨の富樫重蔵にえらそうなことを言うみたいだけど」

「いや、そのとおりや。しかし、台所は小そうするで。やるだけのことをやって、沈没する前に、乗組員の身の振り方を考えてから、船長は陸に上がる」

それから富樫は、堂本の家から車で七、八分のところに、建築資材のメーカーが倉庫兼製品管理のための大きな建物を所有していたのだが、おととしの春に倒産し、差し押さえられて競売にかけられたのだと言った。

「絶対に落ちるはずがないっちゅう値を提示したら、なんと俺の会社が落札してしもた。困ったような、ありがたいような」

「へえ、じゃあ、ついでに俺はそこを見に行くよ」

そう言って電話を切り、朝昼兼用の食事をとると、憲太郎はセーターの上にジャケットを着込み、弥生に訳を話して家を出た。

西宮北口から今津線で宝塚まで行き、そこから梅田行きに乗り換えたが、電車は初詣《はつもうで》客で混んでいた。元日でもないのに、どうしてかと思ったが、昔と違って、元日にいっせいに出かけるということはないのだろうと考えながら、憲太郎は自分が宝塚駅で無意識のうちに、篠原貴志子とまた逢わないものかと視線をあちこちに動かしていたことに気づいた。

「そんなうまい具合に、またばったり出くわすなんてことはないよな」

胸のなかでそうつぶやき、堂本の妻の自殺未遂は、助かってよかったよかったと単純に歓《よろこ》べる質のものではないと思った。

どうしてもっと早く専門医に診せなかったのだろう。症状が軽いあいだに治療していれば、深い心の傷も取り返しのつかない事態には進まなかったかもしれない。

だが、それも無理からぬところだ。

堂本は自分の体のことで精一杯だったろうし、妻の母親は孫のほうに目が向いていたに違いない……。

「何か楽しい話はないのかよ」

考えてみれば、野中六郎のこととか、弥生のこととか、富樫の会社の業績悪化とか、日本全体の活気のなさとか、どうもろくなことがない。地球のどこかでは戦争がつづいていて、気味の悪い化学物質が大気や水や土や、人間の生活の場所に蔓延《まんえん》している。

「正義なんて、あったもんじゃない。この地球上には、野獣たちの私利私欲ばっかりだよ」

憲太郎は、ふと、「天国」だとか「あの世」といった思想こそが、諸悪の根源ではないのかという気がした。何の脈絡もなく、そう思ったのだった。

どちらも、無意識のうちに、生きている自分を否定させようとしているのではないのか。人間を、死へと絶え間なく誘い、自分自身への慈悲心を奪うことで他人への慈しみを忘れさせる……。これを「魔」と言わずして何と言うのだろう。

「人情の機微なんて知らないやつらが、国を治めたり、権力を握ったりしたから、この日本はここまで腐ったんだな」

子供のときから勉強がよくできて、ずっと勉強ばっかりして、日本で最高と言われる大学を出て、国家権力をうしろ盾に社会人となり、そのまま歳だけくっていった連中が学ばなかったものは何か。それは、人情の機微なのだ。

人間は弱くて、失敗をする生き物だということを知らず、許したり許されたりということを学ばずに来た者たちが、国を動かしてはいけないのだ。人間を裁いてはいけないのだ……。

天下国家を論じるほど自分が立派だとは思わないが、こんな平凡な、たいして特技もない、社会的には何の力もない自分のような人間でもわかることが、この国を動かす者たちにわからないのはなぜなのか。

「自分さえよければいいからだろうな」

憲太郎は、当分、新聞なんて読まないでおこうと思った。昨今の新聞には、「希望」や「歓び」や「幸福」などを感じさせる記事がなさすぎる。

「朝からそんなものに目を通したら、働く気力がなくなるよ」

どうも正月早々から、自分は機嫌が悪い。けれども、やはりお正月というものはいいものだ。人々にも、町全体にも、何物かに解き放たれたようなくつろぎがある。時間が、いつもよりもゆっくりと動いている……。

自分たちが子供のころのお正月は、もっと静かで、穏やかで、なぜかいつもいい天気だったような錯覚がある。

雨の三ガ日という日もあったはずなのに、それでもなお、お天道《てんとう》さまが自分たちを照らしてばかりいたような気がする。

「まだ五十歳だってのに、昔をなつかしんでばかりいるなんて、俺は老《ふ》けたんだな」

憲太郎は、そんなことを考えながら、堂本哲心に逢ったら、どんな言葉をかけようかと悩んだ。

交通事故で大怪我《おおけが》をしたり死んだりするくらい馬鹿《ばか》げたことはない。それによる後遺症がどれほど大きくて、どれほど長く尾を引くか……。被害者も加害者も、どんなに苦しむことか……。

駅で降り、商店街への道を歩きだして、憲太郎は、さて堂本はどうやって、車椅子に乗って、あの玄関の段差を降り、どうやってひとりで喫茶店に来るのだろうと思った。

富樫が指定した喫茶店のドアを押しかけて、そこに「十二月二十九日から一月四日まで休業します」と書かれた貼《は》り紙があったので、憲太郎は、いまいましい気分で立ち尽くした。

どうしてこんなことに、富樫も堂本も自分も考えが及ばなかったのだろう。いまはどこも正月休みなのだ。こんな私鉄沿線の町の喫茶店が、正月でも営業しているはずはないのに、そんなことに気づかなかったのは、堂本の妻の事件に、三人とも尋常ならざる思いを抱いているからであろう。

憲太郎はそう思い、堂本の家に行こうか、それともこのまま喫茶店の前で待っていようかと迷った。迷いながら、煙草《たばこ》をくわえたとき、車椅子に乗った堂本哲心がやって来た。

堂本は手を小さく振り、

「うっかりしてて……。正月に店をあけてるはずがないですよね」

と言った。

「ひとりでここまで来られるってのは、すごいじゃないか。板の間の上がり口、どうやって降りたんだ？」

憲太郎の問いに、十二月の初めに大工に相談して、上がり口から玄関へのスロープを取りつけたのだと堂本は言った。

「家主さんの許可を得ましてね。スロープは急なんで、そこにゴムで低い段をつけて、一気に降りないよう細工したんです。あの家は古いから、玄関の敷居が低くて、板を渡すと、なんとか自分の力で外に出られるんです」

普段、家のなかで使っている車椅子とは別に、折り畳み式の車椅子もある。それに乗り移る練習から始めて、板の間の上がり口の降り方や昇り方の特訓を重ねてきたのだと堂本は言った。

「何回、ひっくり返ったかわかりませんよ」

「奥さん、助かってよかったなァ。いまは、俺にはそれしか言えないよ」

憲太郎は言って、堂本を見つめた。

「機転の利《き》く、勘のいい人が、たまたま何気なく女房を見てたんですね。運がよかったです」

「いま奥さんはどうしてるんだ？」

「しばらく、病院に置いといたほうがいいって。これから大変だなァって、正直、途方に暮れてます。座敷牢《ろう》に入れとくってわけにはいきませんから」

「一過性の出来心だったらいいんだけどなァ」

「叱《しか》ってもいけないし、励ましてもいけないって医者に言われました」

「どうやったら治るんだろう」

さあ、と堂本は首をかしげ、

「結婚する前から、何かにつけて引っ込み思案ていうか、内にこもってしまうようなところがあって。気質的な素因を持ってたんですね」

富樫が駅とは反対側の通りを小走りでやって来て、

「そうかァ、いまは正月やったなァ」

と言った。公園の横に車を停めてきたのだった。

道が空《す》いているから、車のなかで話をしようと富樫は言い、堂本の車椅子を押した。

憲太郎と富樫は、車のドアをあけ、堂本の体を両脇《わき》からかかえて後部座席に移したが、男二人の力でも難儀な作業だった。車椅子はトランクに入れたが、トランクがしまりきらなかったので、富樫はそれを紐《ひも》でくくった。

堂本の妻は、堂本の前に廻り、おぶって車に乗せるのだという。

「女房も、こつを覚えて、これなら大丈夫って、歓んでたんですよ」

堂本は、車が動きだすと、せっかくのご好意だったが、自分が勤めに出ることは到底無理な状況になってしまったと言った。

「そんなに慌てて結論を出すことはないんやおまへんか。奥さん、きっと元気になりはりまっせ。のんびり構えてはったらええんです」

と富樫は笑顔で言った。

「お前が四六時中、奥さんを見張ってられるか？　たとえ、それができても、いざってとき、どうする？　お前の体じゃあ無理だよ。お前でなくても無理なんだぜ」

思いやりのない言い方だとは思ったが、憲太郎はそう言った。しかし、堂本の決心は固かった。もし妻が、心配のない精神状態となり、そのとき富樫がまだ自分を雇ってやろうという意思があれば、あらためて就職の話をさせていただきたい……。堂本はそう言い張るばかりだった。

「池田市の五月山《さつきやま》公園に行こか。大阪と神戸を見渡せる場所があるんや」

富樫は最初からそこに行くつもりで車を運転していたようだった。

「あそこは意外に標高が高いんだぜ。雨のときなんか、冬にはあそこだけ雪が降ったりするんだ。春は桜がきれいだし、桜が終わるとつつじが咲いてね。ハイキング・コースは、なかなかきついんだ」

と憲太郎は言った。

五月山公園内の有料道路に入り、車を停められる見晴し台に着くと、風が強かったが、和歌山近くの海まで見えた。

「よし、奥さんが元気になってからの話っちゅうことにしまひょ」

そう言ってから、富樫は、決して焦《あせ》らないようにとつけくわえた。

「自分の人生も、世の中も、悪いほうへ悪いほうへと動いてるみたいなときがありますけど、解決でけへんような問題なんて、結局、何ひとつないんです。ぼくは、最近、というても、この二、三日で、そう考えるようになりました。何があっても、何とかなるもんでっせ。命を持って行くって言われたら、しょうがない、持って行ってもらいまひょ。死ねへんかった人間は、ただのひとりもいてまへんのや。焦らずに、何が『魔』かを見抜きながら、風が自分のほうに吹いてくるのを待ちつづける時期も大事でっせ」

「魔？」

と堂本は訊《き》き返した。

「魔だらけでっせ。自分のなかにも、周りにも。この魔っちゅうやつは、うまいこと隠れてまんねや。この魔め、みつけたぞ、お前の思いどおりにされてたまるかい、かかってこいって大声で言うたったら、きっと勝てまっせ」

と富樫は拳《こぶし》を振りあげて言った。

こいつ、元気を取り戻しやがった。

そう思いながら、憲太郎は煙草を吸い、眼下の街から五百メートルほど高いところにありそうな見晴し台に立って、神戸と大阪を見渡した。工場の集まっている海のあたりからは、正月だというのに煙が出ている煙突もあった。

「魔か……。『魔がさす』の、あの魔ですねェ。たしかに、女房のなかでは、いま魔がほくそ笑んでますねェ」

という堂本の声が車のなかから聞こえた。

「魔は、命とか、それに匹敵するものを奪いに来よるんです。病気とか権力とか暴力とかいうもんに姿を変えてねェ」

と富樫は言った。

「そうすると、ことしに入ってずっと、ぼくたち一家は、魔に狙《ねら》いをつけられて、いいようにひっかき廻されてるってわけですねェ。どうして、ぼくたちに狙いを定めたんですかねェ」

堂本の、どこか遠くにつぶやきかけているような問いに、

「堂本さん一家が善人やからですわ」

と富樫は答えた。

「悪いことをしようなんて心がないから、魔が嫉妬《しっと》しよったんです。ぼくはそう思います」

そう言ってから、富樫は憲太郎を呼び、車をUターンさせた。

堂本を家に送ると、富樫は憲太郎までも送ると言いだした。

「落札した建物と土地を見に行くんじゃなかったのか?」

と憲太郎は訊いた。

「そのつもりやったけど、きょうは、もう仕事のことは忘れたい」

「そうだな。せっかく、お正月なんだから、ぼやあっとしてるほうがいいよ。お前に買ってもらおうと思ってたのに、忘れて来たものがあるんだ。いやだって言っても買わせるぞ」

憲太郎は、鍵山誠児という青年とのいきさつと、彼の写真集のことを話して聞かせ

た。

「マウンテン・ゴリラのオスが、メスの機嫌をとってる写真があるんだ。実際にそうしてる行為なのかどうかはわからないんだけど、表情とか仕草を見てると、たしかに、そんなふうに見えてくる。どんな事情で、メスのご機嫌が悪いのかわからないけど、まあ、そんなに怒るな、俺が悪かったよって、あの手この手で機嫌をとってるってふうに見えるんだ。俺、別れた女房に、あんなふうに振る舞ってやったことがあるかなァって思ったよ。マウンテン・ゴリラのオスは、威厳があって、包容力に満ちてて、清濁併せ呑《の》むっていう風貌《ふうぼう》でね。俺も、こんな男になりたいって思ったな。見るたびにそう思うんだ」

家に着くと、憲太郎は富樫に写真集を見せた。

「五冊で二万五千円だ。買ってあげてくれよ」

「この写真集、たぶん、一冊五千円ではでけへんで。一万円くらいかかってそうや」

そう言いながら、富樫は財布から一万円札を五枚出し、残りは弥生さんへのお年玉だと言った。

「よし、二万五千円なんて額ははんぱだから、この五千円で酒でも買おうか」

「正月に酒屋があいてるか？」

「そうか、正月だったんだな」

弥生にお年玉をくれたのだから、俺も富樫の二人の子供にあげなくてはなるまい。

憲太郎はそう思い、二階にあがると、二つのお年玉袋に紙幣を入れた。

居間に降りると、富樫は写真集のページを繰りながら、笑ったり、考え込んだりしていた。

「これ、息子さんと娘さんに。一万ずつ」

憲太郎は二つのお年玉袋を渡した。

「プラスマイナス、ゼロやがな」

富樫は笑ってから、俺たち二人で写真集を作ろうと言った。

「楽しいもの、幸福を感じるもの、気持のいいもの、荘厳《そうごん》なもの、笑いがあるもの、それらを中心として人間の心について考えてしまうもの……。これや！　これをテーマに、俺の会社で写真のコンクールを主催したらどうかな。それで、入選作を集めて、毎年、写真集を作って、店で売るっちゅうのは、どうかな。どうせ赤字やろけど、世の中をちょっとぐらいは明るくできるやろ」

「そうだな。〈カメラのトガシ〉の、世の中へのお返しにな」

と憲太郎は言った。

「そやけど、意外に難しいテーマやで。わざとらしいやらせは鼻持ちならん。まず、俺とお前とで試してみるんや」

「旅の目的が決まったな。これから、俺もお前も、カメラを四六時中離せないぞ」

憲太郎は、自分のカメラを持って来て、富樫の顔をアップで撮った。

「まず一カット」

「なんで俺の顔やねん。チンパンジーになりそこねた人間か？」

「酒を飲みたいんだけど、血糖値のこともあるし、きょうは車だし、どうしようかなァって迷ってる大阪のおっちゃん、てとこだな」

「車は、社員に頼んで取りに来てもらおか」

「飲むか？」

「よし、飲むで。二合だけ」

二人で作る写真集の題を考えようと富樫は言った。ごく自然に、「草原の椅子《いす》」という言葉が、憲太郎のなかに浮かび出た。

そんな自分の考えを言ってから、憲太郎はフンザで撮った写真をすべて整理してある数冊のアルバムを出した。とりわけ、そのなかでも、広大な草原のような錯覚をもたらす一枚の写真が、自分と富樫重蔵との友情に一役買っているような気がしたのだった。

「草原の椅子か……。お前が撮ったこの写真には椅子はないなァ」

と富樫は言った。

「そうなんだ。草原の椅子は、お前のお父さんの作品だ。だけど、写真集のタイトルに頂戴《ちょうだい》しようぜ」

「草原の椅子か……。うん、それに決めよか」

二人の写真集のために、と言って富樫は乾杯の仕草をした。

「まだタイトルが決まっただけだよ。どうせ素人《しろうと》なんだ。うまく撮ろうなんて思うなよ。いまのカメラは、使い手よりも頭がいいんだ。被写体はカメラが上手に写してくれるさ。俺たちは、なまじカメラにたずさわる仕事をしてるから、知識だけは豊富だけど、それが邪魔になるんだ。一知半解の輩《やから》ってわけさ。カメラには感性は求められない。俺とお前がこれから撮ろうとしてる写真は、まずこの感性が最重要事で、俺とお前のそれぞれの人間性、つまりキャパシティーとかフレキシビリティーとか、幸福っていうものに対しての哲学が要求されるんだぞ」

と憲太郎は言って、お歳暮で貰《もら》ったソーセージをボイルするために台所に行った。

「わかってるがな。みなまで言うな。訳のわからん難しい哲学が、幸福を教えてくれたことがあるかっちゅうねん。哲学くらい人間の営みと無縁のもんはないで」

富樫も酒を入れたグラスを持って台所に来ると、鍋《なべ》をコンロに載せた。

「酒は俺には必要やなァ。医者は、酒は厳禁やて言いよるけど、上手な飲み方をしたら、やめんでもええのと違うやろか」

「上手に飲めないから、それならいっそきっぱりとやめるべきだって言ってるんじゃないのか?」

「俺、上手に飲むから飲ませてくれよ」

憲太郎は笑い、

「インスリンは、膵臓《すいぞう》のなかのランゲルハンス島っていうところから分泌《ぶんぴつ》されるんだろう。酒は膵臓を疲れさせるから、それで良くないんだとしたら、膵臓を疲れさせない飲み方をしたらいいんじゃないのか?」

と言った。

「何やねん、そのランゲルハンス島っちゅうのは。俺の腹のなかに島があるんかいな。どんな無人島やねん」

仕事、金繰り、仕事、金繰り。酒でも飲まなおれるかっちゅうねんと富樫は言った。ボイルしたソーセージを二つ食べ、富樫は手帳に何か書き記していたが、そのうちソファに背を凭《もた》せかけて、軽いいびきをかきはじめた。グラスの酒は三分の一も減ってはいなかった。よほど疲れているのであろうと思い、憲太郎は二階から客用の掛け蒲団《ぶとん》を持って来て、富樫に掛けた。

「討ち死にって感じの寝顔だなァ」

憲太郎は富樫を見つめて小声でつぶやき、鍵山誠児の写真集のページをめくったが、自分も眠りたくなり、長いソファに横たわった。

小さな物音で目を醒《さ》まして時計を見ると、一時間ほどたっていた。富樫はまだ眠っている。

どこかに出かけていた弥生が、台所で夕食の仕度をしていた。

「二人とも、すごいいびき……。中年のけだものが寝てるって感じだった……」

声を忍ばせてそう言い、弥生が笑顔を向けたので、憲太郎は富樫からのお年玉を渡した。

電話が鳴ったので、弥生が富樫を起こさないよう気遣って、慌《あわ》てて受話器を取った。

「先日は、たいしたおかまいもできずに……」

と言ってから、弥生はちらっと憲太郎を見やり、はい、とか、そうですね、とか応じ返しながら、考え込んだり、笑みを浮かべたりした。父親に聞かれないようにしているのだが、いつもの相手ではないなと憲太郎は思った。

「父と替わります」

弥生は笑みを含んだ顔で言い、受話器を憲太郎に渡した。

「こないだの鍵山さんよ」

憲太郎が電話に出ると、鍵山は、先夜の礼を述べ、

「十冊も買っていただいてありがたかったです。夜も遅かったから、ちゃんとお礼を言わなかったような気がして」

と言った。

「五冊はもう売れましたよ。〈カメラのトガシ〉をご存知でしょう？　そこの社長さんが買ってくれましてね。何冊かお店に並べようかって言ってくれたんだけど、非売品で値がついてないから、売るわけにいかないなァって」

憲太郎が鍵山と話しているとき、富樫が目を醒まし、弥生と新年の挨拶《あいさつ》を交わした。

話しているうちに、電話の目的はどうやらこの自分ではなく弥生だったのだなと憲太郎は気づいた。

憲太郎が電話を切ると、富樫は、

「殺されてもわからんくらい、よう寝てしもた」

と言って、ハンカチで目をこすった。

「俺も寝ちゃったよ。俺もお前も、すごいいびきだったんだってさ。中年のけだものが寝てるみたいだったって、弥生に言われたよ」

と憲太郎は富樫に言った。

けだものという表現が、なんとなく嬉《うれ》しかった。中年の、という冠が戴《の》っているにしても、眠っている自分から、そのような風情《ふぜい》が発散されていたことは、どこか誇らしくもあったのだ。

「爪《つめ》も牙《きば》もないけだものですなァ」

富樫は笑って弥生に言い、水をいただけないかと頼んだ。

「酒はきれいに抜けたなァ。これやったら、飲酒運転にはならんで」

水を飲み干すと、富樫は帰る仕度を始めた。憲太郎も弥生も、夕食を一緒にどうかと勧めたが、一時間深く眠って元気を取り戻したので、今夜は社員たちにフグでもご馳走《ちそう》してやろうと思うと言い、富樫は五冊の写真集を持って帰りかけた。

「俺も乗せてってくれ」

憲太郎はコートを持つと、富樫の車の助手席に乗った。ふいに、人混みを歩いてみたくなったのだった。

「フィルムがないんだ。お前の店で少しまとめて買っとくよ。とにかく、きょうから写真家だからね」

「自分の会社で安う買えるやろ」

「うちはフィルムは造ってないよ」

　高速道路は空《す》いていたので、三十分と少しで大阪の難波に着いた。心斎橋筋や戎橋《えびすばし》筋の人混みは予想以上で、駐車場から富樫の店まで歩いただけで、ひどく疲れてしまい、家を出る際の衝動はどこかに消え去り、憲太郎はフィルムを買うと、人混みを避けて御堂筋《みどうすじ》に出た。

　梅田の方向に歩いていると、二〇メートルほど向こうでタクシーが停まり、篠原貴志子が降りて来て、トランクから大きな手提げの紙袋を出しはじめた。立ち止まって、女が間違いなく篠原貴志子だと何度も確かめると、憲太郎は近づいて行き、

「お仕事ですか？」

　と声をかけた。紙袋はすべて〈しのはら〉というひら仮名の入ったものだったからだ。

　あらっと小さく声をあげ、

「どうしてもあしたのお昼までに、ってお電話があって」

と言った。

「荷物、幾つあるんですか？」

「十二個なんです。右手と左手に六個ずつだったら、私ひとりで運べないことはないって思ったんですけど」

「どこまで運ぶんですか？　手伝いますよ」

憲太郎は言って、すでに歩道に降ろされた六つの紙袋を持った。

タクシーから降りて来た女が、篠原貴志子に似ていると思った瞬間、すでに憲太郎の視線はそこに注がれ、耳の下から頬のあたりが上気したのだが、間違いなく彼女だとわかったときには、みぞおちに圧迫感が生じた。

それなのに、いささかの躊躇《ちゅうちょ》もなく声をかけてしまったことに、憲太郎自身、驚いた。

「中身は何ですか？」

残りの六つの紙袋を持って、慌ててついて来た篠原貴志子にそう訊《き》きながら、憲太郎は自分の咄嗟《とっさ》の行為が、無遠慮で押しつけがましくて、何かの魂胆のみえすいたあらわれと受け取られていないかと不安になった。

「伊万里《いまり》の大皿なんです。ご註文下さった方の米寿のお祝いがあるんですけど、そのときに、お祝いに来て下さった方たちに手渡したいって」

　と、篠原貴志子は言い、デパートの横から心斎橋筋を横切り、東のほうへと歩いた。

「ひとりでこんな大きな十二個の手提げ袋を運ぶなんて無理ですよ。この六つだけでも、かなり重いんですから」

「そうですね。タクシーに乗るとき、ああ、失敗したなって思ったんですけど、どうしても今夜中にってお電話があって……。お正月なのに申し訳ないって何度も何度も仰言《おつしや》るもんですから」

「註文した方は、こんな賑《にぎ》やかな繁華街にご自宅があるんですか？」

「お店にお届けするんです。八時にお孫さんが車で待ってるって」

　註文主は、老舗《しにせ》の呉服屋の先代社長で、〈しのはら〉の開店のときから贔屓《ひいき》にしてくれているのだと篠原貴志子は説明した。

「最初の予定では、お祝いの会に来てくれた方たち全員に、あとで宅配便でお届けすることになってたんですけど、きようになって、急に当日直接手渡したいって言いだされたそうなんです。こんなお正月に、そんなことを言いだしても、篠原さんのお店は休みだしって思いとどまらせようとなさったそうなんですけど、言いだしたらきかない頑固爺《じい》さんでって、息子さんがとても恐縮しながら電話をかけてこられたもんですから」

篠原貴志子が息をはずませていたので、やっと憲太郎は自分の歩き方が速すぎることに気づいた。

「店まで取りに行くって仰言ったんですけど、私がお持ちしますなんて言ってしまって。タクシーに乗ったとき、ああ、取りに来ていただいたらよかったって、すごく後悔しました」

憲太郎も名前だけは知っている呉服屋の前に車が停まっていて、なかに二十代半ばと思える青年が乗っていた。青年は、十二個の大きな手提げ袋をトランクに入れると去って行った。

「助かりました。地獄に仏って感じです」

まだ息を切らしたまま篠原貴志子は、あらためて憲太郎にお辞儀をした。

「いや、いいんです。どれかひとつでも落として、皿が割れたら大変ですよ」

「このあいだも、宝塚の駅で偶然お逢《あ》いしましたのに、まさかまたお正月の御堂筋でお逢いするなんて」

篠原貴志子は微笑を浮かべてそう言い、心斎橋筋のほうへとゆっくり歩きだした。

「なんだか、篠原さんを尾《つ》けてるみたいですね。でも偶然です。ぼくの知り合いに、トルコのイスタンブールの、どこかの狭い路地で、金を借りてる人にばったりでくわしたってやつがいます。おみやげを買おうと思ってバザールに行って、道を間違えて、下町の迷路みたいな路地をうろうろしてたら、向こうから日本人らしい男と女が歩いて来たそうなんです。あれ？　日本人じゃないかなって思ってたら、相手もびっくり顔で立ち止まって。北新地の飲み屋のママだったそうで、ツケを溜《た》めたままにして、長いこと足を向けてなかったから、きまり悪くてたまらなかったって言ってました。大阪駅の改札口で、時間を決めて待ち合わせても行き違いで逢えないことってあるのに、どうしてトルコのイスタンブールの、観光客が行くはずのない路地でばったりでくわすのか……。世間は狭いって言葉がありますが、たしかにそんなことが起こるんですね」

憲太郎は喋《しゃべ》りながら、トルコのイスタンブールと大阪の御堂筋を同列に置くのは大《おお》袈裟《げさ》だなと思った。

「その方、ツケはどうなさったんですか？」

と篠原貴志子は笑いながら訊いた。

「別れぎわに、『悪いことはできないわねェ』って言われて、日本に帰ってからツケを払いに行ったらしいですよ」

憲太郎は、黄瀬戸の六角鉢を買ったとき、住所と氏名を書いたのだが、名刺は渡していなかったと思い、名刺入れを出した。

その名刺に見入り、

「お勤め先、私の店の近くですのね」

と篠原貴志子は言って、お茶でもご馳走させてくれと周りに視線を走らせた。喫茶店はみんな閉まっていた。

そんなお気遣いはご無用だと応じ直したが、この機会を逃がすのは勿体《もったい》ないという思いは強かった。

「もうおうちに帰られるんですか？」

そう訊かれ、どう答えようかと考えていると、篠原貴志子は、梅田にある知り合いの店が正月も営業しているのだがと言った。

「じゃあ、コーヒーでもご馳走になりましょうか。ぼくとばったり御堂筋ででくわしたことが、お仕事の役に立ったみたいですから」

憲太郎は、こんな幸運は滅多にあるものではないと思いながら、そう言ってデパートの横にある地下鉄の駅への階段を降りた。

地下鉄は混んでいた。おそらく、お年玉を貰《もら》って、さっそく買物へと繰り出したの

であろう中学生らしい一団に取り囲まれるようにして吊り革《つ》につかまり、

「右手が上がらなくなりましてね。二ヵ月ほど前までは、なんとか右手でも吊り革をつかめたんですが、いまはここまで上がりません」

と憲太郎は言った。

どうしてなのかといった表情で篠原貴志子が見返してきた。

「五十肩ってやつです。四十代でかかると四十肩って言うそうです。右側を下にして寝ると痛くて目が醒めちゃう。こんなに痛いもんだとは思いませんでしたね。ぼくが大学に入ったころ、親父《おやじ》が痛がってたのを覚えてるんですが、大袈裟だなァと冷ややかに見てた。そのときは、まさか自分が将来、五十肩になるなんて想像もできませんでした」

「私の母もそうでした」

と篠原貴志子は言った。

「母は、五十三歳のときにかかって、治るのに八ヵ月かかったって言ってました。四十代になったら、しょっちゅう肩を動かす体操をしなきゃいけないって……」

「体操、なさってるんですか？」

「してません。あと四ヵ月はしなくていいんです」

その剽軽《ひょうきん》な言い方で、憲太郎は笑った。電車の窓に自分の笑い顔が映っていたが、憲太郎は恥かしくて、それから視線を外した。

「お正月は娘とスキーに行く約束をして、準備万端整えてたんですけど、暮れの三十日にインフルエンザで熱を出して寝込んでしまって、中止したんです。もし娘がインフルエンザにかからなかったら、あのお皿、キャンセルされてましたわ。あの呉服屋のご隠居さん、言いだしたらきかなくて、とてもせっかちなんです。大阪弁では、いらちって言うんですね」

「篠原さんは、どちらのご出身です？」

「横浜です。生まれてから三十歳まで、ずっと横浜だったんです」

「ぼくは東京です。四十歳のとき、大阪に転勤になって、それからもう十年になります」

「ご家族も一緒にこちらに来られたんですか？」

「ええ。だけど、いまは娘と二人暮らしです。息子は東京の大学に入ったし、女房とは二年前に別れましたから」

自分が独身だということを知ってもらいたがっている口調ではなかったかと憲太郎は思った。

余計なことを口にしなければよかったと後悔したが、篠原貴志子は、そうですかと応じ返しただけだった。

それきり話すことがなくなってしまい、憲太郎は梅田に着くまで自分からは口を開かなかった。篠原貴志子も黙っていた。

友人がやっているという店は、ターミナル・ビルから北へ少し行ったところにある狭い道の角にあった。

店の半分は喫茶店だが、奥は長いカウンターがあって、ビールとワイン、それに何種類かのチーズとソーセージを選べるようになっている。

喫茶のほうは満席だったので、カウンターの椅子《いす》に腰かけると、

「もしよろしければ、おビールでもいかがですか？」

と篠原貴志子は言ってから、

「このカウンター席でコーヒーを飲まれるのをいやがるんです」

と小声で耳打ちした。

「私は、仲のいい友だちだからって、特別扱いしてくれるんですけど」

「じゃあ、ビールをいただきます」

「おつまみにチーズでも」

「いえ、それは少しあつかましいですね。六つの紙袋を、ほんの少しの距離、運んだだけですから」

「私、とても助かったんですから、どうぞ遠慮なさらないで下さい」

「じゃあ、適当にみつくろってもらおうかな」

そう言って、憲太郎はカウンターのなかの従業員にチーズを註文し、

「お友だちって、どの方ですか？」

と訊いた。

篠原貴志子は店内を見廻し、いまはいないようだと言った。

「ここのオーナーも、スキーが好きで、お正月休みを外してゆっくり行きたいもんだから、一日だけは休んで、二日から十日まで店をあけるんです。十一日から十日間、北海道へ行くのが彼女の毎年の恒例で、それが一年に一度の大贅沢《ぜいたく》なんです」

「ぼくは、スキーはやったことがないんです。ただの一度も。一度でもやったら、はまるでしょうね。ゴルフも、会社の連中によく誘われるんですが、これもやりだすと、はまりそうで、運動神経がないってことを口実にして逃げてるんです」

そこでまた話題が途切れてしまったが、チーズが置かれたので、

「こんなに食べられませんよ。ぼくも暮れからインフルエンザで寝込んじゃって、ま

だ胃の調子が元に戻ってなくて」

　と憲太郎は言い、ビールを飲んだ。コーヒーにチーズは合わないかなと思いながら、チーズの載っている皿を自分と篠原貴志子のあいだに移し、憲太郎は、見かけよりも行動的らしい三十九歳の女のうなじと手を盗み見た。仕事をしながらも、家では家事に忙しそうな手であった。

「日本のサラリーマンは、ゴルフができないとお仕事にさしさわりがあるんじゃありませんの？」

　篠原貴志子が訊いた。

「営業なんて部署にいると、ゴルフはもはや必修科目みたいなもんですね。下手でもいいから始めろって、上司に怒られたことがあります」

「でも、なさらなかったんですか？」

「仕方がないから、これも仕事だと思って、練習場で百球ほど打っただけで、得意先のえらい人たちとコースを廻りました。そのときのスコアは覚えてませんね。覚えてないっていうよりも、数えられなかったんです。幾つ叩《たた》いたのか、もう自分でもわからなくて。最初のホールで二十一っていう数字だったたってことは記憶にあるんです。空振り、ダフリ、ＯＢ……。とにかく前に進めないんです。あれほど、ゴルフをやれって脅した上司が、『きみ、もうやめろ。迷惑かけすぎだ』って言いましたね。それから、あきらめられてしまって。まったくお誘いがかからなくなりました」

「止まってるボールに、どうして当たらないんでしょうね」

と篠原貴志子が言ったので、

「あれ？　ゴルフ、なさるんですか？」

と憲太郎は訊いた。

「ここのオーナーが好きなんです。私にも、やれやれって、しつこくて……。それで去年の春にゴルフ・スクールに通わされて」

自分はまだコースに出たことはないが、ひとつのホールで二十一叩くというのがどんなことなのかわかる、と篠原貴志子は笑った。

「そうでしょうねェ。社の連中は、若い社員に、遠間さんよりもましだから頑張れって言うのが口癖になってますから」

「ここのオーナーのおうちは、私の家の三軒隣なんです。だから、自分が練習場に行くとき、私を誘いに来るんです。だから、やめたくてもやめられなくて」

「でも、緑のなかを歩くってのは、いいもんですよ。目的もなく、ただ歩くってのは、ほとんど精神修養みたいになりますけど、ゴルフは、グリーンの穴にボールを入れるっていう目的があるから自然に歩ける。あきらめないで練習してたら、きっとうまくなりますよ」

その憲太郎の言葉で、篠原貴志子はカウンターに載せた両腕に額をつけるようにして笑った。

憲太郎は、その笑顔に見惚《みと》れた。あと四ヵ月で四十歳になるとは到底思えなかったが、目尻《めじり》や唇の横あたりには、いい具合に年輪を重ねているといった落ち着いた愁《うれ》いが漂っていて、それが笑顔のなかできわだって見えた。

「そんなこと仰言《おつしや》るんなら、遠間さんもあきらめずにゴルフの練習をおつづけになったらよろしいのに」

と篠原貴志子は言った。

「スポーツは何でもそうでしょうが、ある時期、たとえばせめて半年くらいは、専門のコーチについて徹底的に練習しないと、人並みのレベルには達しないと思うんですよ。そのせめて半年くらいが、ぼくには取れそうにないんです。時間的な問題ではなくて、性格的な問題です。休みの日は時間に縛られたくないし、仕事のある日は、急にどんな用事ができるかわからないし。それに、日本のゴルフ・コースは、サラリーマンには高すぎます。社の若い連中なんかは、年に一度、泊まりがけでゴルフに行くために積み立て貯金をやってる。まあ、泊まりがけで遊ぼうっていうゴルフですから、それも仕方がないんでしょうが」

憲太郎の言葉に、

「そうですわ。ゴルフはお金がかかりすぎます。私が練習場に行くたびに、娘に嫌味を言われますもの」

と篠原貴志子は言った。

「行くたびにって、そんなにしょっちゅう練習してるんですか？」

「いいえ、週に一度ですけど、家に帰って来たら、もうへとへと」

それから二人の話題は焼物のことに変わった。

篠原貴志子は、もともとあの店は、硯《すずり》や筆や和紙を専門に扱っていて、自分はそこでパートのようなかたちで働いていたのだと言った。

「ある方の口ききで、働きだしたんです。そのころは、店の一角に、オーナーの気に入った焼物を趣味的に置いてある程度だったんですけど、私、焼物は亡《な》くなった父が好きで、子供のころから触れさせてもらってたもんですから、オーナーがそのコーナーをまかせて下さって。そうしてるうちにオーナーが病気になって、働けなくなったんです。せっかくお客さまも増えたし、店を手放すのは勿体《もったい》ないから、篠原さんがやってみないかって言って下さって」

硯や筆や墨のことはわからないので、いっそ焼物だけを扱ってみようと思い、細々と手探りで始めて、ことしで四年になると篠原貴志子は言った。

憲太郎も、自分が技術者として入社したことや、四十歳になって突然営業担当として大阪に転勤してきたことを話して聞かせた。

「技術者として見切りをつけられたのか、営業のほうが向いてると判断されたのか、そこのところはわからないんですが、本社の研究所に戻れって気配は、まるでないですね。畑違いだと思ってましたが、営業の仕事が苦にならないんだから、案外向いてるのかもしれません」

店のオーナーは戻って来なかった。

篠原貴志子は、もしこの店がお気に召したら、会社からの帰りに利用してあげてくれと言って、それとなく腕時計を見た。

憲太郎はご馳走《ちそう》になったことの礼を述べ、店から出ると、阪急電車の改札口を入ったところで篠原貴志子と別れた。

神戸線の電車に乗り、宝塚線のホームを見たが、篠原貴志子の姿は人混みにまぎれてしまっていた。

焼物に関しては、自分には語るべきものがほとんどないことを思い知ったような気がして、憲太郎は少し恥かしかった。ただ焼物が好きだというだけで、その知識は趣味の域にも達してはいない。自分は何かにつけて、そのようなところがある。ひょっとしたら、光工学という自分の専門分野についても、人よりも秀《ひい》でたものは持っていなくて、社はそれを見抜いたのかもしれないと憲太郎は思った。

五十歳になって、何の取り柄もない……。遠間憲太郎でなければできないという仕事もない……。

篠原貴志子が焼物についての話を始めたとき、自分はどうしてもっとその話題を深めることができなかったのか。彼女が途中で話題を変えたのは、この男にこれ以上のことを話しても無駄だと悟ったからではないのか……。憲太郎は軽い疲れを感じながら、そう思った。

ただ、自分が焼物に対してある種の落胆に似た思いを抱いたのは、あの阪神淡路大震災が大きくかかわっていると思った。

自分の収入では手が届くはずのない焼物を、この二十年近くのあいだに無理をして何点か手に入れたが、それはあの大地震でことごとく割れてしまった。

なんだ、こんなに脆《もろ》いものだったのか……。いったい「形」とは何だろう……。

素人《しろうと》なりに焼物に関する書物を読みあさったりもしたが、たった十数秒の揺れで、形あるものは見事にこわれてしまう……。それは無惨《むざん》と言ってもいいくらいだ……。

憲太郎のなかに、大地震のあとの巨大な喪失感が甦《よみがえ》った。

憲太郎が借りていた家は四十五度も傾き、まるでダルマ落としのように二階が落ちた。

剣道部員だった息子の光信は試合前の寒稽古《かんげいこ》に出た直後で、夙川沿いを歩いていて難をまぬがれ、ダイエットのためのジョギングを始めたばかりの弥生も近くの公園でストレッチ体操をやっている最中だった。

いつもは階下の八畳を寝室に使っていた憲太郎と道代は、その座敷の畳の底が腐っていることに気づいて、畳を新しいのに替える作業のために、二階に寝ていたのだった。

一家四人が、何等かの理由で、あの瞬間、階下にいなかったのを、憲太郎は奇跡のように思ってしまう。

それでも、二階で寝ていた憲太郎と道代は、屋根や天井や床もろとも階下に落ちたのだが、ひしゃげた壁や柱や家具とのあいだに生じた隙間《すきま》に、まったく無傷のまま浮かんだ状態となって助かったのだった。

憲太郎と道代は、毛布を体に巻きつけ、とりあえず外に出てから、つぶれた玄関に手を突っ込んで靴を捜し、それを履いて、気がふれたように夙川沿いを走った。弥生と光信を捜すためだった。ご近所づきあいをしていた家のほとんどは倒壊していて、助けを呼ぶ声が聞こえた。

両親の身を案じた弥生と光信が戻って来て、怪我《けが》をしなかった人々も川沿いの道に出て来た。

それから先のことは、憲太郎は明晰《めいせき》に記憶していることと、忘れてしまったことの二種類しかない。うっすらと記憶に残っているという類《たぐい》のものはないのだ。

気がつくと、光信がどこかでみつけてきたぶあついアノラックを着て、憲太郎は隣家の五人家族を救い出そうと、崩れた壁と折れた柱を懸命に取り除いていた。

その家の末娘は死んでいた。八十六歳の祖母は額と手に怪我をしただけで助け出されたあと、孫の死を知って、代われるものなら代わってやりたいと泣いたので、

「じゃあ、代わってあげたらいいじゃないか!」

と憲太郎は怒鳴った。

道は割れ、あちこちでガスの匂《にお》いがして、血まみれの人たちが救急車の到着を待っていた。

ひとまず落ち着きを取り戻すまでの、寒さと喉《のど》の渇きだけは、いまでも忘れることができない。

憲太郎も光信も、近所の人たちを助け出すために、自分の力の及ぶかぎりのことをした。つきあいはなかったが、顔や名前を知っている人が、十八人死んだ。そのなかには、家主の息子夫婦もいた。夫婦のあいだには、六月に初めての子供が生まれることになっていたのだった。

この国は、国民を大切になんかこれっぽっちも思っていない。この国は、国民を、税金を取るための奴隷《どれい》としか思っていなかったのだ……。憲太郎はそう認識したし、周りの多くの被災者も似た考えを抱いた。

そのとき、巨大な喪失感が、ひとつの生き物のように憲太郎のなかで生まれた。東京に自分の家があり、転勤のために引っ越して来たのであって、いわば仮住まいの住人にすぎない憲太郎でさえ、日本という国への絶望感と喪失感を抱いたのだから、阪神間で生きる人々には、それよりもはるかに大きな虚《むな》しさが生まれたはずだった。

「詐欺師《さぎし》は、なんと、この日本ちゅう国でしたな」

と真顔で言う人もいた。

「長田区の火は、わざと消さんかったらしいでっせ。きれいに燃えてくれたら、都市開発は役人の思いのままになりますよってに……」

と言う人もいた。

人々は天災だけを嘆いたり憎んだりしたのではなかった。政治をなさけなく思い、それをつかさどる連中を憎んだのだ。

ひょっとしたら、阪神間に住んでいない、大地震の被害をまったく受けなかった人々の心にも、同じような概念が植えつけられて、今日に至っているのかもしれない……。

憲太郎は十三《じゅうそう》で空いた席に坐《すわ》りながら、そう思った。

この国は、いざとなったら何にもしてはくれないのだと日本中の人々が知ったのだ、と。

そのような国が停滞したのは当たり前のような気がして、憲太郎はなぜかほくそ笑み、

「五十年前の、焼け野原に似た状態に戻らなきゃあ、この国の網の目みたいに張りめぐらされた権力と既得権の構造は失《な》くならないんだ」

と胸のなかで言った。

「草原の椅子か……。表紙写真はボスの顔だな。カンナ屑《くず》を鼻の頭につけてうたた寝

をしてるボスの顔だ」

あしたから、カメラを持って家を出るぞと憲太郎は思った。草原の椅子という写真集を、ことしの暮れに完成させたら、自分のなかの何かが動きだしそうな気がした。

第五章

富樫重蔵に少し時間的余裕ができたのは一月の末だった。

憲太郎にも急な出張が重なり、一月の半ばからあわただしく、ドイツ、ウィーンを廻って帰国したあと、三日もたたないうちに北京《ペキン》と上海《シャンハイ》へ行き、わずか四日で日本へ帰って来た。

さすがに疲れて、自分の体内時計がいま何時なのかわからなくなり、夜の十二時に眠ったのに二時か三時に目が醒《さ》めて、それきり、どうしても眠れなくなったり、昼の十二時に昼食をとっても、三時にはむやみに空腹を感じたりした。

大阪勤務になって以来、海外出張は二十回近くに及んでいる。ヨーロッパの各地を鉄道で廻ったこともあったし、今回よりも苛酷《かこく》な日程のときもあった。

その経験から、憲太郎は少なくとも三、四日は、まったく仕事を離れて、流れていく雲や、小さな庭の木などを眺め、眠いときに眠り、食べたいときに食べ、怠惰《たいだ》であることに罪悪感を抱かずに、気ままにすごすのがいちばんいいのだと知っていた。それで一月の末の木曜と金曜に休みを取り、土曜、日曜と合わせて四日間をそのための時間にあてた。

しかし、水曜の夜、さあ、あしたから休むぞと思いながら、社で帰り仕度をしていると、せっかくの四日間の休みを家で何もせずにすごすことが勿体《もったい》ないような気がして、富樫に電話をかけた。

富樫は、北新地の寿司《すし》屋で待ち合わせないかと誘い、

「お客さんをつれて行くで」

と言った。

「お客さん？　誰だい」

「来たら、わかるがな。若いべっぴんさんや」

と富樫は笑った。

憲太郎が寿司屋で待っていると、富樫が、どこかで見たことがある若い女を伴ってやって来た。髪を短く切っていたのと、少し痩《や》せていたので、憲太郎は女が袴田知作であることに、すぐには気づかなかった。

知作は、山陽自動車道での騒動を詫《わ》び、あのときのお礼を述べるために富樫さんを訪ねたのだと言った。

「あのときは、変質的な男とのトラブル。こんどはノイローゼやそうや」

富樫は、どこかおかしそうに言ってから、知作に、何でも好きなものを註文してくれと勧めた。

「また思い切って、ばっさり切ったんだねェ」

袴田知作の男の子のような髪型を見ながら、憲太郎はそう言った。

あの騒動のすぐあと、自分と最も仲の良かった友だちが死んだのだと知作は言った。

その友だちの両親も兄妹も、最後まで誰にも胃癌《いがん》だとは明かさなかった。

「二十一歳だったんです。病気がわかって、入院して、たったの四ヵ月で……。彼女、スポーツが好きで、肉や油っこいものが嫌いで、お酒も煙草《たばこ》もやらないし、コーヒーも飲まないし、辛いものは嫌いで、毎朝五キロのジョギングを高校生のときからつづけてたから、もう何年も早寝早起きで……。どうしてそんな子が癌で死んじゃうんだろうと思ってるうちに、私、ちょっと吐き気がしたら、胃癌じゃないかしらって思うし、ちょっと咳《せき》が出たら肺癌かなと思うようになって……。家庭医学の本なんか買って来て、自分の症状と照らし合わせて。そしたら、病気って何てたくさんの種類があるんだろう、って。聞いたこともない難病がたくさんあるし……。そしたら、私、病気にかからないのは奇跡なんだと思ったんです」

知作は、そう早口で言った。

誇張ではなく、本気で悩んでいるらしく、表情に明るさはなかった。

「ことしに入ってから、もう何軒の病院に行ったかわからないくらいなんです。精神科にも行きました。いつ死んでも不思議じゃないと思って、富樫さんと遠間さんに、あのときのお礼をちゃんと言っとかなきゃあと思って……」

「それで、わざわざ大阪まで来たのかい？」

憲太郎の問いに、知作は、握られた寿司に手をつけようとはしないまま、真顔で大きくうなずいた。

「今生のお別れに来はったそうやねん」

富樫は、笑みを浮かべながらも、どこか困惑した表情で憲太郎を見やった。

「酒は飲めないの？　もし飲めるんだったら飲んだほうがいいよ。お寿司もどんどん食べなさい。もし癌にかかってるんだったら、もう酒を飲もうと煙草を吸おうと、かまわないんじゃないか？」

そう言って、憲太郎は知作の猪口《ちょこ》に酒をついだ。

「神戸の叔母さんにも逢《あ》っとかないと……」

これは重症だ。つまらない冗談は避けたほうがいいと憲太郎は思い、医者はどう言ってるのかと聞いた。

「心配ならいくらでも精密検査をしますよって」

「でも癌じゃないんだろう？」

「ええ、いまのところは。でも一ヵ月後にかかるかもしれないし、半年後にかかるかもしれません」

「困ったな。どうしたらいいんだろうな」

憲太郎は、これもまた魔のしわざだと思った。

魔という言葉を、自分も富樫も、なんとなく架空のものとして、あるいはひとつの譬喩《ひゆ》として使っていたような気がするが、とんでもない、魔というやつはたしかに俺たちの近くにいるのだ。姿は見えないが、存在するのだ。

知作が、神戸の叔母に電話をかけると言って席を外したので、憲太郎はそんな自分の考えを富樫に言った。

「そうやなァ。どうもそうみたいやなァ」

富樫は茫洋《ぼうよう》とした表情で応じ返し、

「袴田さんて方がお越しになってますよって社員に言われて、すぐに、ああ、あのときの子やとわかったんやけど、顔を見て、あれ？　違う人やがなと思てしもた。向こう意気の強そうな、なかなか歯ごたえのある子ォやったっちゅう記憶が残ってたのに、目ェだけぎょろぎょろした、元気のなさそうな痩せた女の子になってしもてたからなァ」

と富樫は言った。

「あのときのお礼にかこつけて、また助けてもらいとうて、わざわざ大阪へ来たんやなァと思て、それでここにつれて来たんや。遠間のおっちゃんの知恵を借りようっちゅうて」

「そう簡単に知恵は出ないよ。あの子の状況は深刻だぜ。俺の社に、十年前から自分は胃癌にかかってるみたいだって言いつづけてるやつがいるんだ。十年前も心配したじゃないかって周りにひやかされても、いや、こんどこそほんとにかかったみたいだって言って、悩み抜いたあげく病院に行くんだよ。これまで行ったことのない病院にね。前に診てもらった医者は信用できないって」

「つまり、そういう病気なんやな」

「そうなんだよ。そういう病気なんだ。じつに治りにくい病気で、薬なんかありゃしない」

「人生の修羅場をぐってるうちに治っていくんやろな」

「人生の修羅場？」

と憲太郎は訊《き》き返した。

「年数とは関係なしに、自分は充分に生きたって思えるだけの修羅場をぐっていったら、死んでもよし、生きてもよしっちゅう心境になれるんやけど、二十歳そこそこでは、それは無理な註文やなァ」

「だいたいだなァ、最近の人間は、完全な健康を求めすぎるんだよ。健康食品とか、健康器具の氾濫《はんらん》なんてのは、その象徴だ」

「そやそや、生身の人間に完全な健康なんてあらへん。多少の病気はかかえながら、なんとか支障なく生きてるっちゅうのが生き物の本来の姿や」

戻って来た知作に、富樫は同じ言葉を穏やかに語って聞かせたが、何の効果もないようだった。

二十歳そこそこの自分の親友が癌で死んだことで、死の恐怖にとりつかれてしまったのであろう……。

堂本哲心の妻も、幼い子を事故で亡《な》くした後遺症から立ち直れないでいる……。

それにしても、年齢とは関係なく、周りの人々に何等かの勇気をもたらす死というようなものはないのであろうか。憲太郎はそう考えながら、富樫が言った「充分に生きたと思えるだけの修羅場」なるものを、自分はこれまでどれだけ越えて来ただろうと思った。

「富樫、お前、充分に生きたって思えるか？」

憲太郎の問いに、

「努力、努力の連続で、人の三倍ぐらい働いたから、現時点では、充分に生きたと思えるけど、六十代にならんとわからんこともあるし、七十代にならんとできんこともあるやろし、八十代にならんと悟れんこともあるはずで……。五十代なんて、まだまだこれからやから、死の宣告をされたら、そらまあ、死の恐怖と無念さでいっぱいやろなァ」

富樫は言って、大好物だという穴子の握りを頬張った。

富樫の隣の席は空いていて、椅子《いす》の上にカメラが置いてあった。どうやら富樫は、正月以来、どこへ行くにもカメラを手放さないという心構えを貫いているらしかった。憲太郎も、あわただしい海外出張にもかかわらず、自分のカメラを持参したが、フィルムを二本ばかり使っただけだった。自信のあるカットは二つほどしかない。

憲太郎は、袴田知作に、鍵山誠児の写真集を見せてやりたくなり、その「翼」という題の写真集について語った。

「二冊、売れたで」

と富樫は言った。

非売品なので、売るつもりではなく、カメラ愛好家に見てもらうだけでいいという思いで、難波店に二冊、堺店に二冊置いておいたところ、どうしても売ってほしいと頼まれたらしい。

「しかし、いざ自分で撮るとなると、なかなかこれやという場面にでくわさんもんやな。楽しい光景も、幸福を感じる瞬間も、美しいものや気持のええものも、この人間社会には、そう簡単にはころがってないんやっちゅうことがわかった。ついつい目がいくのは、結局、子供と動物や。そやけど、子供と動物っちゅうのは禁じ手みたいな気がして。鍵山青年の撮ったマウンテン・ゴリラみたいにはいかんなァ」

と富樫は言った。富樫は鍵山とはまだ逢っていなかったが、あれ以来ずっと「鍵山青年」と呼んでいた。

「そうだよ、子供と動物は御法度《ごはっと》だよ」

と言い、憲太郎は寿司を頬張った。

酒を控え目にして寿司を食べているうちに、何度も欠伸《あくび》が出てきて、そのたびに遠慮することなく憲太郎は大きな口をあけて欠伸をした。

一月の憲太郎の過密なスケジュールを知っている富樫は、少し休んだらどうかと言った。

「あしたから四日間休むんだ。俺の心も体も危険信号を発してるからな。お前と寿司を食ってたら、気持がほぐれて、欠伸ばっかり出るよ」

と憲太郎は笑った。

「欠伸って、すごく心にいいんですって」

と知作が言った。

「欠伸って、やろうと思ってできるもんじゃないって思われてるんだけど、そうじゃないんです」

「へえ、意識的に欠伸ってできるのかい？」

「嘘《うそ》の欠伸を四、五回やってると、ほんとの欠伸が出てくるんです。私、高校生のとき、遅くまで受験勉強をして、さあこれから寝ようとしても、頭のなかがとげとげになって眠れなくて……。そんなとき、欠伸の出し方を父に教えてもらったんです。すごく精神が緊張してるときに欠伸をすると、緊張が解けていくのがわかるんです」

「嘘の欠伸？ どないやるんです？」

と富樫が訊いた。

大きく息を吸い込み、大口をあけて、欠伸をするのと同じように息を吐き出すのだと言って、知作はそのようにやってみせた。

「これを何回もやってると、ほんとの欠伸が出てくるんです。つまり、嘘の欠伸で、ほんとの欠伸を呼び起こすんです」

「ふーん、神経が疲れたときに試してみまっさ」

富樫はそう言ってから、四日間の休みをどう使うのかと憲太郎に訊いた。

「あれをしよう、これをしようなんて考えないで、ぼおっとしてるんだ」

「俺の運転で、気の向くままに、どこかへ行こか。お前は酒でも飲んで、ぼおっとしとったらええがな」

「いまからか？」

「そや、いまからや」

知作が、自分もつれて行ってくれと言った。

「あかん、あかん。女はみんな狼《おおかみ》や。知作さんはきょうはどないするんや？」

富樫の問いに、知作は、神戸の叔母のところに泊まるのだと答えた。

「ほな、神戸まで送ってあげまっさ。おじさんは、おじさん同士で、足の向くまま気の向くまま……。こんなおじさんと一緒に旅行やなんて、親御さんに訴えられるがな」

「私が車を運転しますから」

憲太郎も富樫も、駄目だと言って、知作を睨《にら》んだ。

その拒否の仕方が、あまりに冷たかったからなのか、袴田知作は、それならば自分はいまから電車で神戸に行く、送っていただく必要はないと言って、すねた態度で寿司屋から出て行った。

「若い娘ってのは困ったもんだなァ。しっかりしてるかと思うと、突然情緒不安定になる。物事がわかってるかと思うと、支離滅裂になる」

あとを追いかける気にもなれなくて、憲太郎は知作が食べなかった寿司に目をやりながら、そう言った。

「ホルモンのバランスが狂いやすいのかなァ」

首をひねりながら、富樫は言った。

「ほんとにいまから旅に出るのか？」

と憲太郎は訊いた。

「いや、あの子を帰らすためにそう言うてみたんや」

「着換えもないからな」

店が混んできたので、二人は寿司屋から出た。なんだか中途半端《はんぱ》な気分のまま、憲太郎は梅田のほうへと一緒に歩きだした富樫に、篠原貴志子と偶然逢った夜のことを話した。

「それは大いなる進展やないか。その店に足を運んでるうちに、さらに二人の間柄は進むという可能性もあるな」

「いや、憧《あこが》れの君のままでいいんだ。俺は進展したいなんて思ってないよ」

「なんでや。お前も独身、向こうも独身やないか」

「もし万一進展しても、どうせろくなことになりゃしない。憧れの君のままのほうがいいんだ」

「そうは思とっても、そうはいかんようになるから、男と女っちゅうのは厄介なんや」

富樫は、そのワイン・バーと喫茶店がひとつになっている店に行こうと言った。

「憧れの君が仕事を終えて家路を辿《たど》る時間やがな」

「〈しのはら〉って焼物の店には、彼女目当ての客も多いはずだよ。女手ひとつであの店を切りもりしていくのはらくじゃないだろうから、ちゃんとパトロンがいるかもしれない。つまり、そういういろんなことが見えてくるのがいやなんだ」

「純情やなァ。お前、ほんまに恋をしてるんや」

富樫はあきれたように言いながら、柔和な目で笑った。

「少年のような恋をしてるって、何度も言っただろう。嘘だと思ってたのか?」

「まるっきり嘘とは思わんかったけど、そこまで真摯《しんし》な恋をしとったとはなァ。うらやましい。俺もしてみたいけど、女はこりごりや。女はみんな狼や」

それから富樫は話題を変え、堂本哲心の妻は急速に回復に向かっているそうだと言った。

「どうしてもっと早く言わないんだよ」

憲太郎は少し腹を立てて、富樫の肩をこづいた。

「あの子がおったから……。癌ノイローゼにかかってる人間の前で、堂本さんの奥さんの話はどうかと思たんや」

堂本から電話をもらったのは、きのうの夕刻だという。

「ええ精神科医とめぐり逢えたんやなァ。大丈夫、必ずよくなりますって、その医者は言うてくれてるそうや。よくなっても、また気持が落ち込むときもあるけど、そうなったら、すぐにぼくが治してあげますから安心してなさいって」

「その医者、名医だなァ。そんな医者にめぐり逢えたってことは、堂本の奥さんに、まだまだ生きる使命があるってことだよ」

憲太郎はなんだか自分にも元気が湧《わ》いてきた気がして、

「よし、憧れの君が来るかもしれない店に行くか」

と言った。

「安心してなさい、か。いい言葉だなァ。安心してられるってことが、人間にはとても大事なんだよ」

「そうなんや」

富樫は大声でそう言いながら立ち止まった。近くを歩いている人たちが奇異な目で富樫を見た。

「俺の親父《おやじ》は、どんなときでも『安心しとれや』っちゅうのが口癖やった。大怪我《おおけが》をして、もう二度と仕事はでけへんのやないかとしか思えんときでも、『もうじき元気になって、働けるようになるから、お前ら、安心しとれや』って言うとった。そういう心意気が、親父の脚を動くようにさせて、親父の仕事に新しい道をひらかせたんや」

なにか大発見をしたかのように、富樫は雑踏のなかに立ち尽くして、そう言った。

再び歩きだすと、

「店の名前は何ちゅうねん？」

と富樫が訊いた。

「何だったかなァ……。〈ブロッコリー〉だったかな、〈ブロカール〉だったかな。行きゃあわかるさ」

「もし、きょうも憧れの君と逢えたら、これはもう偶然とは違うで。運命の糸に操られてると考えたほうがええで」

「俺なんて、つまらない男だよ。俺は、うぬぼれ屋じゃないんだ」

店の名は〈ブロカール〉だった。

憲太郎は赤ワインとブルー・チーズを註文し、今夜は俺の奢《おご》りだと富樫に言った。高い寿司を富樫に払ってもらって、自分の小遣い程度の料金のグラス・ワインとチーズを奢るなんて、いささか面《つら》の皮の厚い言い方だったなと思い、

「奢るんじゃなくて、さっきの寿司のささやかなお返しってとこだな」

と憲太郎は言った。

〈しのはら〉の閉店は七時。店の片づけをしたり、その日の売上げを伝票につけたり、

入荷した商品を並べたりしていたら、篠原貴志子がこの〈ブロカール〉にやって来るのは八時かそれよりも遅くなるだろう。

中学生の娘が毎日夕食の用意をしてくれるはずはないだろうから、仕事の疲れを〈ブロカール〉で癒《いや》すのが日課となっているとは思えない。貴志子が帰宅の途中にこの店に立ち寄るのは、たぶん週に一度か二度といったところかもしれない。

憲太郎はそう思いながら、鍵山の写真集に追加註文があったのだと富樫に言った。

「宣伝部の若いやつが一冊、開発局で二冊。鍵山くんに電話しようと思ったんだけど、彼の名刺は家に置いたままなんだ。お前、連絡先、知らないか？」

「知らんがな。俺は鍵山青年と逢うたことがないんや」

「弥生に訊《き》いてみようかな。あいつも鍵山くんから名刺を貰《もら》ってたからな」

憲太郎は店から出て、富樫の携帯電話で家にかけてみた。卒業試験が始まるので、弥生はデパートでのアルバイトを一月半ばにやめたのだった。

家の電話は留守番電話になっていた。

どうしようかと迷ったが、憲太郎は弥生の携帯電話にかけた。番号は教えてもらっていたが、かけるのは初めてだった。

「どうしたの？　何かあったの？」

電話に出るなり、弥生は、父からだと知ると心配そうに訊いた。

「鍵山くんの電話番号、知らないか？　たしか、名刺の裏に、自分の家の電話番号も書いてたよな？」

「鍵山さん……。急用なの？」

憲太郎が、写真集の追加註文なのだと説明すると、弥生はしばらく黙り込んだ。弥生も賑《にぎ》やかな場所にいるらしく、大勢の話し声に混じってロック調の音楽も聞こえた。

「鍵山さんはねェ」

そう言ってから、弥生は笑った。

「なにがおかしいんだ？」

「だって、いま、ここにいるんだもの」

「えっ？　ここって、どこだい？」

「梅田の曽根崎《そねざき》警察の近く」

と弥生は言い、鍵山と替わった。

鍵山は電話に出るなり、

「すみません」

と謝った。

憲太郎が、あと四、五冊、写真集がさばけそうだと言っても、

「すみません」

と謝るばかりだった。

「そんなに謝らなくても……。ぼくが一所懸命売って歩いたわけじゃないんだから」

「いや、そうじゃなくて……」

鍵山が、いま弥生と一緒だということを謝罪してるのだと気づき、

「そんなの、謝ることじゃないだろう。まあ、ちょっとびっくりしたけどね」

と憲太郎は言った。

「ほかに予定がないんなら、ぼくのいる店に来ないか?」

「はい。弥生さんと替わります」

鍵山は、ひどく恐縮している口調で言って、弥生と替わった。

「富樫さんも一緒なんだ。ワインをご馳走《ちそう》してもらいたかったら来いよ」

憲太郎は、若い者同士、放っておいたほうがいいのだと思いながらも、あえて誘った。弥生が、鍵山と一緒だということで、気持のどこかがほぐれたのだった。危惧《きぐ》していた相手とは幾分距離があいた証拠だと思ったからだし、鍵山という青年を憲太郎は好ましく感じていたからだった。

弥生は鍵山と相談しあってから、

「じゃあ、行くわ。場所を教えて」

と言った。

店のカウンターに戻り、憲太郎は、これから弥生と鍵山がここに来ると伝えた。

「二人は只今《ただいま》デート中やったっちゅうことかいな」

「どうも、そうらしいな。親父のいるところに呼びつけるってのは無粋だけど、ほんとにいやだったら、なんとか口実をつけてでも拒否するだろう」

それから憲太郎は、弥生がどうやら家庭のある男とつきあっているらしいのだと富樫に言った。

「あいつは、お父さんが心配してるような関係じゃないって言ったけど、我々おじさんは、そのての男の手口はいやというくらい知ってるからな」

すると富樫は、

「弥生さんがそう言うのなら、きっとそうなんや」

と言った。

「弥生さんはなァ、風にそよぐ柳の木みたいに見えるけど、竹を割ったようなとこがある。つまり、ええ意味で、したたかなんや」

「いい意味で、したたか？　でも所詮《しょせん》、二十二の娘だぜ。一瞬の感情で流されちゃうことなんて、しょっちゅう、あるさ」

その憲太郎の言葉に、

「五十のおっさんも、一瞬の感情で流されるがな」

と富樫は言い返して笑った。

この店に来たのは、ひょっとして篠原貴志子に逢《あ》えるかもと思ったからなのに、そんなところに娘を呼んだのはまずかったなと憲太郎が思いはじめたころ、弥生と鍵山誠児がやって来た。

鍵山は仕事用の重そうなブリーフケースを持っていた。

この店には一度だけ来たことがあると弥生は言ってから、富樫に鍵山を紹介した。

「ぼくの写真集、お店に置いて下さってありがとうございます」

鍵山がそう言うと、

「二冊、売れました。このぶんやったら、もう十冊くらいは売れそうです。近くに来はる用事があったら、ついでにもう十冊、持って来て下さい」

と富樫は言った。

二人とも食事はまだだと言うので、憲太郎は好きなものを註文しろとメニューを渡した。

「ここはマカロニ・グラタンがおいしいって、友だちが言ってたわ。マカロニの上に、スライスしたじゃが芋をたくさん載せてあるんだって」

そう言って、鍵山にも勧めて、マカロニ・グラタンを註文してから、

「きょう、家に帰ったら、ちゃんと言うつもりだったのに」

と弥生は不満そうに憲太郎を見やった。

「携帯電話にかけてきたりして……。内緒事じゃないのに内緒事がみつかったみたいで、すごく不愉快だわ」

「だって、俺も、お前が鍵山くんと一緒だなんて夢にも思ってなかったんだから」

と憲太郎は微笑《ほほえ》みながら小声で言った。

背が高くて、肩幅も広い中年の女がカウンターのなかに入って来て、マカロニ・グラタンの上に、じゃが芋以外にも、お好みとあらばスライスした玉ネギをお載せするが、と言った。

ああ、この人がオーナーなのかと思い、憲太郎は女を見た。女の視線が入口のほうに向いて笑みが浮かんだ。

「端の席しかないけど、いいでしょう?」

オーナーらしい女が語りかけた相手は篠原貴志子だった。

「友だちや娘を誘って、ちょっと寄ってみたんです」

憲太郎は席から立ち上がって、貴志子にそう言った。

富樫を紹介し、次に弥生を紹介し、その次に鍵山を紹介しながら、憲太郎は、かなりうろたえて自分らしくなくなっていることを自覚し、さらにうろたえた。自分の恋を天下に知らしめているような気がして弥生と目を合わせることができなかった。

篠原貴志子も、みんなに丁寧に挨拶《あいさつ》したあと、〈ブロカール〉のオーナーに憲太郎を紹介した。

「村越です」

と言って、オーナーはみんなに名刺を配った。村越与水子《よみこ》という名だった。

「ほう、与水子さんですか。水を与える……。ええお名前ですな」

その富樫の言葉に、

「あの世みたいで、いやなんです。黄泉《よみ》の国ってあるでしょう?」

〈ブロカール〉の女オーナーは言って、大声で笑った。笑うと、顔の下半分がほとんど口になるといった感じだったが、愛嬌《あいきょう》こそあれ、下卑たものはなかった。

「与水子さんが笑うと、『かんらからから』って、昔の豪傑みたいでしょう?」

と貴志子も笑った。

コーヒーを飲んで、村越与水子と少し雑談をすると、貴志子は時間を気にしているように、二、三分おきに腕時計を見た。

「早く帰らなきゃあ。千秋が腕によりをかけたフランス料理が待ってるの」

と貴志子は与水子に言い、週に一度は娘がフランス料理を作ってくれるありがたい日なのだが、出来不出来の差があって、出来の悪い日は、近くの寿司《すし》屋から出前を取らなければならないはめになると憲太郎に言った。

「私も娘も、胃の調子が悪くなるんです」

「それじゃあ、お嬢さんは、お母さんの帰りをいまかいまかと待ってるでしょう」

と憲太郎は言った。

「でも、帰りにここに寄ってコーヒーを飲まないと、仕事が終わったって気にならないんです。ここは私が『仕切り直し』をする場所なんです」

「サラリーマンで言うところの、『屋台で一杯』ってやつですね。わかりますよ、『仕切り直し』っていう感じが」

憲太郎が言うと、富樫も、

「人生にも、仕切り直しが必要や」

と言った。

「何回ぐらい必要でしょうか」

貴志子に訊《き》かれて、富樫は考え込み、

「その人の人生に、節目が何回あるかということですやろ」

と言った。

「たとえば、大事な試験に通ったとか落ちたとか、結婚したとか離婚したとか、病気をしたとか、大切な人を亡《な》くしたとか、仕事に疲れ果てたのに、これからさらに重要な仕事が待ち受けてるとか、子供がひとり立ちして、親の手から離れて行ったとか……」

富樫は指折りかぞえながら言った。

「そんなときは、どんな仕切り直しをするんですか？」

と貴志子は訊いた。

憲太郎は自分の腕時計を指先で叩《たた》いて、

「フランス料理が待ってますよ」

と貴志子に言った。

「そうですわね。私、きょうは鍋《なべ》焼きうどんがちょうどいいって感じの胃の状態なんです」

貴志子は苦笑してコーヒーを飲み干し、みんなに会釈《えしゃく》して〈ブロカール〉から出て行った。

「私だったら、畑いじりをするわ」

と弥生が言った。

「丹精込めて、ナスビやキュウリを作るの。朝から晩まで畑にいる……」

「へぇ、お前、そんなことが好きだったのか」

「やってみたいなァって思う。やったことがないからかなァ。でも、ちっちゃいころから、私、畑仕事に憧《あこが》れてたの」

弥生がそう言うと、

「ぼくはカメラを持って、幸福を探しに行くな」

と鍵山は言った。

「一生、そのテーマで写真を撮りつづけられたら、それはすごいことよね」

「ぼくは一生つづける」

「そうかしら。あるとき、ふいにほかのテーマにのめり込むかもしれないわ」

「いや、ぼくは生涯『翼』って写真集から離れへん。もうそう決めたんや」

「題は変えるんでしょう?」

「うん。『翼』っちゅうのは記念としてつけた題やから……。そやけど題って難しいんやで。題のええものは、だいたい中身もええんや」

弥生と鍵山の会話を聞きながら、憲太郎は富樫のカメラを手に取った。

「うちのライバル社製のカメラなんか使いやがって……。裏切りだよ」

「たまたまなァ、見本としてくれたんや。くれたから使いだしたら、これに慣れてしもてなァ」

そう弁解してから、富樫は、弥生と鍵山から隠すようにして四つに折り畳んだ紙切れを出した。一次方程式を使った応用問題だった。

「どないしても解けへんのや」

「へえ、お前、ずっとつづけてたんだ。数学の勉強」

憲太郎は感嘆の思いを抱いて言った。業績の下降がつづき、その対策に忙殺されているにもかかわらず、富樫は憲太郎が作った百問近い問題に挑戦しつづけていたのだった。

「これは、ひねくった問題なんだよ。俺も解くのに時間がかかったけど、考え方を少し変えると、なんでもない問題でもあるんだ」

「俺はギブ・アップや。解き方、教えてくれよ」

憲太郎がボールペンを出して解きはじめると、

「あァ、そうか」

と小声で言って、富樫は残りを自分で解いていった。

「正解。もうお前は、このレベルは卒業だよ。数学だけだったら、お前はどこの中学一年生にもひけはとらないよ」

「それでもまだ中学一年生のレベルや。大学の入試問題まではだいぶ遠いなァ」

冗談めかして言っているが、この富樫重蔵という男は本気なのだと憲太郎は思った。

憲太郎は、やっと富樫という人間の一面を知ったような気がした。

やると決めたことは、倦《う》まず弛《たゆ》まずやりつづける。たとえ進み方がカタツムリよりも遅いほどであろうとも、生きているかぎりやめようとはしない。目くじらを立てることもなく、鼻息を荒くすることもなく、決意を声高に語ることもないが、やると決めたことを途中でやめたりはしない……。

憲太郎は、ワイングラスをブランデーグラスを持つようにして、中身のワインを廻しながら飲んでいる富樫の丸い仔犬《こいぬ》のような目を見つめ、

「お前は恐しい男だな」

と言った。

「なにがや？」

「なにがって、たいしたやつだよ。ファイターだよ」

「ケンカはあかん。子供のときから勝ったことがあらへん。いまでも、おかしな目の光り方をさせてる中学生がたむろしとると、そこを避けて、遠廻りして行くんや。話し合いがでけん相手は恐しい。ブスッとナイフで刺されたら一巻の終わりやからな。最近は、防弾チョッキを着て歩かなあかん世の中やなァって、本気で思うんや」

憲太郎は笑い、

「お前みたいな男を、真のファイターって言うんだな」

と言った。

「俺なんて、自分の芯《しん》がどこにあるかもわからない。俺はつまらない男だよ。会社っていう土俵を降りたら、何の力もないんだ」

食事を終えた弥生と鍵山は、居心地が悪そうに、それとなく憲太郎を見ていた。

憲太郎は、写真集をあと四、五冊、届けてくれと鍵山に頼み、

「俺と富樫さんは、もう少しワインを飲むよ」

と二人に言った。

「呼びつけたりして申し訳なかったね」

「いえ、写真集、売って下さってありがとうございました」

鍵山の言葉のあとに、弥生は、これから買物につきあってもらうのだと言って、〈ブロカール〉を出て行った。

「お似合いやがな」

と富樫が言った。

「まだまだお友だちってとこだろう。だけど、これで家庭のある男と距離ができるんなら、父親の俺としては、ありがたいね。女親はどうなのかわからないけど、男親にとったら、娘が妻子のある男とのっぴきならない関係になることくらいつらいことはないよ。自分の娘に失望するし、大事な娘が蹂躙《じゅうりん》されてるような気がして、相手の男をぶっ殺してやりたくなる」

憲太郎の言葉に、富樫は微笑み、

「ひょっとしてって、お前が疑ってるだけやろ」

と言った。

「そうだといいんだけど……。でも、弥生の周辺に、家庭のある男の影がつきまとってることだけは間違いないよ」

「俺の周りにも、妻子持ちの男とのっぴきならんようになった若い女がぎょうさんいよる。そんな二人が、めでたしめでたしと結ばれた例を俺は知らんな。ああ、一組だけ、女房子供を捨てて、女と結婚した男がおったけど、三年もたたんうちに、また若い女ができて、家を出てしまいよった」

話がしばらくのあいだ途切れたあと、憲太郎と富樫は同時に言った。俺たちはこれからどうするのか、と。その「これから」の意味も、二人は同時にわかりあって苦笑した。

「世の中に腹を立てても仕方がないよ。俺はこれからどうやって生きようか……。定年まで、とぼとぼ歩きつづけるのかなァ」

「俺は、どないしょうかなァ。もっと違う仕事に命を燃やしたいなァ。疲れたなァ。仕切り直しをしたいなァ」

その富樫の思いは、いまの五十歳前後の男たちに共通した感慨であろうと憲太郎は思った。

「さっきの、袴田知作っちゅう女子大生のことやけど……」

と富樫が言った。

「あの子の帰って行き方は異常やな。あの子は、ひょっとしたら危ない子かもしれん」

「高速道路で、車の前に飛び出すんだから」

と憲太郎も言った。

富樫と別れて、家に帰り着いたのは十時前だった。弥生はまだ帰っていなかった。

憲太郎が二階の自分の部屋にあがり、何気なくカーテンの隙間《すきま》から外を見ると、向かいの家と家とのあいだの、人ひとりがやっと通れるほどの路地に、コートの衿《えり》を立てた四十前後の男が立っていた。あんなところで何をしているのかと思い、憲太郎は、いったんつけた部屋の明かりを消して、男の様子をうかがった。あきらかに、その狭い路地に身を隠しているといった風情《ふぜい》だったので、まさか、向かいの二軒の家のどちらかに忍び込もうなどと思っているわけではあるまいなと考えながら、憲太郎は男を観察しつづけた。

そのうち、男は少し居場所を変えた。家の窓からの明かりが、男の顔を照らし出した。男の視線は、駅へとつづく道と憲太郎の家とに注がれていた。

気のせいかと思い、憲太郎は階下に降り、居間の暖房を入れて、熱い茶を飲んだ。

電話が鳴った。弥生だった。冷蔵庫のなかを見てくれという。

「牛乳、ある?」

「ないなァ」

「じゃあ、買って帰るわ」

「いま、どこなんだ」

「夙川《しゅくがわ》の駅」

弥生はそう言って電話を切ったが、四十分たっても帰って来なかった。

駅からここまで、ゆっくり歩いても十五分だ。駅の近くの、いつも牛乳を買う店に寄っても、まさかそこで三十分近くも時間を費やすはずはない。

憲太郎は心配になり、弥生の携帯電話にかけてみた。電源は切られていた。

ある種の勘のようなものがはたらき、憲太郎は玄関のドアをあけて、さっき男が立っていた場所を見た。男の姿はなかった。

迷ったあげく、弥生を捜しに行こうと決めて、マフラーを巻きながら靴を履いていると、弥生が帰って来た。

「どこまで牛乳を買いに行ってたんだ。心配するだろう」

「コンビニに置いてある雑誌を立ち読みしてたの」

「三十分以上も立ち読みか?」

憲太郎は弥生を坐《すわ》らせ、困っていることがあるのなら、なんでも打ち明けてみろと言った。

「俺は、お前の父親なんだよ。お前の敵じゃあないんだ。さっき、家の前の狭い路地に、四十前後の男が立って、こっちを見てたよ。弥生、なにをこそこそしてるんだよ。そんな自分を、お前、いやじゃないのか？」

弥生は、憲太郎と並んでソファに腰かけ、目を伏せて黙り込み、しきりに爪《つめ》と爪とをこすりあわせた。

「俺はお前の味方なんだぞ」

と憲太郎は怒りを決してあらわすまいと努力しながら言った。

「それとも、自分にとって耳に痛いことを言う人間は、すべて敵だってのか？　弥生、お前、そんなに狭量な人間か？」

弥生は小さく溜息《ためいき》をつき、憲太郎を見つめ、

「だって、お父さんは信じてくれないと思うわ。それに、私が事情を説明したら、お父さんは、きっと相手の男の人を非難して、馬鹿《ばか》にして、愚弄《ぐろう》して、あきれかえって、その次に私を怒るわ」

と言った。

「怒らないから正直にお話ししてごらん、なんて、俺は絶対に言わないぞ。怒るべき

ことには怒る。当たり前だろう。俺はお前の父親なんだからな」

弥生は、かすかにうなずき、憲太郎に事のいきさつを話しはじめた。

さっき、家の前にいた男は、喜多川秋春《きたがわあきはる》という名で、四十一歳になる。弥生は喜多川と去年の夏前に知り合った。弥生のアルバイト先だったデパートの売場主任で、四歳の息子がいたが、妻とは別居しているということだった。

喜多川は、遅刻することが多く、早退することも頻繁で、上司からは無能よばわりされていたが、周りの社員たちの多くは、彼をそれとなくかばっている様子で、かかってくる私用電話を上司にわからないようにして取りついでいた。

何か事情があるのだろうと思っていたが、弥生はアルバイトの身だったし、私生活にかかわることだろうと思い、余計な詮索《せんさく》はしなかった。

ある日、同じ売場の社員が転勤することになり、その送別会に弥生も呼ばれた。その帰り道、弥生は喜多川秋春が自分と同じ阪急電車の神戸線で通勤していることを知った。

「なんだよ、秋と春だなんて、いい加減な名前のやつだな」

話の行き着く先が見えた気がして、憲太郎は怒りの目で言った。

「最後まで聞いてよ」

と弥生も怒ったように言った。

喜多川は、夙川駅のひとつ手前の西宮北口駅の近くにマンションを借りていた。

その夜、同じ電車に乗って帰る途中、弥生と喜多川は二人組の酔っぱらいに絡《から》まれた。それで、弥生は喜多川と一緒に西宮北口で降りたのだった。降りるとき、別の扉からその酔っぱらいも降りたような気がしたので、とりあえず弥生は改札口を出た。もし酔っぱらいが追って来たら、警察の派出所に行こうと思ったのだった。

改札口で、駅員が喜多川に、

「また駅長室で預かってるんですよ」

と困ったような表情で言った。

喜多川は、ひどく恐縮して、何度も駅員に礼を言い、駅長室へ行った。酔っぱらいが追って来たと思ったのは錯覚だったようで、弥生は安堵《あんど》の思いを抱いたが、いったい喜多川の何を預かっているのかと何気なく駅長室をのぞくと、四、五歳くらいの男の子が坐っていた。

「六時からですよ。パンを買《こ》うて来たんやけど、ぜんぜん食べようとせえへん。ぼくらも同情はしますけど、なんとかしてもらわんとねェ」

駅長らしい男が顔をしかめて言った。

男の子は、喜多川が抱きあげるまで、自分からは動こうとしなかった。表情がなく、野球のボールを持っている手は汚れていて、虫歯だらけで、両目がひどく充血していた。

喜多川は、苦渋の表情で駅長と駅員に詫《わ》び、弥生と目を合わせないようにして、軽く一礼し、マンションへの道を歩きだしたが、そのとき男の子が弥生に両手を差し伸べたのだった。男の子は、何も喋《しゃべ》らなかったが、弥生に抱いてくれるよう求めていた。驚きの目を弥生と男の子に注いだのは、喜多川だけではなかった。駅員も売店の女も、同じ目を向けた。

弥生が仕方なく手を差し伸べると、男の子は、むしゃぶりついてきて、それきり離れようとはしなかった。

駅の北側の道を十分ほど歩いたところに喜多川のマンションがあった。弥生は、男の子を抱いたまま、喜多川のマンションに行き、そこで事情を訊《き》いた。

男の子の名は、喜多川圭輔《けいすけ》だが、喜多川秋春の子ではなく、妻の連れ子だという。喜多川は、二歳の子を持つ女と結婚し、その子の父となったのだが、妻は半年後に子を残したまま姿を消して、それ以来、行方がわからない。

いったい、この子に何をしたのかと喜多川が問い詰めた夜、妻は出て行ってしまったという。

結婚してすぐに、子供の様子がおかしいことに気づいたが、生まれつき、知能に障害があるのか、それとも、心身ともに発育が遅れているのかのどちらかであろうと喜多川は思っていたのだった。

だが、男の子の心身の発達を阻《はば》んでいたのは、母親の暴力と、異常な無関心によるものだと知ったとき、喜多川は体が震えたという。

「そんな母親がこの世にいるのかって、私、喜多川さんから話を聞いたとき、信じられなかったし、怒りとか恐怖とか、なんだかうまく説明できない気持だった……」

と弥生は言った。

「お風呂《ふろ》だって一週間に一度入れてやったらいいほうで、おむつの取り替えなんか、自分が不快になるまでやらないの。子供が泣くと、叩《たた》いたり、床に投げつけたり……。テーブルの脚にくくりつけて、毎日パチンコに行ってるの」

男の子は、壁に向かって立ちつづけるようになり、喜多川が話しかけても、いかなる反応もしめさなくなった。

だが、母親が姿を消してしまって五日ほどたったとき、初めて喜多川に心をひらいた。

けれども、喜多川には勤めがあったから、四六時中、男の子と一緒にいてやることはできず、困り果てて役所に相談し、養護学校の世話になった。

養護学校の先生たちは、親身になって、喜多川圭輔という幼児のために、ありとあらゆる努力をしたが、圭輔は血のつながりのない喜多川秋春という父親以外には、体を触れさせようとはしなかった。

喜多川のマンションにいれば、なんとか平静な状態でいるし、喜多川が帰宅するまで、一日中壁を見つめながら、野球のボールで遊んでいる。

それで、喜多川は迷ったあげく、圭輔を養護学校から引き取って、試験的に、マンションで二人暮らしを始めた。だが、圭輔は、夕方になると、マンションから出て、駅の改札口で喜多川秋春を待ちつづける。ほかの人間に体をさわられることを極端に怖がるので、近所の親切な人たちもどうすることもできない……。

「だから、私に抱いてくれって手を伸ばしたとき、みんな、びっくりしたのよ」

弥生は、よほどの用がないかぎり、夕方になると、喜多川のマンションへ行き、圭輔の面倒を見るようになったが、それにも限界があった。

喜多川は気弱すぎるのが欠点といえば欠点の、穏やかな気質の、常識をわきまえた男だったが、圭輔があまりに弥生を求める日だけ、遠慮ぎみに電話をかけてくる……。

「つまり、そういうことなの」

と弥生は言ってから、

「あしたから、喜多川さん、出張なの。それで、五日間、圭輔ちゃんを見てくれないかって……」

「でも、その圭輔って子は、喜多川さんの子供じゃないんだろう？　そのとんでもない母親に親兄妹はいないのかい。母親は子供を捨てて行方をくらましたんだぜ。喜多川って人に責任はないだろう。母親の親兄妹に、その子を引き取ってもらう以外、方法はないんじゃないのか？」

憲太郎の言葉に、

「理屈はそうだけど、圭輔ちゃんを見たら、お父さんも、そうか、こうする以外にないのかって思うわ」

と弥生は言った。

「その圭輔ちゃんの面倒を見るために、喜多川さんのマンションに通ってるうちに、情が移って、お前と喜多川さんが、ちんとんしゃんなんてことはないんだろうな」

弥生は蔑《さげす》みの目で憲太郎を見つめた。そんな目を向けられたのは初めてだった。

憲太郎は慌《あわ》てて両腕を自分の顔前で交差させ、×印を作ると、

「いまのは俺が悪かった。失言だ。許せ」

と言ってから、

「それならそれで、初めから、かくかくしかじかの理由で、いま自分は喜多川さんのマンションに通ってるって、どうして俺に打ち明けないんだよ」

と声を荒らげた。

「だって、私、自分のやってることに自信がなかったんだもの」

「自信って？」

「私のやってることは間違ってるかもしれないって思ってたんだもの。だって、そうでしょう？　私、一生、圭輔ちゃんの面倒を見られるわけじゃないのよ。いろんな事情はあっても、心を鬼にして、圭輔ちゃんのことは養護学校の専門家にまかせるのが、本当は正しいやり方なのよ。それ以外に方法はないのよ。そのことは、喜多川さんも私もわかってるの。でも、圭輔ちゃんを見てたら、そうはできないんだもの。いつか、断を下さなきゃいけないって思ってたし、喜多川さんもそのつもりだったから、私、お父さんに言わなかったの」

うーんと唸《うな》りながら憲太郎は煙草《たばこ》を吸い、

「断を下すしかないよ」

と言った。

「三日前、圭輔ちゃんが、初めて喋ったの」

そう言った途端、弥生の目に涙が溢《あふ》れ、それは弥生のスカートの上に落ちた。

「初めて喋った？　なんて？」

「好き、って」

「好き？」

「私のことを好きって」

いまここであの子を自分や喜多川のいない場所に移したら、もう二度と喋れなくなるに決まっていると弥生は言った。

妻が捨てて行った幼児のことは気の毒だとは思うが、だからといって仕事をおろそかにするのはいい加減にしてもらいたい。会社は慈善団体ではない。出張は社命なのだから、それを子供のために拒否するというのなら、いつでも辞めてくれて結構だと、喜多川は上司に言われ、出張から帰ったら必ず断を下すので、数日、圭輔の面倒を見てくれないかと頼むために、家の前で待っていたのだった。

「でも、私、あしたもあさっても、どうしても出席しなきゃあいけない授業があるの。その授業に出ることが卒業試験を兼ねてるんだもの」

弥生の言葉に、

「その喜多川って人は、いささか甘えすぎなんじゃないか？」

と憲太郎は言った。

「お前がいなかったらいなかったで、何等かの手だてを考えるのが、常識的なおとなってもんだろう。夜中に家の近くで隠れて、お前の帰りを待って、無理難題を頼むなんて、およそ常識的とは思えないよ。お前、どう返事して帰って来たんだ？」

「圭輔ちゃんを学校につれて行こうと思って。それしか手がないんだもん」

「なに？　学校につれてって、その子と一緒に講義を受けようってのか？」

「私と一緒だったら、おとなしくしてるから」

「冗談じゃないよ」

憲太郎は怒鳴った。

「お前がそこまでしなきゃあいけない義理がどこにあるんだ」

どんないきさつなのかはわからないが、そんな子づれのひどい女を女房にする喜多川って男が、そもそもだらしないのだ。

弥生の好意に甘えきって、その子の母親代わりをさせようなんて、ふざけた野郎だ。

憲太郎はそう思うと、いっそう腹が立ってきた。

「お人好《よ》しも度が過ぎると馬鹿とおんなじだ。冷たい言い方だけど、その親子とは無関係になってしまいなさい。お前、あと三ヵ月で社会人なんだぜ。会社勤めが始まるんだぜ。してあげたいと思っても、できないことが、この世の中にはたくさんあるんだ」

「あしたとあさってだけなの。来週になったら、喜多川さんが養護学校に相談に行くわ」

弥生はうなだれて、上目使いで憲太郎を見つめながら、

「お父さん、あしたから四日間、お休みでしょう？　あのワイン・バーで、富樫さんにそう言ってたじゃない」

と言った。

「お前、なにを考えてるんだよ」

憲太郎は老眼鏡をかけて弥生を見つめた。

その子は、自分をいじめない人間が傍らにいさえすれば、まるでぬいぐるみの人形のように、表情を変えず、ただ壁を見ているか、ときには興味を抱いた一点に目をやりつづけるだけで、周りに迷惑をかけたりはしないのだと弥生は言った。

「五歳になったばかりだけど、体も三歳児くらいで、ひょっとしたら知能もその程度

かもしれないの。おしっことうんちは、トイレにつれて行ってあげたら、なんとかひとりでできるの。私、授業が終わったら、一目散に帰って来るから」

弥生は憲太郎に手を合わせて頭を下げた。

「冗談言うなよ。俺が何のために休暇を取ったと思ってるんだ。だいいち、何かあったら、どうするんだ。断わる。俺には責任が持てないね」

憲太郎がそう言っても、弥生は手を合わせたまま、頭を上げようとはしなかった。

「お前、まさか俺をあてにして、引き受けてきたんじゃないだろうな。俺は断わる」

顔をあげ、憲太郎にきつい視線を注ぎ、

「冷たいのね」

と弥生は言った。

「お父さんて、いざとなったら冷たいのよ」

「なんだよ、その言い方」

「だって、私が帰って来るのは夕方の五時くらいよ。朝、喜多川さんが圭ちゃんをここにつれて来るのは八時。私が学校に行くために家を出るのは十一時、たったの六時間くらい助けてくれたっていいでしょう?」

「時間の長短じゃないんだ」

「私、お父さんにこんなに頼み事をしたことがある？　私はちっちゃいときから、いい子すぎるくらいにいい子だったわ。とくに、お父さんに対してはね」

「それって、どういう意味なんだ。変な詭弁《きべん》を弄《ろう》さないでほしいな。どうして俺にだけ、いい子だったんだ。聞かせてもらおうじゃないか」

憲太郎はソファを叩き、老眼鏡を外して、それを床に放り投げた。

するとと弥生は、また手を合わせて頭を下げ、

「たった二日間だけだから」

と頼んだ。

「俺を拝んだりしないでくれ。俺は人間なんだ」

たしかに弥生は、幼いころから、しつこくものをねだるということのない子だったし、思春期の難しい時期も、親を心配させたりはしなかったなと憲太郎は思った。

「その圭ちゃんは、ちょっと目を離すと、どこかにいなくなっちゃうってことはないんだろうな？」

ああ、俺は引き受けようとしていると思いながら、憲太郎は弥生に訊いた。途端に、弥生は笑顔を浮かべ、メモ用紙を取って来ると、
一、命令口調で喋らないこと。

一、むりやり、何かをさせようとしないこと。
一、同じ目線で話すこと。
一、トイレについて行ってやっても、手助けをしないこと。
一、人は自分をいじめるものだという恐怖が身についてしまっている子供だと認識して対処すること。
一、賞《ほ》めてあげること。
と書いて、憲太郎に渡した。

どれもできないことではなさそうであったが、憲太郎は読んでいるうちに気が重くなった。

「俺は、まだ引き受けるって言ってないんだけど……」

弥生は、メモ用紙を憲太郎のシャツの胸ポケットに突っ込み、また手を合わせて頭を下げた。

「俺を拝むなよ。俺、空港のロビーで転んだお婆《ばあ》さんを助け起こしたことがあるんだ。すごく感謝されて、そのお婆さん、これから飛行機に乗ろうっていう俺に、いつまでも手を合わせて拝んでた……。そしたら、俺の乗った飛行機、とんでもなく揺れやがって……。あのお婆さんが、いやなことするからだよって、本気で思ったよ。とにかく、俺に手を合わせるのはやめてくれ」

憲太郎の言葉に声をあげて笑い、弥生は喜多川という男に電話をかけた。

「お礼を言いたいから替わってほしいって」

と弥生は受話器を憲太郎に差し出した。

「お礼なんか、いいよ。そんななさけない野郎と話をしたくないね」

そう言いながらも、憲太郎は受話器を取った。

喜多川は、ゆっくりした話し方で、弥生さんには面倒をおかけして申し訳ないと言った。

「そのうえ、お父さんにまでご迷惑をおかけするはめになりまして」

「まあ、仕方がないですね。たしかに迷惑ですがね。何かあっても、私どもは責任を持ちませんから」

「それは充分に心得ています。よろしくお願いします」

電話を切ると、

「悠長な喋《しゃべ》り方をする男だなァ。普通の人の三倍くらい、喋り方が遅いんじゃないか?」

と憲太郎は言って、わざとらしく舌打ちをすると、風呂を焚《た》くために浴室へ行った。

弥生と男との関係が、案じていたものとは違ったことで、思いもかけない相談事にのるはめになったが、憲太郎の気の重さは次第に晴れていった。

喜多川秋春が圭輔という五歳の男の子をつれて来たときには起きていようと思ったのに、憲太郎は九時半まで深く眠った。

目を醒《さ》まし、時計を見て慌ててパジャマの上にセーターを着ると、階段の降り口で耳を澄ました。台所で弥生が何か作っているらしい物音がしていたが、子供の声は聞こえなかった。憲太郎は足音を忍ばせて階段を降り、そっと居間をのぞいた。

片手に野球のボールを、もう片方の手に小さな恐竜のぬいぐるみを持った幼児が、裏庭を見つめて床に坐っていた。

人の気配に振り返った幼児を見て、憲太郎は、これが五歳の子なのかと唖然《あぜん》とした。顔も手足も瘦《や》せて、首には皮膚病の跡があり、目に力がなく、まるでトリガラがセーターを着てズボンを穿《は》いているといった容姿だったのだ。

優しい笑顔で、優しい笑顔で、と自分に言い聞かせてから、

「おはよう」

と憲太郎は圭輔に言った。圭輔は助けを求めるように、台所の弥生を見たあと、裏

庭に向き直って、それきり動こうとはしなかった。

弥生は、圭輔の横に坐ると、このおじさんは自分のお父さんで、とても優しい人だから、まったく怖がることはないのだと圭輔に言った。

「なんだか緊張するなァ。手に汗が出てきたよ」

洗顔して居間に戻り、出かける用意をしている弥生にそう言うと、憲太郎は、煙草を吸ってもいいだろうかと訊いた。

「そんなに気を遣わなくてもいいのよ。自然に振る舞ってやって」

朝食は食べさせたから、私が出かけたら、このクッキーをおやつに与えてくれと言い、弥生は出て行った。

弥生のあとを追おうとするかのように、圭輔は立ち上がりかけたが、憲太郎と目が合うと、また坐り直して、裏庭に目をやった。

「なんにもない庭だろう？　ハナミズキの木が一本と、バラが二本だけなんだ」

憲太郎は、圭輔の横に坐り、その視線を追った。圭輔は庭に来たスズメを見ているようだった。

「野球、やったことあるかい？」

圭輔は何の反応も示さなかった。

「その恐竜、名前あるの？」

しばらく話しかけつづけたが、圭輔のあまりの小ささに胸を衝《つ》かれる思いで、憲太郎は弥生が用意した食事をとろうと台所へ行った。昼に一度だけ、首に薬を塗ってやってくれとメモ書きしてあり、薬が置いてあった。もう薬を塗る時間なのだろうか……。

弥生が出て行って、まだ十五、六分しかたっていないのに、憲太郎は落ち着きなく軟膏《なんこう》の入った小さな容器を持って、圭輔を冷蔵庫の横から盗み見た。散髪をしたばかりらしく、衿足《えりあし》は整っているし、少し大きめのセーターも真新しい。靴下も汚れていない。首の皮膚病は、アトピー性皮膚炎というやつだろうか。ひっかいた跡があって、そこにかさぶたができている。

いったい、どんな仕打ちを受けたのであろう。先天的な障害を持たずに生まれた子供が、これほどまでに感情をあらわさず、おとなしく坐ったまま、一点だけに視線を集中することで、他者を拒否しつづけられるものであろうか……。

最も可愛《かわい》がられなければならない時期に、自分の母親からその逆の目に遭わされつづけ、護《まも》ってくれる者もいず、不信や恐怖の感情だけが育《はぐく》まれて、自分がいったいどうしたらいいのかわからないのではあるまいか。

憲太郎が、そんなことを考えながら圭輔を見ていると、ぬいぐるみの恐竜が小刻みに震えはじめた。よく見ると、握りしめた野球のボールも震えていた。

憲太郎は近づいて行き、圭輔の両手の震えが何によるものかを考え、

「おしっこ、したいの？」

と訊《き》いた。

圭輔はガラス窓越しに庭のスズメに目をやったまま、首をわずかに横に振った。憲太郎に対する初めての反応であった。

「首に薬を塗ろうか」

圭輔の横にあぐらをかいて坐《すわ》り、憲太郎は容器の蓋《ふた》をあけ、軟膏を指先につけて、それを圭輔の首に塗った。

亀《かめ》が首を縮めるように、圭輔の首がセーターのなかに隠れ、両手の震えが烈《はげ》しくなった。

そうか、俺を怖がってるのか……。憲太郎はそう思ったが、さりとてどうしたらいいのかわからなかった。

自分は五歳のとき、どんなことが嬉《うれ》しかっただろうか。憲太郎は幼稚園に入ったころのことを思い浮かべたが、手先が無器用で、切り絵をさせられるのが苦痛だったと

いう思い出以外、何も浮かんではこなかった。

「おじさんはねェ、弥生ちゃんのお父さんなんだ。カメラを造る会社で働いてて、五十歳。仕事に疲れて、きょうはお休みしてるんだ。おじさんは最近、世の中に腹が立ってて、働いてても楽しくもなんともない。何て言うのかなァ、働き甲斐《がい》がないって言ったらいいのかなァ」

そう言いながら、憲太郎は圭輔の横で寝そべった。

「おじさんは憲太郎っていうんだ。遠間憲太郎。何の取り柄もないんだけど、夜中に恐竜のキョウちゃんとボールのボンちゃんと遊べるんだ。夜中になると、キョウちゃんとボンちゃんが起きてきて、ぼくにいろんな話をしながら、星につれて行ってくれたり、宝島で舟に乗って遊んだりするんだ。圭ちゃんは、星に行ったこと、ある？宝島で遊んだこと、ある？　恐竜のキョウちゃんとボールのボンちゃんに頼んだらいい。その恐竜とボールには名前があるのかい？」

月に行くのもすぐだし、宝島になら五秒で行ける。キョウちゃんは空を飛ぶのが得意で、ボンちゃんは海の上をすごいスピードで走れる。ああ、それにボンちゃんは肩を叩《たた》くのもうまい。圭ちゃんのボールは肩が叩けるかな……。

圭輔が聞いていようがいまいが、そんなことはどうでもいいのだという思いで喋っているうちに、憲太郎は本当にボールで肩を叩いてもらいたくなった。

「圭ちゃんのボールは肩叩きできるかな。ちょっと、ここを叩いてくれるとありがたいんだけどね」

そう言いながら、うつ伏せになった途端、後頭部に衝撃を受けて、憲太郎は、うっと唸《うな》った。そのひょうしに、肩にも激痛が走った。五十肩のことを忘れて、肩をうしろに廻しすぎたのだった。

ボールがガラス窓のところに転がっていった。

「肩を叩いてくれたの?」

憲太郎は顔をしかめながら、圭輔に訊いた。圭輔は憲太郎の表情をうかがいながら、

「ザウルス」

と言った。

「ボールの名前がザウルスかい?」

笑おうとしているのか泣こうとしているのか判別のつかない圭輔の顔のなかから虫歯だらけの歯がのぞいた。

「ザウルス」

もう一度そう言って、圭輔は恐竜のぬいぐるみを憲太郎の肩にあてがった。

「そうか、恐竜はザウルスくんか。ボールには名前がついてないんだ。ボールに名前をつけよう。どんな名前がいい？」

「ボ、ボ、ボ……」

圭輔は、そう言いながら、転がったボールを取って来て、それで憲太郎の肩を叩いたが、また手からすっぽ抜けて、頭にぶつけた。

「ボーちゃんはどうだい？　ボーちゃんにザウルス。どうかな？」

圭輔は、ボーちゃんと呼びながら、台所のほうに転がったボールを追って、ぎごちない格好で走った。その走り方が可愛らしくもあり、おかしくもあったので、憲太郎は声をあげて笑った。

首と腕と脚とがばらばらに動いていて、よくもあんな走り方で転ばないものだと心配になるが、走ろうとする意欲はあるのだから、そのうち、ちゃんと走れるようになるさ……。

憲太郎はそう思いながら、冬の薄ぐもりの空を見た。日が差してきたら、圭輔を公園につれて行き、ボールの投げ方を教えようと思ったのだった。圭輔は、ボールを持って戻って来ると、それで憲太郎の肩を叩いた。

「おっ、うまいなァ。圭ちゃんは肩叩きがうまい。ボーちゃんがうまいのかな」

　圭輔は、いつまでも肩叩きをやめなかった。ときおり、耳のうしろにボールを当てたりするので、憲太郎はそのたびに両腕で防御したが、そうすると五十肩が痛んで、肩をさすらねばならなかった。圭輔は、憲太郎が肩を痛がるたびに、そこにザウルスをあてがって撫《な》でた。

　憲太郎は、圭輔が息を切らしはじめたので、抱きあげて、あぐらをかいた脚の上に向かい合って坐らせ、指相撲を教えながら、

「ボーちゃんとザウルスと一緒に、どうやったら宝島に行けるか知ってる？」

と訊いた。圭輔は憲太郎を見つめて、かぶりを振った。憲太郎は圭輔を抱いてソファに坐り、紙に宝島の絵を描いた。

「これは、ぼくの宝島。圭ちゃんの宝島は、圭ちゃんでなきゃあ描けないんだ」

　そう言ってボールペンを持たせたが、色鉛筆のほうがいいだろうと思い直し、圭輔の靴を持って、表に出た。駅の近くに文房具店があったので、そこで色鉛筆を買おうと思ったのだった。

「圭ちゃんは可愛いなァ。ぼくは圭ちゃんが好きだなァ。弥生ちゃんも、圭ちゃんを大好きって言ってたよ」

　近所の人たちが、怪訝《けげん》な面持で憲太郎と圭輔を見ていた。

「いつのまに、そんなお孫さんができたんです？　お孫さんとちごて、お子さんやったりして」

逢《あ》うと必ず言葉を交わす六十過ぎの婦人が声をかけてきた。

「孫なのか子供なのか、ぼくにもよくわからなくて」

そう言い返して、憲太郎は圭輔に靴を履かせ、地面に降ろすと、これから色鉛筆を買いに行こうと耳元でささやき、手をつないだ。

やはり、歩き方がおかしかった。膝《ひざ》か股《こ》関節に障害でもあるのかと気にかかったが、圭輔の歩調に合わせて夙川沿いに歩いて行った。

自分が産んだ子を、精神が病むほどに痛めつけ、突き放していじめつづける母親というものが、この世に存在するのだろうか。

こんなに可愛い、無防備な子供を、人間として扱わず、自分の都合で捨ててしまう。そんな母親とは、いったいどんな顔をしているのであろう。いったい、どんな言い分があるのだろう。

そういえば、数年前、仔犬《こいぬ》の目と肛門《こうもん》を強力な接着剤でひっつけてしまったやつがいて、仔犬を助けるために医師たちが苦慮しているというニュースが報道されたな。

この世の中には、たしかにそのような人間が生きているのだ……。

憲太郎はそう思いながら、自分がさっきこの圭輔に、可愛いなァ、好きだなァと言ったのは、弥生の注意書を意識してのことではなかったと気づいた。ぬいぐるみの恐竜に「ザウルス」と名づけていた圭輔が、自分のボールで肩を叩こうとしてくれたことに気づいた瞬間、圭輔という幼児の心を、芯《しん》から可愛いと感じ、そして好きになったのだ……。

憲太郎は、脚のどこが痛いのかと、歩を停めて圭輔に訊いた。

圭輔は、しばらく考えているようだったが、どこが痛いのか具体的に伝えられないらしく、地面に視線をやった。

「いいよ。そんなに考え込まなくても」

憲太郎は圭輔を抱きあげ、文房具店で十二色の色鉛筆とスケッチ帳を買うと、家に帰った。

圭輔は、スケッチ帳に、ボーちゃんとザウルスの絵ばかり描いた。憲太郎は、圭輔が描き散らした絵に、星とか月とか、宝島に向かう舟とかを描いた。

一時間ほどたつと、圭輔はソファの上で寝てしまった。掛け蒲団《ぶとん》を二枚持って来て、憲太郎は一枚を圭輔に、もう一枚を自分に掛けた。

自分まで寝入ってしまって、その間に圭輔が目を醒ましてはいけないと思い、憲太郎は眠らないよう努力したが、それがかえって眠気を誘うのか、何度も眠りに落ちかけたが、電話の音で慌《あわ》てて起きあがった。

「何してんねん？　昼間から飲んでるんやろなァと思て、電話してみたんや」

という富樫の声が聞こえた。

きのうの夜からの一部始終を語って聞かせ、

「このチビちゃんが来てから、そんなに時間はたってないのに、なんだか疲れちゃって」

と憲太郎は言った。

「へえ、そのチビちゃんの寝顔を撮りたいなァ」

そうか、草原の椅子《いす》だ。憲太郎は受話器を持ったまま、慌てて二階にあがり、カメラを捜した。

「こらこら、子供と動物は御法度《ごはっと》やて言うたんは、どこのどなたやねん」

という富樫の声が聞こえた。

「うん。でも、ぬいぐるみの恐竜のしっぽをくわえて眠ってるんだよ。恐竜はザウルスって名前なんだ。この子がつけてたんだぜ」

その憲太郎の言葉に、

「なんやしらん、初孫に夢中になってるおじいちゃんて感じやな」

と富樫は笑った。

孫のようなという感情は憲太郎にはなかった。自分のなかに、逢ってまだ三時間もたっていない圭輔への愛情が、突然降って湧《わ》いた。圭輔もそれをなぜか受け入れたようなのだ。そして、たちまちのうちに、憲太郎は、幼くてあまりにも華奢《きゃしゃ》な、圭輔という未来ばかりが広大にひろがっているはずの人間への慈《いつく》しみに包まれてしまったのだった。

「窓から裏庭ばっかり見てたときは、どうしようかと思ったけど、なんとか第一関門は通過したって感じで、ほっとしたら、俺まで眠くなっちゃって」

「弥生さんは、嘘《うそ》をついてなかったなァ。俺の言うたとおりやったやないか」

「そのことも嬉しかったよ。なんだか、ほっとしながらも、まあ俺の娘に間違いなんかないさ、なんて自分に言い聞かせたりしてね」

声が大きくなっていったので、憲太郎は慌てて声を忍ばせた。せっかくよく眠っている圭輔が起きてはいけないと思ったのだった。

きょうは朝から、ずっとひとりで、会社の今後のことを考えつづけて、結局、十数人の社員を辞めさそうと決めたのだと富樫は言った。

「いやな仕事は部下に廻すやつ。上司の悪口ばっかり言うて、自分はろくに働かんやつ。人間はええんやけど能力がのうて気のきかんやつ。その三つのタイプの社員を、私情を交えずに列記していったら、十三人になった。さあ、この十三人をどうやって辞めさせるか……。これから役員を集めて相談や。俺が、この十三人を辞めさしたいと言うたら、自分も身を退かざるを得ん役員が二人おる。そやけど、経営に私情を交えられん世の中になってしもた。これからは、経費で落ちんものにはいっさい金を使わん。社員にはあらゆる知恵を絞って、商品を売ってもらう。客が来るのを待たずに、自分で客をつかまえて来てもらう」

そう言ってから、富樫は溜息《ためいき》をつき、

「あーあ、俺はなんで自分で商売なんか始めたんやろ。会社勤めしてるほうが、よっぽどらくやったのに」

とつぶやいて笑った。

「ありとあらゆる人間が、ふるいにかけられてるんじゃないかって気がするよ。人間だけじゃなくて、国というものも」

と憲太郎は言った。

「そうかもしれんな。国もふるいにかけられてるんやな。この世界は、あまりにも余計なもんをかかえ込みすぎたからなァ。大整理をせんことには、新しい世紀へ入られへん……」

愚痴を言っても仕方がない。善政で民が喜びつづけたという時代は、歴史上、皆無なのだから。

富樫はそう言って電話を切った。

憲太郎は、眠っている圭輔をいろんな角度から写真に撮った。そうしながら、フンザの夕暮れを思った。

山羊《やぎ》や羊たちが帰って来る。眼下の家々には、いつのまにか明かりが灯っていく。夕日がディランとウルタルとラカポシの峰を照らす。まだ畑を耕している人がいる。星が姿をあらわし、月が浮かぶ。それなのに、夕日はすべてを照らしている。どこかで雪崩《なだれ》の音がする。空気は冷えてきて、セーターを重ね着する。

自分のジープに観光客を乗せて、千尋の谷底に沿って曲がりくねった大渓谷を縫い、いつ巨大な岩が落ちてくるかもしれない山肌にへばりつくように進んで、氷河へ行った青年たちが、あしたのためにジープの手入れを始める。

青年たちは、その中古のジープの頭金を貯《たくわ》えるために、五年も六年も肉体労働をしてきたのだ。

日本では廃車置き場に捨てられるようなジープを、彼等は修理し、部品を捜し、エンジンを調整し、車体を塗装し、磨き、飾り、見事に甦《よみがえ》らせる。そして、そのジープで観光客に氷河見物をさせ、その稼ぎでまた別のジープを買う。

そうやってジープを増やしていって、いまやフンザ一の台数を誇る観光業者になった男が、みやげ物屋の主人と話しながら、ミルク・ティーを飲んでいる。

ときおり、鍬《くわ》や鋤《すき》を使って畑仕事を手伝い、若者たちの相談事に乗ってやったりしていた長老が、自分の背丈よりも長い杖《つえ》をついて、土の道をのぼって来る。

その長老が、ふいに憲太郎を見つめて言う。

「あなたの瞳《ひとみ》のなかには、三つの青い星がある。ひとつは潔癖であり、もうひとつは淫蕩《いんとう》であり、さらにもうひとつは使命である」

淫蕩……。ひょっとしたら、それは性的な意味だけではないのかもしれないと憲太郎は思った。

人間として、しまりがないとか、横着だとか、すぐに邪《よこし》まな誘惑に乗りやすいとか、そんな意味合いを含んでいるとすれば、自分はまさしく淫蕩だ。

性的な部分はどうだろうか。

「まあ、自分で言うのも何だけど、女好きだな」

と憲太郎はカメラを膝に置いてつぶやいた。

最近は、なりをひそめているが、四十代前半のころは、ちょっと可愛い女を見ると、なんだか自然に手が出てしまうという感じだった。

「遠間さんからは妙なフェロモンが出ている」

と女から言われて、まんざらでもなかったことがある。

女と関係ができると、性的技巧に執着し、自分に嫌悪《けんお》を抱くほどだった。そのくせ、結婚当初から妻に対しては淡泊で、ときおり道代に嫌味を言われた……。

淫蕩……。なるほど、俺は淫蕩な人間だ。周りの流れに合わせて、あっちへ行き、こっちへ行き、正義感は強いのに悪を糾弾することがなく、すぐに易《やす》きにつこうとする。

つまり、人間として横着なのだ……。俺には、日本で廃品同然となっていたジープの頭金を貯《た》めるために何年も肉体労働をつづけるなどという根性はない。

「でも、それなのに、妙に潔癖なんだから始末に悪いよ」

憲太郎は再びソファに横たわり、掛け蒲団を体に載せて、手枕《てまくら》をしたまま目を閉じ、フンザの村に地鳴りのように響いていた雪崩の音に身をひたした。

ウルタル峰からなのか、ラカポシ峰からなのか、あるいはディラン峰からなのかわからない。

もしかしたら、もっと別の山の雪崩かもしれない。

とにかく、カラコルム山脈には、六千メートルを超える峰々など掃いて捨てるほどある。そんな峰々に、いちいち名前なんかつけていられないので、七千メートルを超える峰にだけ名前をつけた。

ホテルに遊びに来ていた地元のガイドは、こともなげにそう言ったものだ。

「日本一の富士山は三七七六メートル……。なんだか恥かしくて、フンザで富士山の自慢なんてできなかったよなァ……」

憲太郎の心のなかで、雪崩の音はいつまでもつづいた。

帰宅した弥生は、どんな手品を使ったのかと、真顔で何度も憲太郎に訊《き》いた。憲太郎が何か話しかけるたびに、圭輔は目を輝かせて、精一杯の反応をしつづけるからであった。

五月の連休に、富樫が突然訪ねて来て、旅に出ようと強引に誘った。

「圭ちゃん、おっちゃんの車に乗せたるから、ボーちゃんとザウルスをつれて、靴を履きなはれ。海を見に行こ。着換えのパンツとかシャツとか靴下なんかは、途中で富樫のおっちゃんが買《こ》うたげる」

圭輔は、おっちゃん、おっちゃんと言いながら、富樫に手をつないでくれと身振りでねだった。

圭輔にとって、おっちゃんとは富樫重蔵のことだけであった。憲太郎のことは「トーマ」と呼ぶ。

「どこへ行くんだよ。どこも満員だぜ。ゴールデン・ウィークに旅をするなんて、ただ疲れに行くようなもんだよ」

憲太郎はそう言いながらも、自分の着換えをボストンバッグに詰め、カメラを肩に下げて、圭輔が自分で靴を履くのを根気強く待った。

「連休も中日《なかび》を過ぎたから、道は空《す》いてるらしいで」

と富樫は言って、さっきガソリン・スタンドで洗車し、ワックスまでかけたという車のボンネットを軽く叩《たた》いた。

憲太郎は、「富樫と少し旅行してきます。圭輔もつれて行きます。心配御無用」とメモ用紙に書き、それをテーブルに置いた。

「首の皮膚炎は、なかなか治らんなァ」

後部座席に坐《すわ》った圭輔に、富樫は言った。

「本物の海やで。海を見たことないやろ？」

「どこの海に行くんだ？」

と憲太郎は訊き、戸締まりを確かめると車の助手席に乗った。

「丹後のほうには行ったことあるか？」

と富樫に訊かれ、城崎《きのさき》には会社の慰安旅行で行ったと憲太郎が答えると、

「城崎は丹後とは違うで。俺も城崎には三回ほど行ったけど、あそこから北には行ったことがないんや」

富樫はそう言って、道路地図を見せた。

「丹後半島っちゅうのはどうや？」

中国自動車道から舞鶴《まいづる》道に入り、福知山インターで降りて、あとは気の向くまま、天橋立《あまのはしだて》のほうへと行こう……。富樫は、すでに行き先を決めているようだった。

国道一七一号線で西宮まで行き、そこから宝塚へと向かい、中国自動車道に入った。

「喜多川っちゅう人も、不思議な人やなァ」

富樫は、圭輔に聞かれないよう声を忍ばせて言った。

「うん。不思議な人だな。喜怒哀楽をあらわさないけど、心のなかに喜怒哀楽をすっぽり飲み込んでるって言ったらいいのか……。とにかく、不思議な人間だよ」

と憲太郎も小声で言った。

圭輔の好きなアニメーション映画の主題歌を口笛で吹きながら、富樫は何かを考え込んでいたが、やがて、低い笑い声をあげた。その笑いは次第に大きくなった。

「何がおかしいんだよ」

憲太郎は訊いた。

「お前、自分のことは不思議やとは思わんのか？　ひょっとしたら、遠間憲太郎という男のほうが、喜多川さんよりも、はるかに不思議な人間かもわからへんで」

「俺って、不思議かなァ」

憲太郎は、そうかもしれないと思いながら、圭輔のほうを振り返って、口笛を吹いた。圭輔も口を丸めて尖《とが》らせ、息を吐いたが、そこから音は出なかった。

もう二週間近く、口笛の練習をしているが、まだ一度も音が出たことはない。

憲太郎が初めて圭輔と出逢《であ》った日から五日目の夜、出張から帰って、いったん圭輔を西宮北口のマンションにつれ帰った喜多川秋春は、それから二時間もたたないうちに再び憲太郎の家を訪ねて来て、十八年余勤めたデパートを辞めることに決めたと告げた。
二、三ヵ月前から考えていたのだが、自分はやはりこの圭輔という幼児の父親として生きなければならないと思う。

そのためには、昼間の仕事を辞めるしかない。さいわい、自分の友人が宅配業者に勤めていて、夜の十時から翌朝の六時までが勤務時間の仕事を世話してくれるという。小型の冷凍車で、西宮の集配センターから姫路、赤穂、岡山の集配センターに荷を運ぶ仕事だ。正式な社員ではなく、契約社員という身分だが、その仕事なら、昼間は圭輔と一緒にいてやれる。

圭輔は、寝入ってしまえば、よほどのことがないかぎり五時間は目を醒《さ》まさない。もし目を醒ましても、それはそれで仕方がない。自分が帰宅する朝の七時前まで、怯《おび》えて、壁と睨《にら》めっこしていてもらうしかない。

隣に住む夫婦は、尼崎で焼肉屋を営んでいて、帰宅はたいてい夜中の三時ごろで、それから風呂《ふろ》に入ったり、ビデオを観《み》たりして、眠りにつくのは朝の五時か六時になるという。

事情を話すと、毎日という約束はできないが、圭輔が眠っているか起きているかの確認くらいはしてやるという。

養護学校は、まだ圭輔には適していないと思う。

この子には、身近な人間との肌と肌との触れ合いが大切だ。そして、いま最もそれを必要としている。この時期に失敗したら、圭輔は育つことができないという思い、切なるものがある。

圭輔は、一度は妻であった女が最初の夫とのあいだにもうけた子で、自分とはまったく血のつながりはないので、しかもその女は子を捨てて行方をくらましたので、自分が圭輔をしかるべき施設に託してしまうことを責める者はいないだろう。だが、自分には、どうしてもそうすることができないのだ。

お前は馬鹿《ばか》か。そんな子のために、これまで勤めてきた会社を辞めるのか。自分の人生はどうするのだ、お前も四十を過ぎたのだぞ……。人はおそらくそう言うだろう。けれども、自分は、圭輔が普通の子供たちと同程度には至らなくても、少なくとも、学校生活が大過なくおくれる程度に成長するまで、父親としての役目を果たそうと決心した。そして、この決心は変わらないと確信する……。

喜多川はそう言ったのだった。

その言葉どおりに、喜多川が会社を辞めたのは三月の末で、新しい職場で働きはじめたのは五月一日だった。

その間に、弥生は大学を卒業し、四月から社会人として働きはじめた。

憲太郎は、三日に一度くらいの割合で、阪急電車の西宮北口駅で途中下車し、喜多川のマンションを訪ねた。

圭輔は「トーマ」に逢いたがって、ボールのボーちゃんとぬいぐるみのザウルスに、「トーマ」のことを話しつづけたし、憲太郎は憲太郎で、絶えず、圭輔はいまどうしているだろう、また心を閉ざして、ひとりで壁を見つめているのではないかと案じてしまうからだった。

喜多川が新しい職場で働きはじめる日が近づいた四月の末に、憲太郎は、

「夜は、俺と一緒にいたらいいよ」

と圭輔に言ってしまった。

その瞬間の圭輔の、いったいどのように歓《よろこ》びをあらわしたらいいのかわからないといった表情とはしゃぎ方は、憲太郎のみぞおちのあたりを湯のようなもので満たした。

喜多川は、いつも夜の九時過ぎに圭輔を憲太郎の住まいにつれて来る。憲太郎も弥生も帰宅していないときもある。けれども、圭輔はさほど寂しがることなく待っている。ひとりで待っている時間に何をしていたのかと圭輔に訊くと、

「宝島」

と答えることもあるし、壁を見やって何も語らないときもある。しかし、憲太郎はそれでいいのだと思っているのだった。

富樫は、その間のいきさつを憲太郎から聞いて、夜、ケーキを買って、圭輔の相手をしてくれるようになっていた。

予想していたよりも道は空《す》いていて、丹波地方から丹後地方にかけての特徴である低い山並と田園が美しかった。

遠くに咲いている山つつじは、どうかしたひょうしに、小さな花火に見えた。

「おんなじ年頃の子ォらと一緒に遊べるようになったら、しめたもんやけどなァ」

と富樫は言った。

「だいぶ、遊べるようになったんだけど、まだ打たれ弱くてね。打たれ弱すぎるって言ったほうがいいかな。四つか五つかなのに、びっくりするくらい、したたかな子もいるし、意地悪のかたまりみたいな子もいるし、行儀とか躾《しつけ》なんて、生まれて一度も教えてもらってないんじゃないかって子もいるし、他人の痛みがわかって、悪と闘おうとする子もいるんだ。たった七、八人の子供が遊んでるのを公園で見てるだけで、それがわかるんだ。躾って、もう五歳を過ぎてから教えたんじゃあ遅いんじゃないかって気がするよ。お行儀もおんなじだな。ところがだなァ、躾の厳しいお母さんてのは、ただ厳しいだけなんだ。あなた、それは躾じゃなくて、ただのいじめか折檻《せっかん》ですよって、思わず口出ししたくなるような若いお母さんがたくさんいるんだぜ」

憲太郎は言って、圭輔の様子をさぐった。圭輔は眠っていた。

一ヵ月ほど前までは、圭輔は、自動車に乗ると、すぐに車酔《の》いにかかって、冷や汗を噴き出したり、吐いたりしたのだが、最近は酔い止め薬を服まなくても平気になっていた。

「いろんな事情で成長が遅れてる子を、いまの世の中は待ってはくれんのや。どうも戦後民主主義っちゅうのは、人間を一律にくくりつけてしまうという錯覚をもたらしよったなァ」

と富樫は言った。

「でも、軍国主義よりも百倍、いや千倍ありがたいって、死んだ親父《おやじ》がよく言ってたよ」

「うん、俺の親父もお袋も、おんなじようなことを言うとった」

天橋立は、昔から有名な観光地なので、大阪や京都から連休を利用して遊びに行く人たちが多いことだろうと思っていたのに、福知山インターで降りて、宮津方面へ向かう道も混んでいなかった。

それでも、近くまで行けば渋滞しているかもしれないと思い、憲太郎はラジオをつけた。

ちょうどニュースの時間で、憲太郎が聴くともなしに聴いていると、東名高速の静岡あたりで事故があり、下り線が通行止めになっているというアナウンサーの声が聞こえた。急に飛び出して来た若い女性が、走って来る車を停めようとして、それが原因で、六台の乗用車やトラックが次々と衝突したという。

憲太郎と富樫は無言で顔を見合った。

富樫は、田圃《たんぼ》に沿った道に車を停め、他の局でもニュースを放送していないかと何度もチューナーを替えた。他局でも同じニュースを伝えたが、高速道路で走行中の車を停めようとした若い女性の名は報じなかった。

（下巻につづく）

宮本輝著
地の星
流転の海第二部
人間の縁の不思議、父祖の地のもたらす血の騒ぎ……。事業の志半ばで、郷里・南宇和に引きこもった松坂熊吾の雌伏の三年を描く。

宮本輝著
血脈の火
流転の海第三部
老母の失踪、洞爺丸台風の一撃……大阪へ戻った松坂熊吾一家を、復興期の日本の荒波が翻弄する。壮大な人間ドラマ第三部。

宮本輝著
天の夜曲
流転の海第四部
富山に妻子を置き、大阪で事業を始める松坂熊吾。苦闘する一家のドラマを高度経済成長期の日本を背景に描く、ライフワーク第四部。

三浦しをん著
私が語りはじめた彼は
大学教授・村川融をめぐる女、男、妻、娘、息子……それぞれの「私」は彼に何を求めたのか。人間関係の危うさをあぶり出す、連作長編。

井上靖著
あすなろ物語
あすは檜になろうと念願しながら、永遠に檜にはなれない〝あすなろ〟の木に託して、幼年期から壮年までの感受性の劇を謳った長編。

田辺聖子著
新源氏物語
(上・中・下)
平安の宮廷で華麗に繰り広げられた光源氏の愛と葛藤の物語を、新鮮な感覚で「現代」のよみものとして、甦らせた大ロマン長編。

新潮文庫最新刊

村上春樹著
1Q84
―BOOK2〈7月―9月〉前編・後編―
毎日出版文化賞受賞

雷鳴の夜、さらに深まる謎……「青豆、僕はかならず君をみつける」。混沌《カオス》の世界で、天吾と青豆はめぐり逢うことができるのか。

西村賢太著
苦役列車
芥川賞受賞

やり場ない劣等感と怒りを抱えたどん底の人生に、出口はあるか？　伝統的私小説の逆襲を遂げた芥川賞受賞作。解説・石原慎太郎

山本一力著
八つ花ごよみ

季節の終わりを迎えた夫婦が愛でる桜。苦楽をともにした旧友と眺める景色。八つの花に円熟した絆を重ねた、心に響く傑作短編集。

平岩弓枝著
聖徳太子の密使

行く手に立ちはだかるのは、妖怪変化、魑魅魍魎。聖徳太子の命を受けた、太子の愛娘と三匹の猫の空前絶後の大冒険が始まった。

柴田よしき著
いつか響く足音

時代遅れのこの団地。住民たちは皆、それぞれ人に言えない事情を抱えていて――。共に生きることの意味を問う、連作小説集。

辻　仁成著
ダリア

ダリア。欲望に身を任せた者は、皆この男にひざまずく。冒瀆の甘美と背徳の勝利を謳いあげる、衝撃の作家生活20周年記念作。

草《そう》原《げん》の椅《い》子《す》(上)

新潮文庫　み－12－15

平成二十年一月一日発行
平成二十四年五月十日五刷

著者　宮《みや》本《もと》輝《てる》

発行者　佐藤隆信
発行所　株式会社 新潮社

郵便番号　一六二―八七一一
東京都新宿区矢来町七一
電話　編集部(〇三)三二六六―五四四〇
　　　読者係(〇三)三二六六―五一一一
http://www.shinchosha.co.jp

印刷・二光印刷株式会社　製本・株式会社大進堂

ISBN978-4-10-130715-2 C0193